KB146233

다시 나의 이름은

다시 나의 이름은
조진주 소설집
H

차례

침묵의 벽

텅 빈 것으로 여겼던 하늘이 얼마나 많은 소리로 그득한가.

—앙투안 드 생텍쥐페리, 『남방 우편기』

그날 밤, 은규와 마지막으로 통화를 한 사람은 나였다. 은규에게 전화가 걸려온 것은 오후 아홉 시 17분으로, 내가 이를 외우는 것은 그 뒤로 수차례 이 통화를 떠올려야 했기 때문이다. 그 시각 나는 회사에서 돌아와 바나나와 시리얼 따위로 허기를 달래려던 참이었다. 휴대전화 화면에 뜬 이름을 확인하고 망설임 끝에 전화를 받았지만 상대편으로부터는 아무 말도 들려오지 않았다. 나는 전화기를 든 채 가만히 그의 말을 기다렸다. 침묵이 길어질수록 쉽게 입을 열 수가 없었다. 전화를 건 쪽이 먼저 말을 꺼내야 하지 않겠냐는 괜한 자존심도 한몫했다. 그렇게 1분이 지나고, 전화는 끊어졌다.

휴대전화를 내려놓자 이상한 기분이 나를 사로잡았다. 한동안 연락하지 않았던 연인에 대한 그리움이나 불편함과 같은 감정은 아니었다. 전화기를 타고 흐르던 적막이, 그 가운데 희미하게 전해지는 그의 숨소리가 왠지 꺼림칙하고 불안하게 느껴졌는데 그 괴이쩍은 감정이 정확히 어디에서 기인한 것인지는 알 수 없었다.

37일 만의 전화였다. 잠시 시간을 갖자는 나의 제안을, 그는 내키지 않아 했지만 결국 받아들였다. 3년 동안 함께하며 가진 가장 긴 휴지기였다. 그런데 갑자기 전화를 걸어놓고 말없이 끊어버린 까닭은 무엇일까. 술에 취해 전화를 걸기에는 조금 이른 시각이 아닌가. 전화를 걸어볼까 하다 꼭 전해야 할 말이 있으면 그쪽에서 또 연락을 해오겠지 싶어 그만두었다. 그 사이 잔뜩 눅눅해져버린 시리얼을 수챗구멍에 쏟아 버리고 냉장고에서 캔 맥주를 꺼내 들었다. 그리고 마음 한구석에 눌러앉은 사위스러운 기분이 사라질 때까지 맥주 캔을 비워내다가 잠이 들었다.

은규가 혼수상태에 빠졌다는 연락을 받은 것은 다음 날 늦은 오후였다. 그 소식을 들은 이후 나는 마지막으로 그의 전화를 받았던 그날 밤을 몇 번이고 되새겼다. 시간이 지나도, 그때 느꼈던 까닭 모를 초조함과 서늘함은 좀처럼 흐릿해지지 않았다. 휴대전화 화면에 떠 있던 열한 자리의 전화번호, 수챗구멍 속으로 빨려 들어가던 흰 우유와 흐물흐물해진 시리얼 조각들, 찌그러진 500밀리리터짜리 네덜란드산 맥주 캔 같은 그날 밤 풍경의 편린들이 생생하게 눈앞에 그려졌다. 그러나 무엇보다도 내 기억 속에 또렷이 남은 것은 무겁게 내려앉던 은규의 침묵이었다.

은규의 차가 전봇대를 들이박은 곳은 고양시의 한 아파트 건설 현장 부근이었다. 사고 당시 은규 옆에는 정한영이 타고 있었다. 그녀는 30대 중반의 젊은 연극 연출가로 은규와는 1년 전 작품을 함께 했었고, 그녀의 차기작에서는 은규가 비중 있는 역할을 맡기로 되어 있었다. 정한영은 그 자리에서 사망했다. 은규의 혈중 알코올 농도는 0.08퍼센트, 정한영은 만취상태였다고 했다.

사고로 마무리되려던 그 일은 정한영의 옆통수에 있던 타박상이 교통사고로 인한 것이 아니라는 부검 결과가 나오면서 사건으로 전환되었다. 정한영은 뇌출혈로 인해 교통사고 전 이미 의식이 없는 상태였을 것이라고 했다. 정한영을 가해한 가장 유력한 용의자로 은규가 지목되었다.

은규는 사고 직전 고양시에 있는 정한영의 집에서 약 한 시간 동안 머물렀다. 정한영의 집에 채 치우지 못한 술상이 놓여 있던 것으로 보아 그곳에서 두 사람이 함께 술을 마신 것으로 추정되었다.

CCTV 기록에 의하면 은규의 차가 정한영의 집 근처 골목을 빠져나온 뒤 얼마 지나지 않아 사고가 일어났으므로, 정한영은 그녀의 집에서 타박상을 입었을 가능성이 높았다. 집 안에서 특별한 흉기는 발견되지 않았지만, 잔뜩 구겨진 러그와 바닥에 떨어져 있는 물건들 따위가 그곳에서 무슨 일이든 벌어졌었음을 짐작하게 했다. 다만 그것이 어떤 종류의 일이었는지 알 수 없을 뿐이었다. 정한영의 가족과 그녀의 애인은 이를 살인 사건으로 단정 짓고 면밀한 소사가 이루어져야 한다고 주장했다. 그러나 사건과 관련된 인물들이 모두 진술이 불가한 상황이었으므로 무엇 하나 확실하게 결론지을 수 있는 것은 없었다. 은규가 정한영을 넘어뜨린 것인지, 넘어진 정한영을 일으키려 했던 것인지는 오직 두 사람만이 아는 일이었다.

사고 발생 지점을 처음 들었을 때, 나는 대체 왜 그가 늦은 시각에 그곳에서 차를 몰고 있었는지 의아했다. 그곳은 내가 알던 평소 은규의 활동 반경과는 거리가 먼 곳이었다. 은규의 누나는 내게 사고 소식을 전할 때 일부러 정한영에 관한 이야기를 전하지 않았다. 뒤늦게 그가 정한영과 함께 있었고, 사고 장소가 그녀의 집에서 멀지 않은 곳이라는 것을 알게 되었을 때에는 더욱 혼란스러웠다. 늦은 시각 집에 찾아가 단둘이 술을 마실 만큼 은규와 그녀의 사이가 가까웠던가.

정한영과는 나도 안면이 있었다. 귀 바로 아래까지 오는 짧은 머리에 동그스름한 얼굴형, 아담한 체구를 쉽게 기억해낼 수 있었다. 시원시원한 웃음소리와 허스키한 목소리가 인상적인 여자였다. 은규는 그녀를 두고 자신과 맞지 않는 사람이라고 칭했었다. 일은 잘하지만 사적으로 어울리기는 불편한 사람. 자기주장이 세고 직설적인 화법을 구사하는 사람. 그녀와 함께 있으면 자기가 자꾸 작아지는 기분이라고 했다. 그런데 정한영의 집까지 찾아가 함께 술을 마셨다니, 쉽게 그림이 그려지지 않았다.

은규가 용의자로 지목된 후로 그의 누나 은성은 내게 자주 연락을 해왔다. 그녀는 그날 밤 사고가 나기 전 내가 받았던 전화가 은규의 무고함을 밝힐 중요한 단서가 되리라 믿고 싶어 했다. 그러나 말없이 끝난 통화가 무엇을 의미하는지는 나 역시 알지 못했다. 게다가 나는 지난 37일 간의 은규에 대해서도 아는 것이 없었으므로 그녀를 상대하는 것이 부담스러울 뿐이었다. 내가 몇 번인가 연락을 피하자, 은성은 나를 설득하려 했다. 자신의 편을 잃을까 두려워하는 듯했다. 가끔은 장문의 문자 메시지를 보내오기도 했는데 대개 은규의 현재 상태나 그에 대한 시시콜콜한 이야기들이었다. 나는 그것들을 모두 읽었지만 답을 하지는 않았다.

제2스튜디오에서 진행된 오디오북 녹음은 뜻밖의 문제로 난항을 겪고 있었다. 녹음 도중 자꾸만 '틱' 하는 노이즈가 발생하는 것이었다. 성우들이 잠시 휴식을 취하는 동안 급하게 마이크와 케이블 선 연결 따위를 체크해보았지만, 육안으로는 별다른 이상을 발견할 수 없었다. 며칠 전 건물 전체에 일어난 정전이 원인일지도 몰랐다. 마침 비어 있는 스튜디오도 없고 빠듯한 일정상 녹음을 미룰 수도 없어 작업은 그대로 진행되었다. 부스 밖 녹음이 재개되고, 한동안 잠잠한 듯하던 노이즈는 얼마 지나지 않아 다시 모니터에 작은 진폭의 파형 그래프를 만들어내기 시작했다. 그때마다 반복되는 엔지에 결국 녹음은 예상보다 30분이나 늦게 끝이 났다.

사람들이 모두 빠져나간 뒤 녹음 부스 안으로 들어가 두꺼운 문을 닫았다. 부스 안 공기는 서늘하고 건조했다. 이곳에서는 불필요한 소리는 차단되고 사용할 수 있는 소리만 기록된다. 가끔 아무도 없는 부스에 앉아, 탈락된 소리들이 벽으로 스며드는 상상을 하곤 했다. 침입하지 못한 소음과 되돌아오지 못한 반사음. 그렇게 세워진 소리의 장벽에 둘러싸인 공간은 적막했고 나는 그 정적에 아늑함을 느끼곤 했다.

그러나 그날 밤 이후로 이곳의 고요는 더 이상 내게 위안을 주지 못했다. 소리 없는 방에선 자연스레 은규의 침묵이 떠올랐다. 은규가 내게 전화를 걸었을 때는 은규의 차가 정한영의 집 근처 골목에 진입한 지 한 시간이 지난 후였다. 그때 이미 모든 일이 벌어져 있었던 것일까? 그 순간 은규가 내게 하고 싶었던 말은, 혹은 내게 듣고 싫었던 말은 무엇이었을까.

사건 발생 당시 통화를 했다는 이유로, 나는 여러 차례 그와 관련된 질문을 받아야 했다. 그때마다 사실대로 진술했지만 그 누구도 내 말을 온전히 믿어주지 않았다. 경찰은 내가 은규의 행위를 은폐하고 있다고 여기는 듯했다. 반면 은성은 내가 은규의 요청을 제대로 듣지 못한 것이라고 믿었다. 불의의 사고를 당한 정한영이 쓰러지고 나서, 당황한 은규가 순간 구급차를 떠올리지 못하고 내게 전화를 걸었지만 통화 불량과 같은 이유로 내가 그의 말을 잘 듣지 못했다는 것이었다. 그리고 뒤늦게 정한영을 태우고 병원으로 가던 중에 사고를 당했다는 것이 그녀의 주장이었다. '그러니까 윤서 씨는 은규가 도움을 청하는 소리를 들었다고 해줄 수 있지 않을까요.'

그러나 은성의 주장과 달리 은규의 차는 병원과 반대 방향으로 향하고 있었다. 통화 불량 따위도 없었고, 긴박한 상황에서 굳이 구급차보다 내게 먼저 전화를 걸 리도 없었다. 만약 은규에 대한 내 믿음이 확고했다면, 나 역시 그 정적의 시간을 그녀처럼 해석하려 했을까. 여러 정황이 그에게 좋지 않게 흘러가고 있었고, 내게는 그것들을 모두 무시할 만큼 그에 대한 확신이 없었다.

잘 지내? 같은 객쩍은 말이나 나 좀 도와줘, 같은 직접적인 말이라도 오갔다면 그 통화가 나를 이렇게 얽어매는 일은 없었을 것이었다. 그것도 아니면 여보세요, 한 마디라도. 내 기억 속에서 침묵의 시간은 반복되었고 그때마다 나는 조금 두려워졌다. 조용히 전해오던 그의 숨소리 가운데, 달갑지 않은 노이즈가 끼어들까봐. 예고 없이 튀어나온 '틱' 소리처럼 무언가 잘못되었다는 신호가 그와 나의 그래프에 불필요한 파형을 만들어낼까봐. 아니, 어쩌면 탈락되지 말았어야 할 소리가 탈락된 것은 아닐까. 내가 무시한 소리가 더 큰 파형을 만들어낸 것은 아닐까. 그의 침묵은 그 어떤 소음보다 내 마음을 시끄럽게 했다.

녹음실에서 나가려는데 은성으로부터 전화가 걸려왔다. 사고를 당하기 전 은규의 상황을 파악할 만한 것을 찾기 위해 그의 방을 뒤지던 중 다량의 수면제와 신경안정제를 발견했다고 했다.

"걔가 그런 약 먹는 거 혹시 윤서 씨도 알고 있었어요?"

그녀의 질문에 나는 잠시 대답을 망설이다 그렇다고 했다. 은성이 조심스럽게 물어왔다.

"왜 그런 약을 먹었던 건지도 알아요? 최근에 걔한테 무슨 안 좋은 일이라도 있었나요?"

"환청 때문에요. 오래된 증상이라고 했어요."

"오래되었다고요?"

"그러니까…… 어릴 적부터요."

'어릴 적'이라는 말을 들은 은성은 한숨을 내쉬며 더 이상 아무것도 묻지 않았다. 은규는 자신의 환청이 아버지의 폭력에 기인했다고 했다. 어릴 적 그의 부모가 누나 은성에게 가했던 폭력은 은성뿐만 아니라 은규에게도 형벌이었다. 은성이 작은방으로 끌려가면, 은규는 옷장 속에 숨어 귀를 막고 그 시간이 지나가기만을 기다렸다고 했다. 그가 끼어들면 은성이 감당해야 할 매가 늘어났기 때문이었다. 어느 날 옷장 속에서 기절해 있는 은규를 발견한 후로, 은성은 매를 맞을 때 가능한 한 소리를 지르지 않았다. 가장 비명이 필요했을 순간, 그들은 더욱 고요해졌다. 은규가 중학교에 입학하고 은성이 열여덟이 되던 해, 아빠가 뇌졸중으로 쓰러지면서 그들에게 가해지던 폭력은 중단되었다. 그리고 그때부터 은규의 환청이 시작되었다. 목소리는 때로 은규를 애타게 불렀고, 때로 그를 비난했다. 그럴 때마다 자기도 모르게 비명을 지르게 될까봐 입을 틀어막게 된다고, 은규는 말했다.

"어쩌면 내 멋대로 차단해버린 소리들이 뒤늦게 들려오는 건지도 모르지."

그는 이 이야기를 치킨과 마른안주 따위를 파는 서교동의 작은 호프집에서 털어놓았다. 우리가 아직 연인 사이로 발전하기 전이었다. 취해 있던 그는 처음 고해성사를 하는 신자처럼 조심스러우면서도 조금 조급하게 자신의 과거를 고백했다.

"그런데 날 도저히 견딜 수 없게 만들었던 건 아버지의 폭력이 아니라 신음조차 삼켜냈던 누나였어. 침묵은 더 큰 상상을 불러일으키는 법이니까. 옷장 안에서 나는 더 끔찍한 상상에 시달려야 했어."

그건 잘못되었다고. 네가 원망해야 할 사람은 누나가 아니라고 말해주었어야 했는데. 그렇지만 그 순간 그는 매우 불안정해 보였고, 나는 그가 입은 상처를 다 알지 못했으므로 섣불리 말을 꺼낼 수가 없었다. 게다가 그는 내가 자신의 상태를 받아들일 수 있을지 두려워하는 듯했다.

"이제 그런 증상은 거의 나타나지 않아. 널 만나고부터는 훨씬 좋아졌어. 난 거의 멀쩡해."

그 말을 하는 그의 발음이 꼬여 있어서, 나는 전혀 멀쩡하지 않은 것 같다며 웃어주었다. 거의 멀쩡한 게 아니라 완전히 멀쩡했어야 했다. 거의라는 말은 언제든 원상태로 돌아갈 수 있다는 뜻이니까. 아니, 사실은 괜찮아진 적이 없었던 것은 아닐까. 그는 종종 자신의 상황을 설명하는 데 환청을 이용하곤 했다. 어쩔 수 없어, 환청 때문이야, 그러니 날 이해해야 해. 한때 나는 내가 그를 바꾸어놓았다고 착각했다. 적어도 그에게 숨 돌릴 곳을 마련해주었다고. 그를 가여워했던 게 잘못이었다. 그건 내가 이해해야 할 영역이 아니었다. 그런데 그게 정말로 내 잘못인가.

형진을 만나기 위해 오랜만에 대학로를 찾았다. 형진은 은규의 극단 후배로, 종종 은규와 함께 술자리를 하곤 했었다. 내 연락을 받은 그는 마치 기다리고 있었다는 듯 만날 약속을 잡자고 했다. 카페에 들어서자 먼저 도착해 자리를 잡고 있던 형진이 나를 향해 손을 흔들었다. 여느 때처럼 웃으며 인사를 건네려던 형진은 순간 은규의 일을 떠올린 듯 멈칫했다. 덕분에 올라가려던 그의 입꼬리가 그대로 일직선을 그리며 조금 우스꽝스러운 모양새가 되어버렸다. 못 본 사이 살이 빠졌는지 부리부리한 눈과 날카로운 콧대가 더욱 도드라져 보였다.

"은규 형은 좀 어때요? 아직 그 상태예요?"

나는 대답 대신 고개를 끄덕였다. 물어봐야 할 게 많았는데 막상 형진의 얼굴을 보자 선뜻 입이 떨어지지 않았다. 내 마음을 알아차렸는지, 형진이 먼저 정한영에 대한 이야기를 꺼냈다.

"저한테 뭐 묻고 싶은 거 있어서 연락한 거죠? 한영 누나에 대한 거?"

"그날 밤에 말이야. 은규가 왜 그 여자 집에 간 걸까?"

"글쎄요. 그건 나도 잘 모르겠는데……."

"원래도 둘이서 자주 어디 가고 그랬어?"

"아뇨. 누나도 알다시피 두 사람이 그렇게 다정한 사이는 아니었잖아요. 붙어 있기만 하면 싸웠으니까."

형진이 말한 내용은 이미 다른 극단 사람들이 경찰 조사 때도 진술한 사실이었다. 두 사람의 관계가 좋지 않아 보였다는 진술은 은규에게 불리하게 작용했다.

“둘이 그렇게 안 맞았나?”

“사실 은규 형이 한영 누나한테 그렇게 대놓고 대들 짬밥은 아니잖아요. 나이도 한영 누나가 더 많고. 그래서 다른 선배들도 은규 형한테 뭐라고 한마디씩 하고 그랬어요. 뭐, 은규 형이 평소 이미지도 좋고 다른 사람들에게는 워낙 잘했으니까 큰 논란까지는 안 됐었지만……. 그런데 내가 보기엔 한영 누나도 문제가 있었어요. 가만 보면 만날 은규 형을 슬슬 긁었거든요.”

“뭘 어떻게 했는데?”

“별건 아니었어요. 그냥 은규 형 말을 집요하게 물고 넘어진다거나 하는 거죠. 형이 잘못한 부분은 꼭 지적하고 넘어가고요. 그런데 그렇게 싸우면서도 은규 형을 주요 배역으로 민 거 때문에 한동안 뒷말이 나왔어요. 뭐, 은규 형이 그 역할에 딱이긴 했는데……. 대사가 없어서 행동으로 보여줘야 하는 역인데 은규 형이 몸 쓰는 건 또 잘했잖아요. 하여간 여기도 어지간히 말 많은 동네예요. 사실 지금도 말이 많죠. 둘이 그렇게 같이 사고가 났으니.”

“그렇겠지…….”

내 혼잣말에 잠시 머뭇거리던 형진은 괜히 앞에 놓인 컵을 만지작거리며 조심스럽게 입을 열었다.

“근데요. 사고 나기 얼마 전에도 술자리에서 한영 누나랑 은규 형이랑 싸웠었거든요. 근데 그때 형이 좀 이상했어요."

"뭐가 이상했는데?"

"자리 파하고 나서 은규 형이랑 둘이 저희 집 근처에서 한잔 더 했거든요. 형도 좀 우울해 보이기에 기분도 풀 겸해서요. 오래는 안 있었고, 한 한 시간쯤 있었나? 그리고 술집에서 나와 걸어가는데 갑자기 형이 길가에 세워 둔 입간판에 다가가더니 그걸 발로 차는 거예요. 이게 말이 되냐, 응? 이게 말이 돼? 그러면서요. 제가 놀라서 말리려 하니까 저런 놈을 모델로 써도 되는 거냐고, 그리고 길거리에 입간판 세워두는 거 다 불법인 거 아냐고 하면서 화를 내더라고요. 아, 그 광고 모델이 K였거든요. 왜, 있잖아요. 예전에 안 좋은 스캔들 터졌다가 최근에 드라마 성공하면서 다시 이미지 좋아진 배우요. 암튼 다 잘못 됐다고, 이러면 안 된다고 하더니 갑자기 저를 붙잡고 그랬어요. 세상이 왜 이리 나한테 폭력적이냐. 그러면서 너무나도 괴로운 표정을 짓는 거예요. 입간판을 때린 건 형인데 마치 형이 맞은 거처럼. 심지어 눈물까지 흘렸어요. 그런 형 모습은 처음 봤어요. 근데 이런 건 경찰한테 말할 필요 없는 거겠죠? 그냥 술 취해서 그런 거니까. 입간판 값도 물어줬고. 그리고 그 형 말이 뭐 틀린 것도 없고. 그래서 안 했어요."

그날 밤의 은규를 그려보던 나는 가슴이 내려앉았다. 밀려오는 초조함을 감추려 태연한 척 말을 돌렸다.

"그날 정한영하고는 왜 싸운 거야?"

"평소랑 똑같죠, 뭐. 은규 형은 형대로 고집부리고, 한영 누나는 계속 성에 안 찬다면서 똑같은 연기만 수십 번 반복하게 하고. 그거 때문에 은규 형이 도저히 못 하겠다고 뛰쳐나가서 연습이 중단된 적도 있어요."

"중요한 역할이었다며."

"네, 계시를 듣는 남자 역이었어요. 계속 어떤 말이 들리고 그게 인물의 행동에 영향을 미치는 거죠."

"혹시 어떤 내용인지 더 자세히 알 수 있을까?"

형진이 들려준 줄거리는 단순했다. 폭설로 산장에 갇힌 네 사람이 공포에 직면하게 되고, 산장을 빠져나와 다시 도시로 돌아온 뒤 각각 다른 행동들을 하게 되는 일종의 심리극이었다. 은규가 맡은 역은 소리의 예언에서 벗어나기 위해 안간힘을 쓰지만 그로 인해 점점 일을 복잡하게 만드는 인물이었다.

형진의 이야기를 듣는 동안 어쩌면 정한영이 은규가 환청을 듣는다는 사실을 알고 있었을지도 모른다는 생각이 들었다. 정한영이 은규의 비밀을 우연히 알게 되었거나, 역할을 위해 은규가 먼저 털어놓았을지도. 정한영은 은규의 상처를 어떻게 받아들였을까. 그에게 연민을 느끼고 그의 불안함을 이해하려 해주었을까. 어쩔 수 없는 그의 미성숙함을 인정하며 그를 더 포용해야 한다고 생각했을까. 그녀의 평소 성격과 그 이후 그들의 관계로 보건대 그녀는 아마 그러지 않았을 것이다. 그리고 그녀가 그래야 할 이유도 없었다.

그날 밤, 은규는 그녀의 집에서 어떤 모습이었을까. 내가 떠올릴 수 있는 것은 단지 은규의 침묵뿐이었다. 언젠가 그가 내게 말했다. 내 안은 비명으로 가득 차 있는데 입을 열 수가 없어. 입을 열면 너무 많은 소리들이 튀어나올까봐. 그 소리들은 언제나 더 많은 문제를 일으키곤 했으니까. 나는 연약하고 비겁한 그의 침묵에 연민과 애정을 느끼곤 했다. 희미한 숨소리만 전해오던 그날 밤조차도.

"분명 뭔가 복잡한 사정이 있었던 거예요. 다 밝혀지겠죠. 까놓고 말해서 은규 형이 누구를 해칠 사람이에요?"

형진은 나를 위로하려는 듯 단호한 목소리로 은규를 믿는다고 했다. 은규는 누구를 해칠 만한 사람인가. 나는 형진과 헤어지고 난 뒤에도 그 질문에 쉽게 답을 할 수 없었다. 입간판을 향해 달려드는 은규의 모습이 계속 그려졌다. 그날 밤에 나는 그곳에 없었지만, 은규가 어떤 표정을 하고 있었는지는 알 것 같았다. 오래전, 고양이를 괴롭히던 남자애를 혼내던 그가 생각났다. 겨우 초등학생으로 보이는 어린아이에게 지나치게 화를 내던 모습이. 남자아이가 들고 있던 돌을 빼앗아 든 은규가 그 돌을 다시 아이에게 던지려고 했을 때, 나는 그의 손을 필사적으로 붙잡았다. 그는 잡힌 손을 빼내려 했고 실랑이를 벌이던 중 결국 내가 넘어졌다. 바닥에 주저앉은 나를 보며, 은규는 마치 자신이 넘어진 것처럼 고통스러운 얼굴로 물었다. 세상은 왜 이리 폭력적이지? 나는 은규의 분노가 정당한 것이었다고 믿고 싶었다. 고양이를 괴롭히는 건 나쁜 짓이니까. 그럼에도 찜찜한 기분을 떨칠 수 없었다. 너의 분노는 왜 결국 너보다 약한 존재를 겨누고 마는 걸까. 그러나 은규는 금방이라도 울 것처럼 보였고 나는 의문을 묵인한 채 그래도 그러지 마, 하고 그를 달랬을 뿐이었다. 그러자 은규는 넘어진 나를 안은 채 울먹이며 말했었다. 넌 나를 나그치지 않아서 좋아. 너랑 있으면 다 괜찮을 거 같아.

오디오북의 후반 작업을 위해 음성 파일을 열자, 어린이 동화책을 읽는 성우들의 발랄한 목소리와 함께 모니터에 높고 낮은 파형이 그려졌다. 편집 작업이 절반쯤 진행되었을 때였다. 한 문장이 끝나고 다음 문장이 시작되기 전, 함께 녹음된 노이즈가 '틱' 하고 튀어나왔다. 편편한 그래프 위에 웅크리고 있는 작은 점이 눈에 들어왔다. 그래프를 확대하자 노이즈의 흔적이 점점 큰 물결을 그리며 밀려왔다. 수면 아래에서 몸집을 불리는 해일처럼 알아차리기 어려운 위험의 전조들.

불필요한 파형을 잘라내고 끊어진 부분을 이어 붙이면 성우들의 목소리만 또렷이 남는다. 적절한 부분에 효과음을 넣고, 음악과 각종 소리들을 입히면 듣기 좋은 음원이 완성된다. 그러나 완성된 음원 파일을 들으며, 매끈하게 이어지는 그 소리들이 기괴하게만 느껴졌다. 그동안 내가 위험 신호들을 의도적으로 삭제해왔던 건 아닐까.

퇴근 무렵, 은성이 회사 앞으로 찾아왔다. 함께 밥을 먹고 싶다고 했다. '요즘 혼자서는 밥을 잘 못 먹겠어요. 그래서 자꾸 다른 사람을 부르게 돼요. 오늘은 윤서 씨가 같이 먹어주면 안 될까요.' 나는 그 부탁을 차마 거절하지 못했다. 식사를 제대로 못 한다는 그녀의 말이 거짓은 아닌 듯, 그새 얼굴이 조금 야위어 있었다. 나는 그녀를 데리고 근처 설렁탕 집으로 들어갔다. 흰 국물에 밥을 말며, 은성은 병원에서 보내는 시간에 대해 이야기했다. 개인 병원에서 간호사로 일하는 그녀는 병원을 나서면 다시 병원으로 향하는 하루를 보내고 있었다. 종일 병원에 있으려면 힘들겠다는 내 걱정에 그녀는 고개를 끄덕이며 사람을 지치게 만드는 곳이니까요, 하고 말했다. 하루 종일 환자에게 설명을 하다 보면 자신의 목소리가 기계음처럼 들릴 때가 있다고 했다. 그러다 퇴근을 하고 말이 없는 은규와 마주하고 있으면 이번에는 영영 그 침묵이 깨어지지 않을 것 같아 섬뜩해지곤 한다는 것이었다. 어느 쪽이든 지치는 건 마찬가지라며 쓴웃음을 짓던 그녀는 문득 내게 은규의 옆구리에 있는 흉터를 본 적이 있는지 물어왔다.

"그게 아직까지 남아 있는지 몰랐어요. 초등학교 2학년 때 수렁에 빠진 강아지를 구하려다 다친 자리거든요. 걔가 얌전해서 어디 가서 구르고 오는 일 한 번 없었는데 그렇게 크게 다쳐 온 건 그때가 처음이었어요. 제가 너무 놀란 나머지 화를 냈었는데 제 눈치 보느라 제대로 아프다고 말도 못 하고 눈물만 뚝뚝 흘리는 게 어찌나 속이 상하던지……. 그때 은규가 한 말이 아직도 기억나요. 그럼 나는 언제 세져? 나는 언제 구하는 사람이 될 수 있어? 그맘때쯤 은규 꿈이 파워레인저였거든요."

나는 그녀의 이야기를 묵묵히 듣고만 있었다. 사고 이후 그녀는 내게 종종 은규의 어린 시절에 대해 말해주고는 했는데 주로 그가 얼마나 여리고 착한 아이였는지에 대한 이야기였다. 그럴 때마다 나는 어떤 반응을 보여야 할지 몰라 곤란해지곤 했다. 그러나 내가 굳이 말할 필요가 없을지도 몰랐다. 아마 은성 역시, 은규가 파워레인저의 꿈에서 멀어져버리고 말았다는 것을 알고 있을 터였다.

은성은 테이블 위에 놓여 있던 내 손 위에 자신의 손을 올려놓으며 말했다.

"윤서 씨도 잘 알잖아요. 우리 은규, 그럴 애 아니라는 거."

확신에 찬 말과 달리, 그녀의 목소리는 조금 흔들리고 있었다. 내 손을 구명구처럼 꼭 쥐고 있는 그녀의 손은 오랜 시간 풍랑 속에 잠겨 있던 사람처럼 차가웠다. 나는 아무것도 칠해져 있지 않은 그녀의 손톱을 잠시 바라보다가 은규에게 들은 이야기를 꺼냈다.

"은규가 그런 말을 한 적이 있어요. 자기 안에 작은 싹이 자라고 있는 기분이 들 때가 있다고. 그 싹은 아마 독초로 자라날 텐데 생명력이 강해 짓눌러도 죽지 않고 호시탐탐 줄기를 뻗을 기회를 엿보고 있다고요. 그러니까 자신이 무언가를 통제할 수 없는 건 그 싹 때문이라고 생각하는 것 같았어요."

"폭력적인 가정환경에서 자랐다고 폭력적으로 크는 건 아니잖아요. 상처 입은 사람들이 꼭 비뚤어지는 것도 아니고요. 그건 편견이에요."

"물론 그렇죠. 그런데 은규 본인은 자꾸 그 싹을 의식했었죠. 마치 자신도 어쩔 수 없는 일이 일어나고 있다는 듯이요."

"두려워서 그랬을 거예요. 겁이 많은 애니까. 자기방어 같은 거 말이에요."

식사를 마친 뒤, 은성은 습관처럼 부탁하는 말을 꺼냈다.

"은규가 한 말을 듣지 못했다면, 은규가 했을 것 같은 말을 해주면 되지 않을까요."

위증을 권하는 그녀에게서는 이제 머뭇거림도, 기대도 보이지 않았다. 그저 지금 상황에서 자신이 할 수 있는 게 그것밖에 없다는 듯 부탁을 해올 뿐이었다.

대답 대신, 나는 은규와 시간을 갖고 있는 중이었다고 알려주었다. 그녀는 이해한다는 듯. 그렇지만 안타깝다는 듯 고개를 끄덕였다. 그러나 그녀는 다시 내게 부탁해올 것이었다. 나는 이미 이전에도 그 사실을 여러 차례 그녀에게 일러주었었다.

은규가 남긴 정적은 불쑥불쑥 나를 찾아오곤 했다. 귓가에 울려 퍼지던 소리들이 문득 뚝 끊어진 것 같을 때가 있었다. 그럴 때면 내가 알지 못하는 낯선 공간에 떨어진 기분이 들어 두려워졌다. 나는 은규의 침묵을 완전하게 해석해내고 싶었다. 그래야 더 이상 그 고요의 시간에 대해 생각하지 않을 수 있을 것 같았다. 그런데 이미 흘러간 침묵을 완벽히 이해하는 게 가능하기는 할까.

정한영에게 은규가 어떤 사람이었는지 안다면 조금 더 답에 가까워지지 않을까. 정한영이 없는 지금, 그에 대해 물을 수 있는 사람은 정한영의 애인뿐이었다. 나는 은성으로부터 그의 번호를 받아내 연락을 취했다. 정한영의 애인은 은규의 이름을 듣자 불쾌함을 표했다. 그러다 정한영에 대해 듣고 싶다는 말에 잠시 망설이더니 나를 만나겠다고 했다.

약속 장소인 카페에 먼저 도착해 있던 그는 나를 보자 자리에서 일어나 정중하게 인사를 해왔다. 단정하고 차분한 사람이었다. 나를 대하는 태도가 깍듯해서 잠시 우리가 사망 사건 관계자가 아닌 비즈니스 파트너로서 만난 듯한 느낌을 받았다. 그러나 경직된 표정과 신경질적인 손놀림에서 그가 이 자리를 매우 불편해하고 있다는 것을 알 수 있었다. 평소 정한영이 은규에 대해 어떤 이야기를 했는지 묻자 그는 잠시 인상을 찌푸리고 무언가를 생각하다 입을 열었다.

"한영이가 그 사람에 대해 길게 이야기한 적은 별로 없어요. 한영이는 보통 그날 연습하며 무슨 일이 있었는지, 자신의 기분이 어땠는지 저한테 이야기하곤 했는데 그러다가 가끔 언급했던 게 다예요. 그 사람보다는 다른 사람들 이야기를 더 많이 했죠. 주원 씨나 희정 씨 같은 사람들요. 한영이랑 친했거든요. 최근 들어 일을 하며 두 사람 사이에 자주 의견 충돌이 있었던 거 같긴 한데 잘 해결할 수 있을 것 같다는 식으로 말하곤 했어요. 그런데 그 사람은 한영이에 대해 자주 이야기했나요?"

나는 정한영에 대해 은규가 늘어놓았던 말을 떠올렸다. 이기적인 사람, 남을 포용할 줄 모르는 사람, 너그럽지 못한 사람, 상대의 기를 죽이는 사람.

"아니요. 은규도 한영 씨에 대해서는 별로 이야기한 적 없었어요. 그냥 일에 관한 이야기를 가끔 했을 뿐이에요."

"그런가요?"

"그런데 혹시 정한영 씨가 은규의 트라우마에 대해 알고 있었을까요?"

정한영의 애인은 어깨를 으쓱하며 고개를 갸웃했다.

"그건 저도 모르죠. 저에게 이야기한 적은 없어요. 혹 알고 있었다

해도 한영이가 남의 트라우마를 여기저기 떠들고 다닐 사람은 아니고요."

"은규가 어릴 때 겪은 일 때문에 트라우마가 있었거든요. 그런데 정한영이 그 트라우마와 관련된 역할에 은규를 적극 추천했어요. 그리고는 은규가 연기할 때마다 무언가 자기 기대에 못 미친다는 듯이 말하곤 했대요."

"일에 욕심이 많은 사람이니까요. 그게 잘못된 건 아니잖아요? 그리고 자꾸 한영이에게 사고의 책임이 있다는 식으로 말씀하시는 것 같은데, 그러시면 안 되죠."

그는 깔끔하게 다듬은 눈썹을 조금 꿈틀거리고는 마음에 들지 않는다는 표정으로 가만히 나를 바라보았다.

"책임을 물으려는 게 아니라 그냥 사실을 알고 싶었을 뿐이에요."

"오히려 그 반대예요. 그 사람, 그러니까 당신 애인이 한영이를 힘들게 했어요."

"그게 무슨 말이에요?"

"그쪽이 조금 지나치게 배역에 몰입한 것 같다고 했어요. 그건 역할을 위해 나쁜 건 아니니까 조금 유별나게 굴어도 웬만하면 맞춰주자 생각했다더군요. 그런데 점점 정도가 심해진 모양이에요. 한영이 말은 거의 듣지 않고 자꾸 반기를 들려고 해서 한영이가 곤란해했어요."

"그런데 왜 은규는 한영 씨 집에 간 걸까요. 그렇게 삐걱대는 사이였는데."

"그거야 모르죠. 둘이 잘 풀어보려 했던 걸 수도 있고. 혹시나 해서 하는 말인데 이상한 생각은 안 하셨으면 좋겠네요. 한영인 종종 배우들을 집으로 불러 일 이야기하는 걸 좋아했으니까요."

"정한영 씨를 많이 믿나 봐요."

"한영이와는 오래 알던 사이에요. 연인이 되기 전에도 아끼는 친구였으니까요. 계속 봐왔으니까, 그냥 알 수 있는 겁니다. 한영이가 어떻게 행동했을지, 어떤 생각을 했을지. 그쪽은 그 사람이랑 얼마나 만났다고 했죠?"

"3년이요."

"짧은 시간은 아니네요. 3년 동안 가까이서 봐온 은규 씨는 어떤 사람이었어요? 믿을 만한 사람이 아니었나요?"

"……."

"대답 못하시는 거 보니 아니었나 보군요."

"아니요, 그런 게 아니라요. 그냥 좀 이상하잖아요. 누군가에 대해 그렇게 확신한다는 게. 아무리 가까운 사람이라도 그 사람에 대해 다 아는 게 가능해요? 어떻게 믿을 만한 사람이라고 단정할 수 있어요?"

"다 알지 못해도 전 한영이를 믿어요. 제가 보아온 모습을 믿고, 제가 들어온 말들을 믿어요. 그만큼 신뢰하고 있으니까. 그런데 그 사람은 당신에게 그런 믿음을 주지 못했나 봐요."

"함부로 말하지 마세요."

"그럼 확신할 수 있습니까? 박은규가 한영이의 죽음에 책임이 없다는 걸요. 조금의 의심도 없이 결백을 주장할 수 있습니까?"

그 순간 내가 어떤 표정을 지었는지는 기억나지 않았다. 나를 바라보는 상대의 얼굴에 비치던 주수와 연민, 그리고 내가 느꼈던 수치심과 분노만 기억에 남을 뿐이었다. 대화를 마무리하고 나는 도망치듯 그 자리를 빠져나왔다.

그건 핑계가 될 수 없어. 우리가 서로 거리를 두기 전, 또다시 환청 이야기를 꺼내려는 은규에게 나는 말했었다. 그건 면죄부가 아니야.

은규가 내가 아끼던 찻잔을 깨트린 뒤였다. 우리는 사소한 일로 다투던 중이었고, 감정이 격해진 내가 은규를 조금 지나치게 몰아세웠다. 그 순간에는 단지 그의 기분을 망치고 싶었을 뿐이었다. 그리고 그가 내 찻잔을 던졌다. 뒤늦게 그는 던진 게 아니라 잘못 건드려 떨어뜨린 것뿐이라고 했지만, 나는 그 잔을 집어 들던 그의 눈빛을 보았다. 컵이 깨지는 소리를 듣는 순간, 나는 그와 나 사이에 아슬아슬하게 유지되고 있던 방어선이 무너져버렸다는 것을 알았다. 잠시 뒤 그는 내게 사과했다. 미안해. 하지만 알잖아. 내게 어떤 일이 있었는지. 네가 나를 너무 몰아세우는 바람에, 무서워서 그랬어. 그러나 나는 더 이상 그를 이해하고 싶지 않았다. 그가 내게 그래서는 안 됐다. 그런 일에 서사를 부여하는 일은 불필요한 것이었다. 시간을 갖자는 말을 하면서도 나는 혹 그가 갑자기 화를 낼까 두려웠다. 걱정과 달리 그는 굉장히 상처 입은 얼굴로 돌아섰고, 그 모습에 나는 조금 미안한 기분을 느꼈다. 바로 그렇기에 우리 사이에는 시간이 필요했다. 내가 자꾸 미안해할까봐. 미안해서는 안 되는 일에도 사과를 하게 될까봐.

돌이켜 보면 그와 만나는 동안은 아주 작은 소리들로 이루어진 음파 그래프를 보고 있는 기분이었다. 얼핏 편편해 보이지만 계속 확대하다 보면 수없이 작은 파동들로 이루어져 있는 그래프. 그리고 나는 자주 많은 소리를 덮거나 제거해버렸다. 그 억눌렸던 소리들이 이제 조금씩 새어나오고 있었다. 납작하게 자취를 감추었던 소리들이 뒤늦게 자신의 존재를 드러내며 파동을 일으키고 있었다. 귀를 기울일수록 그동안 나를 거슬리게 만들었던 노이즈들이 점점 또렷한 목소리로 변해갔다. 아니, 애초에 그것들은 노이즈가 아니었을지도 몰랐다.

은규가 입원해 있는 병원을 찾았다. 가족 외 불필요한 접촉을 금하고 있어 면회는 거부되었다. 은성에게 연락을 해볼까 하다 그만두고, 병원 주변을 천천히 거닐었다. 건물과 건물 사이에 조성된 작은 정원을 지나다가 그곳에 놓인 벤치에 앉아 은규의 얼굴을 떠올렸다. 조용히 감긴 눈과 가지런한 광대뼈, 그리고 지금도 굳게 닫혀 있을 입을. 파워레인저가 꿈이었던 소년과 살인 사건의 용의자. 병실 침대에 죽은 듯 누워 있는 은규는 그중 어느 쪽과 더 가까운지.

그날 밤, 정한영의 집에서는 어떤 일이 있었을까. 자신의 미숙함을 이해해주기를 바라는 은규와 그런 은규를 거부하는 정한영의 모습을 상상해보았다. 은규는 자신이 숨기 통하지 않는 상내 앞에서 초조해졌을 것이다. 그리고 화가 났을까. 유독 자신을 위협해오는 세상을 원망하며.

나는 뒤이어 떠오르는 끔찍한 생각들을 떨쳐내려 고개를 내저었다. 그는 그렇게 잔인한 사람이 아니다. 그는 괴롭힘 당하는 동물들을 불쌍히 여겼고, 불의에 화를 낼 줄 알았다. 마음이 여려 자주 눈물을 보이던 사람이었다. 그러니 정말로 사고로 쓰러진 정한영을 두고 패닉 상태에 빠졌던 것일 수도 있다. 그날의 정적 속에는 분명 그런 가능성도 자리하고 있었다. 나는 부디 그 가능성이 더 커지기를 바랐다.

오래전, 그와 다투고 난 뒤 집으로 돌아와 두 손으로 귀를 막고 한참을 기다려보았던 적이 있었다. 어린 시절의 그가 그랬던 것처럼. 외부의 소리가 차단되자 들려오는 것은 내 숨소리뿐이었다. 그대로 눈을 감은 채 숨소리에 귀를 기울이고 있으려니 궤도를 이탈한 우주

비행사처럼 고독해졌었다. 나는 그렇게나마 그가 느꼈을 고독을 이해하려 했었다. 그리고 지금의 나는 두려웠다. 그가 남긴 침묵은 팽창하는 우주처럼 막막했고, 나는 어딘가 도사리고 있을지 모르는 위험을 맞닥뜨리게 될까 불안해할 뿐이었다.

너는 또 도망쳤구나. 언제나처럼 내가 화도 내지 못하게 불쌍한 모습을 하고서는 너의 방어막 뒤로 숨어버렸어. 나는 사라진 소리로 쌓아 올린 침묵의 벽 앞에서 진저리를 쳤다.

우리 모두를 위한 일

아무래도 그림 속 남자가 신경 쓰였다. 각진 얼굴형에 단정한 머리를 한 남자는 성실한 회사원처럼 보이기도 했고 고루한 관리 같기도 했다. 굳게 다문 입은 무언가를 다짐하는 듯 보였다. 어쩌면 지루해하거나 화가 나 있는지도. 눈길이 가는 것은 남자가 쓴 안경이었다. 원래는 검정 테가 둘러진 동그란 모양의 안경알 뒤로 남자의 눈이 비쳤었다. 그런데 투명하던 안경알 위에 풀밭이 그려지더니 얼마 뒤에는 다시 높은 빌딩 숲이 풀밭을 뒤덮었다. 그리고 지금은 빌딩 위로 짙푸른 바닷물이 들어차는 중이었다. 풍경이 바뀌어가는 사이 안경알은 점점 두꺼워졌다. 여러 차례 덧칠을 해 도톰하게 부각된 안경알을 들여다보고 있노라면 그것을 긁어내고 싶은 욕구를 느끼곤 했다.

이 사람은 대체 뭘 보고 있는 거야? 언젠가 그 그림을 그린 희민에게 물어본 적이 있었다. 그때 희민은 네가 보고 있는 것을 보고 있겠지, 하고 다소 불친절한 답을 내뱉었다. 무뚝뚝한 희민의 태도에 빈정이 상해 더 이상 묻지 않았다. 그럼에도 그림을 완전히 무시할 수는 없었는데, 그것을 볼 때마다 동수 씨가 떠올랐기 때문이었다.

희민이 그 안경을 그리기 시작한 것은 한 달 전쯤부터였다. 그즈음 동수 씨의 부인 은주 씨가 찾아왔었다. 우리에게 동수 씨의 재판에 증인으로 서줄 것을 부탁하기 위해서였다. 동수 씨가 자신이 근무하는 학원의 원장을 폭행하고 기물을 파손했다고 했다. 은주 씨의 말에 의하면, 동수 씨가 어떤 신입 강사가 받은 부당한 처사에 대해 원장에게 항의를 하던 중 그와 같은 일이 벌어졌다는 것이었다. 동수 씨는 자신의 행위가 정당했다고 주장하고 있었는데, 동수 씨의 편을 들던 신입 강사가 갑자기 말을 바꾸는 바람에 상황이 불리해진 모양이었다. 은주 씨는 우리에게 동수 씨가 이유 없이 폭행을 휘두를 사람이 아니라는 요지의 증언을 해달라고 했다.

은주 씨가 그와 같은 부탁을 해온 것은 우리 역시 동수 씨의 도움을 받은 적이 있기 때문이다. 3년 전, 나와 희민, 동수 씨가 함께 계약직 교사로 근무할 때였다. 희민이 교감과의 마찰로 곤란한 상황에 처하자, 동수 씨는 앞장서서 희민을 도우려 했다. 결과적으로 그와 희민 모두 학교를 나오게 되었지만, 덕분에 교감이 희민에게 했던 요구들이 부당했다는 사실은 밝힐 수 있었다. 그리고 나는 동수 씨가 희민을 위해 어떻게 자신을 희생했는지 모두를 지켜보았었다.

그러나 나는 은주 씨의 부탁에 선뜻 응할 수 없었다. 희민은 얼마 전 한 중학교에서 방과 후 강사 자리를 맡게 되었고 나는 학교와의 계약 기간이 끝나가고 있었다. 곧 정교사 채용 공고도 뜰 터였다. 지금 같은 시기에 괜한 분쟁에 휘말리고 싶지 않았다. 그 사건을 이야기하자면 당시 학교에 대한 우리의 입장도 다시 밝혀야 했는데 그것도 부담이 되었다. 우리는 일을 계속해야 했고, 그러기 위해서 우리에 대한 평가에 조금이라도 흠집을 낼 수 있는 일은 피하는 편이 좋다고 생각했다. 그리고 나는 희민을 대신해 나서던 동수 씨를 기억하고 있었다. 평소 조용하고 매사에 의욕 없어 보이던 그가 전투적인 상황이 되자 전혀 다른 사람처럼 돌변하던 모습을. 그때 그가 그렇게 과한 대응을 하지 않았다면 희민은 학교에 좀 더 남아 있었을지도 몰랐다. 어쩌면 더 좋은 방향으로 문제를 해결해나갔을 수도 있었다. 이번에도 동수 씨가 무언가 지나친 행동을 하지는 않았을까. 동수 씨가 저질렀을지도 모르는 과실을 자꾸 따져보게 되었다.

은주 씨의 부탁을 거절하자는 말을 꺼낸 쪽은 나였다. 희민은 도울 수 있는 일이 있다면 돕는 게 좋지 않겠냐며 미적지근한 태도를 보였는데 그마저도 내가 부정적인 반응을 보이자 그만두었다. 그가 동수 씨의 문제에 관해 자신의 의견을 피력한 것은 그때가 처음이자 마지막이었다.

희민이 남자의 안경알 위에 무언가를 그리기 시작한 것은 분명 그즈음부터였을 것이다. 그러니까 동수 씨 일이 희민의 작업에도 어느 정도 영향을 주지 않았을까. 붓을 움직이며 무의식중에라도 동수 씨를 떠올리지는 않았을까. 남자의 초상화는 그동안 희민이 그려온 수많은 작품들 중 하나일 뿐이었다. 그러나 그가 반복적으로 그림을 덧칠하기 시작하면서부터 조금씩 거슬리는 존재가 되었다. 날이 갈수록 두꺼워지는 안경알이 자꾸 내 시선 끝에 걸렸다.

5교시가 끝난 뒤 쉬는 시간, 성난 얼굴로 교무실에 들어선 학생부장 선생이 내 책상 위에 종이 묶음을 내려놓았다.

"이것 좀 읽어보세요."

나는 어리둥절한 기분으로 내 앞에 놓인 종이를 들여다보았다. A4 용지 크기의 종이 상단에는 '노성태 선생님의 공개 사과를 원합니다'라는 문장이 굵고 큰 글씨로 적혀 있었고 이어 조금 더 작은 글씨로 다음과 같이 쓰여 있었다.

—10월 19일, 3학년 2반 2교시 영어 수업 시간에 노성태 선생님은 이현지 학생에게 다음과 같은 말로 모욕을 주었습니다. '너는 넘어져도 쿠션이 있어 괜찮겠다. 살이 너무 찌면 나중에 애 낳을 때도

힘들다.' 학생의 외모를 비하하고 성적 수치심을 준 노성태 선생님의 진심 어린 공개 사과를 원합니다. 아울러 학교 측에서 노성태 선생님의 잘못에 상응하는 징계를 내리고 이와 같은 일이 재발하지 않도록 적절한 대응책을 마련해줄 것을 요구합니다.

그 아래에는 우리 반 학생들의 이름과 서명이 차례로 기입되어 있었다.

"노 선생하고는 내가 이야기를 해볼 테니까 학생하고는 최 선생이 이야기 좀 해봐요. 괜히 시끄러워지지 않게. 요즘 너도나도 서명이니 청원이니 하니까 애들이 별걸 다 따라 해요."

학생부장이 자리로 돌아간 뒤, 서명 용지를 다시 살펴보았다. 빼곡히 적힌 익숙한 이름을 차례로 읽는 동안 손끝이 조금씩 차가워지고 속이 더부룩해졌다. 점심으로 먹은 카레가 얹힌 듯했다. 나는 들고 있던 종이를 반으로 접어 내 눈에 띄지 않게 다이어리 사이에 끼워두었다.

방과 후, 현지를 상담실로 불렀다. 막상 아이와 마주하자 어떻게 말문을 열어야 할지 떠오르지 않았다. 나는 맞은편에 앉은 현지의 둥그런 얼굴을 잠시 동안 가만히 바라보았다. 현지는 정말로 뚱뚱했다. 기성복 사이즈를 늘린 교복도 꽉 끼어서 평소 체육복 상의를 셔츠 대신 입고 있다가 다른 선생들에게 여러 차례 주의를 받기도 했다. 그러나 정작 현지는 그런 것에 별로 개의치 않는 듯했다. 워낙 당당하고 밝은 아이였다. 앞에 나서는 것도 좋아했고 재치 있는 말로 반 분위기를 띄울 줄도 알았다. 아마 그래서 그랬을 것이다. 노성태 선생은 자기가 얼마만큼이나 무례한 말을 하고 있는지 깨닫지도 못한 채 이 아이라면 자신의 농담을 무던하게 웃어넘길 거라 판단했을 터였다.

고심 끝에 결국 내가 꺼낸 말은 현지가 받았을 상처가 얼마나 클지 이해하며, 그래도 우선 영어 선생님께 이야기를 해보는 것이 좋지 않겠냐는 빤한 말이었다.

"이야기해봤는데요?"

"그래? 노 선생님은 뭐라고 하셨는데?"

"선생님이 장난 좀 친 거 갖고 예민하게 받아들이지 말라던데요."

"그랬구나. 현지가 더 화가 났겠네."

"선생님, 제가 잘못한 거 아니죠?"

나는 현지의 눈을 마주하며 고개를 저었다.

"현지가 잘못한 건 아니지."

"노성태 선생님이 잘못한 거죠?"

"응, 노성태 선생님이 잘못한 거지."

"그러면 선생님도 서명해주실 수 있으세요?"

"그건 좀 곤란해."

현지는 그럴 줄 알았다는 듯 고개를 끄덕였다.

"왜 그런 일이 있었다고 내게 먼저 말하지 않았니?"

학생부장에게 서명 용지를 건네받았을 때부터 가장 신경 쓰였던 점이었다. 서명란에는 우리 반 아이들 거의 대부분의 이름이 적혀 있었다. 그런데 왜 이들 중 그 누구도 내게 귀띔해주지 않았을까.

"그럼 이런 거 하지 말라고 하셨을 거잖아요."

"그래도 어떤 일이 있었는지는 말해줬어야지. 그랬으면 함께 방법을 찾아볼 수 있지 않았을까?"

"뭘 어떻게 해주실 수 있는데요?"

공격적인 질문에 나는 그만 말문이 막혔다. 현지는 곧 표정을 누그러뜨리고 한층 부드러워진 목소리로 말했다.

"죄송해요. 선생님 입장도 곤란하다는 거 알아요. 아무래도 선생님 상황도 그러니까 이런 일에 목소리 내시기 힘든 거 이해할 수 있어요."

"내 상황?"

"그러니까……, 선생님 그거잖아요."

"그거라니?"

"기간제 교사요."

현지는 말투는 매우 조심스러웠다. 상대를 배려해야 한다는 의지가 담긴 말투. 그 앞에서 나는 정말로 아무 말도 할 수 없게 되어버렸다.

상담을 마치고 현지를 먼저 내보낸 뒤, 서명란에 적힌 아이들의 이름을 천천히 읽어 내려갔다. 익숙했던 이름들이 한없이 낯설게 느껴졌다. 손끝이 계속 저려왔다. 내내 불편하던 속이 이제는 꽉 막혀버린 듯했다.

거절 의사를 밝힌 뒤로도 은주 씨는 종종 연락을 해왔다. 주로 안부를 물었고 간혹 동수 씨의 근황이나 재판 준비에 대해 이야기하기도 했다. 일전의 부탁에 대해서는 더 이상 아무 말도 꺼내지 않았다. 같은 여자끼리 더 편했기 때문인지 은주 씨는 희민이 아닌 내게만 연락을 해왔다. 어쩌면 둘 중 더 확고한 입장을 가진 쪽이 나라는 사실을 어렴풋이 눈치챈 것인지도 몰랐다. 은주 씨의 연락을 받을 때마다 나는 그녀를 어떻게 대해야 할지 고민하느라 좀처럼 그녀의 이야기에 집중하지 못했다. 그러나 같은 상황이 거듭되자 미안함이나 민망함 따위의 감정은 점점 옅어져갔다. 가끔은 그녀의 말을 끊고 당신들의 근황 따위 별로 궁금하지 않다고 말하고 싶었다. 그러니 이런 식으로 연락하는 건 그만두라고. 당신이 나를 얼마나 불편하게 만들고 있는 줄 아느냐고.

마침내 재판 결과가 나왔다. 동수 씨는 징역 4개월에 집행유예 1년을 받게 되었다고 했다. 조금 지친 목소리로 결과를 전하던 은주 씨는 항소심을 생각하고 있다고 덧붙였다. 그 소식을 듣고서 무엇보다 궁금했던 것은 희민의 반응이었다. 은주 씨의 부탁을 거절하기로 결정한 뒤로, 희민은 마치 처음부터 그런 부탁을 받은 적 없는 것처럼 굴고 있었다. 그와 같은 태도가 다행스럽게 여겨지면서도 한편으로는 실망스러웠다. 그래도 좀 더 고민하는 척이라도 해야 하지 않나. 모른 척 내게 악역을 떠넘기려는 건가. 한번은 은주 씨의 전화를 받은 뒤 그에게 벌컥 짜증을 낸 적이 있었다. 너는 왜 아무 말도 안 해? 왜 나만 이렇게 안절부절못해야 하는데? 그러자 희민은 조금 지친 목소리로 내게 되물었다.

"무슨 말을 할까? 동수 씨한테 도움받은 사람은 나야. 그동안 변변한 경제 활동도 못 하고 이제까지 너한테 빌붙어 산 것도 나고. 이 상황에서 내가 무슨 말을 할 수 있겠어?"

그 이후 나는 희민에게 동수 씨의 일에 대해 묻는 것을 그만두었다. 사실 그 문제를 화두에 올리는 것은 나 역시 달갑지 않았다.

동수 씨가 받은 형량을 전해 들은 희민의 반응은 무덤덤했다. 그렇게 되었구나. 그리고 한참 뒤에 내게 물었다.

"괜찮아? 얼굴이 안 좋아 보여."

나는 희민의 물음이 거북하게 느껴졌다.

"괜찮냐고? 내가 괜찮지 않을 건 없잖아. 안 그래?"

내 얼굴을 물끄러미 바라보던 희민이 고개를 끄덕였다.

"그렇지. 그러지 못할 건 없지."

잠시 후 희민은 편의점을 다녀오겠다며 집을 나섰다. 나는 희민이 없는 틈을 타 그림이 있는 방으로 들어갔다. 바닷물이 넘실대던 안경알 위에는 이제 적갈색 벽돌벽이 그려지고 있었다. 투박하고 단단해 보이는 벽이었다. 그림은 아주 천천히 완성되어가고 있었고 그와 동시에 다시 미완성의 형태로 돌아가고 있었다.

재판 결과를 듣고 난 뒤 떠오른 것은 동수 씨의 안경이었다. 네모난 안경알에 안경테는 없었고 안경알을 이어주는 금빛 브릿지와 안경다리가 매우 가늘었다. 안경은 그의 얼굴에 썩 어울리지 않았다. 유행에 맞춰 다른 모양으로 바꾸어보는 게 어떠냐는 주변 사람들의 권유에도 그는 꿋꿋이 그 테 없는 안경을 고집했다. 그런 그가 한동안 그 안경을 못 쓰게 된 적이 있었다. 그가 희민을 대신해 교감에게 맹렬히 달려들었을 때였다. 흥분한 그를 누군가 붙잡았고, 그 과정에서 그만 안경이 벗겨져 바닥에 떨어지고 말았다. 안경알이 깨지고 테가 꺾인 안경은 복구가 어려워 보였다. 드디어 그 촌스러워 보이는 안경에서 탈출하는 건가 싶었는데 며칠 뒤, 그는 새 안경을 끼고 나타났다. 어디서 구했는지, 예전 것과 정확히 같은 모양의 안경이었다. 동수 씨는 여전히 그 안경을 쓰고 있을까.

그림을 바라보다가 두껍게 칠해진 안경알의 끄트머리를 조금 긁어내보았다. 덜 마른 적갈색 물감이 손톱 사이에 끼었다. 다른 쪽 손톱으로 물감을 빼내려 애쓰다 문득 현지의 말이 떠올랐다. 선생님

그거잖아요. 물감은 빼내려 할수록 점점 뭉개져 손톱을 적갈색으로 물들였다. 얼룩진 손톱이 증거처럼 남아 내가 한 짓을 알리고 있었다.

학교 측은 노성태 선생과 현지가 서로 사과하는 것으로 일을 마무리 지으려 했다. 노성태 선생은 학생에게 짓궂은 농담을 한 것에 대해, 현지는 교내 분란을 조장한 것에 대해 각각 잘못을 인정하고 사과하라는 방침이었다. 아울러 두 사람 모두 다시는 같은 문제를 일으키지 않을 것을 약속하라는 조항이 덧붙여졌다.

현지는 학교의 지시를 거부했다. 노성태 선생이 공개적으로 자신을 비하하였으니 사과 역시 잘못을 분명히 언급하여 공개적으로 해야 한다는 것이었다. 노 선생에 대한 징계와 관련 문제에 대한 가이드라인에 대한 요구도 변함이 없었다. 그리고 자신은 분란을 조장한 것이 아니라 정당한 요구를 한 것이므로 사과할 수 없다고 했다.

학교 측에서는 현지의 요구를 들어주지 않았다. 교감은 요즘 애들이 정도를 모른다며 화를 냈고, 학생부장은 현지를 불러 구슬렸다. 그럼에도 불구하고 현지의 입장은 견고했다. 현지의 담임인 나는 난처하기 짝이 없었다. 교감은 내게 더 이상 시끄러워지지 않도록 빠른 시간 내에 문제를 해결하라는 지시를 내렸다. 문제를 해결하라는 말은 곧 학교 측의 입장에서 현지를 설득하라는 이야기였다. 아이가 상황을 납득하고 자신의 의지를 굽히게 만드는 것, 그것이 내가 해야 할 일이었다. 그러나 나는 선뜻 그 지시를 따를 수가 없었다. 현지의 말이 옳았기 때문만은 아니었다. 나를 이해한다는 듯 쳐다보던 현지의 눈을 다시 마주하게 될까 두려웠다. 그 눈빛은 분명히 말하고 있었다. '괜찮아요. 당신은 이러지도 저러지도 못하는 하루살이 같은 존재이니까요'. 내가 현지를 설득하려 한다면 스스로 그것을 인정하는 꼴이 될 터였다. 문제는 그 아이의 말이 틀리지 않다는 것이었다. 막상 아이들이 내 도움을 바란다 해도 나는 아무것도 할 수 없을 거였다. 현지와의 상담 이후 교실에 들어설 때마다 나도 모르게 아이들의 눈치를 보게 되었다. 그들은 아무도 내게 도와달라 하지 않는다. 서명 용지에 내 이름을 적을 자리는 처음부터 없었다.

내게는 두 개의 선택지가 있었다. 하나는 내 처지를 인정하고 학교 측이 원하는 대로 현지를 설득하는 것이었다. 오히려 내 초라한 입장이 이 일을 해결하는 데 도움이 될지도 몰랐다. 네가 옳다고 생각하는 일이 또 다른 누군가를 얼마나 난처하게 만들 수 있는지 아니? 너도 다 이해한다고 하지 않았니? 그럼 이쯤에서 적당히 타협하는 것이 모두에게 최선이라는 것도 알아야지.

아니면 현지의 편에 섬으로써 나에 대한 현지의 생각이 틀렸다는 것을 입증할 수도 있었다. 나는 네가 생각하는 것처럼 불쌍한 존재도 아니고 정의를 모르는 인간도 아니야. 나도 무엇이 옳은지 알고 불의에 맞설 줄 알아. 그러면 그 순간만큼은 내 자신이 그렇게 형편없는 인간이 아니라는 사실에 안도할 수 있을 것이다. 그런데 그 다음에는?

나는 다이어리 사이에 끼워두었던 서명 용지를 꺼내 펼쳤다. 그리고 남아 있는 빈칸에 내 이름을 써넣으려다 그만두었다. 내가 정말 원하는 건 무엇일까. 만약 아이들이 이 종이를 내게 들고 왔다면 나는 뭐라고 했을까. 다시 펜을 들어 이름 대신 현실적으로 내가 현지를 위해 할 수 있는 일들을 적어보았다. 아이를 위한 지속적인 상담, 공식적인 자리까지는 아니어도 노 선생이 현지에게 사과할 수 있는 자리 마련, 그리고 또 무엇이 있을까. 적어도 나는 네 편이라는 걸 보여줄 수 있는 방법이……. 그러나 그런 것들은 무의미하다는 것을 알고 있었다. 현지가 원하는 것은 분명했고 나는 그것을 들어줄 수 없었다. 그러면서 나는 네 편이라는 걸 믿어달라고 한다면 어느 누가 납득할 수 있을까.

그 사이 두 번째 서명 용지가 나왔고, 학교는 더욱 시끄러워졌다. 이번에는 현지뿐만이 아니라 각 학급 임원 몇 명이 주축이 되어 전교생을 상대로 서명을 받았다. 교육청에 직접 제출할 계획인 모양이었는데 도중에 발각된 것이었다. 학교 측은 현지뿐 아니라 서명을 주도한 아이들 모두에게 책임을 물을 것이라고 했다.

이 모든 일의 원인을 제공한 노성태 선생은 아이들이 무서워 더 이상 교단에 설 수 없을 것 같다며 심적 고통을 호소했다. 대체 내가 뭐 그렇게 죽을죄를 지었습니까, 라는 말은 어느새 그의 입버릇이 되어 있었다. 그리고 은근슬쩍 비난의 화살을 내게 돌렸다. 반 아이를 제대로 통제하지 못한 죄였다. 나를 탓하는 이는 비단 노 선생뿐만이 아니었다. 누구도 대놓고 말을 꺼내지는 않았지만 분위기는 마치 나로 인해 상황이 악화된 것처럼 흘러가고 있었다. 이 사건이 어떻게 시작되었는지 제대로 파악하고 있는 사람이라면 피해자인 현지를 직접 비난하는 것보다는 내게 책임을 묻는 쪽이 덜 불편했을 테니까.

결국 나는 또다시 현지와 상담실에 마주앉게 되었다. 이제는 노성태 선생도 사건의 심각성을 깨닫고 있으니, 이쯤에서 재차 적당한 합의점을 논의해보자며 아이를 달래볼 생각이었다. 그렇다고 무조건 현지의 요구를 백지화시킬 생각은 아니었다. 일을 더 크게 만들지 않으면서 현지도 받아들일 만한 지점을 찾을 수 있지 않을까. 그러나 현지는 내가 말을 채 끝내기도 전에 야무진 목소리로 자신의 의견을 늘어놓았다.

"선생님, 이 일을 제가 받은 모욕에 관한 문제로만 보시면 안 돼요. 이건 사회적 약자의 인권에 대한 문제라고요. 저는 여러 면에서 노성태 선생님보다 약자의 입장에 처해 있어요. 노성태 선생님도 이 사실을 알고 있기 때문에 제게 무례한 농담을 쉽게 던질 수 있었겠죠. 자기보다 힘 센 사람한테 그런 말을 쉽게 할 수 있었겠어요? 이건 단지 개인의 반성만으로 끝낼 수 있는 문제가 아니에요. 언제든지 반복될 수 있으니까요. 사회적 약자를 위한 보호 장치가 마련되어야 한다고요."

그래. 훌륭한 생각이지. 다 맞는 말이야. 그런데 넌 그렇게 똑똑하면서 그게 말처럼 쉽지 않다는 건 왜 이해하지 못하는 거니. 왜 유연하게 돌아가는 방법 같은 건 떠올리지 못하는 거지. 나는 새어나오려는 한숨을 삼키며 현지를 타일렀다.

"그렇지. 네 말이 다 맞아. 하지만 모든 일을 하루아침에 바꿀 수 있는 게 아니잖니. 이 정도면 많은 사람들에게 충분히 경각심을 주었다고 생각하는데."

"아니요, 선생님. 그렇게 타협해버리면 안 되죠. 그리고 어떻게 보면 이건 선생님을 위한 일이기도 해요. 선생님, 저, 그리고 우리 모두를 위해 꼭 필요한……."

"그만! 나도 알아. 나라고 모르는 줄 아니? 지금 날 가르치려는 거야?"

더 이상 가만히 듣고 있을 수가 없었다. 말이 가로막힌 현지는 입을 꾹 다문 채 나를 빤히 쳐다보고 있었다. 맹랑한 눈빛, 통통하게 살이 오른 볼, 고집스럽게 닫힌 얇은 입술. 볼수록 미운 얼굴이었다.

"지금 난 어떻게든 널 도우려고 이러는 거야. 알아?"

그동안 내가 어떤 고민을 했는지 아느냐고, 이 학교에서 나만큼 네 일에 대해 생각하는 선생이 있는지 아냐고 묻고 싶었지만 차마 말을 이을 수 없었다. 흥분한 나와 달리 내내 차분함을 유지하던 현지가 나직한 목소리로 말했다.

"선생님, 도와주지 않으셔도 괜찮아요. 그냥 막지만 말아주세요. 그거면 돼요."

상담은 최악의 모양새로 끝이 났다. 현지를 먼저 돌려보낸 나는 기운이 빠져 한동안 자리에서 일어날 수 없었다. 날 가르치려는 거야?라니. 어쩜 그리 멍청한 말을 할 수 있었을까. 도와주지 않아도 된다는 현지의 말이 귓가에 맴돌았다. 그때 그 아이의 눈빛에 담겨 있던 것은 경멸이었을까, 동정이었을까.

상담실을 나와 교무실로 돌아가려는데 하필 맞은편에 노성태 선생이 걸어오고 있었다. 자리를 피하고 싶었지만 이미 그가 나를 발견한 뒤였다. 그는 나를 보자마자 빠른 걸음으로 다가와 물었다.

"이야기 좀 해봤어요? 뭐래요?"

나는 말없이 고개만 꾸벅 숙여 보이고는 그를 지나쳤다. 등 뒤에서 혀를 차며 구시렁거리는 소리가 들려왔지만 아무것도 듣지 못한 척 발걸음을 재촉했다.

코미디 프로그램을 보는 희민의 표정은 어울리지 않게 심각했다. 화면 속에서는 한 남자 출연자가 유행어를 내뱉으며 우스꽝스러운 몸짓을 반복해 보이고 있었다. 희민은 대체 뭐가 웃긴지 모르겠다는 표정을 짓고 있으면서도 텔레비전에서 한 번도 눈을 떼지 않았다. 덩달아 나도 괜히 진지한 얼굴로 화면을 들여다보았다. 저리도 열심히 움직이는데 우리 중 아무도 웃기지 못하다니, 남자의 몸짓이 애처롭게 느껴졌다. 마침내 연기를 마친 남자가 무대 뒤편으로 사라졌을 때, 희민에게 물었다.

"동수 씨 말이야. 그 사람이 쓰던 안경 기억나?"

"글쎄, 안경을 쓰긴 했었지."

"안 어울린다고 해도 맨날 그것만 쓰고 다녔잖아."

"그랬던 거 같기도 하고. 근데 그건 갑자기 왜?"

"만약 동수 씨가 항소심에 증인으로 참석해달라고 또 부탁해오면 어떻게 할 거야?"

희민은 그제야 고개를 돌려 나를 바라보며 말했다.

"동수 씨, 작년에도 술 먹고 폭행 사건에 휘말린 적 있다더라. 그거 때문에 이번 판결에서 불리했던 거 같던데."

"그래?"

"응, 그랬대."

"그런데 그건 어떻게 알았어?"

"나도 여기저기에서 전해 들었어."

나는 희민 몰래 깊은숨을 내뱉었다. 내내 거슬리던 티끌이 사라진 기분이었다. 그렇구나. 동수 씨는 예전에도 같은 일이 있었어. 동수 씨는 그럴 수 있는 사람이었구나.

희민은 다시 텔레비전 화면에 시선을 고정했다. 어느새 다른 출연자가 무대에 나와 있었다. 이번에도 엄숙한 표정으로 그의 연기를 보던 희민은 어디서 웃어야 하는지 도통 모르겠다고 투덜대더니 리모컨을 들어 다른 채널을 찾았다. 그러다 문득 생각났다는 듯 말했다.

"참, 나 다음 주부터 입시학원도 나가기로 했어."

나는 곧 다른 예능 프로그램에 집중하기 시작한 희민을 남겨두고 방으로 들어왔다.

은주 씨는 왜 내게 그런 말을 다 하지 않았을까. 일부러 그런 걸까. 한참 동안 그런 생각을 하다 전화기를 찾아 들었다. 이틀 전 은주 씨가 보내온 메시지에 아직 아무 답도 보내지 않고 있었다. 메시지 창을 열고 답장을 쓰기 시작했다. 지우고 다시 쓰기를 몇 번인가 반복하다가 결국 아무것도 보내지 못하고 메시지 창을 닫아버렸다.

아침 조회 준비를 하고 있는데 갑자기 교무실의 분위기가 산만해졌다. 누군가 내게 교문으로 내려가보아야 할 것 같다고 전했다. 현지가 교문 앞에서 학생부장과 대치중이라고 했다. 창밖을 내다보니 정말로 교문 앞이 어수선했다. 이거 참, 일을 복잡하게 만드네. 등 뒤에서 또 다른 누군가가 중얼거렸다.

서둘러 교무실을 나서려는데 문 앞에서 노성태 선생과 마주쳤다. 그는 나를 보자마자 시뻘게진 얼굴로 다그쳤다.

"애랑 잘 이야기해보겠다면서요. 잘 해결될 것 같다면서요. 알아서 하겠다고 큰소리치더니 그동안 대체 뭘 한 겁니까?"

굳이 상대하고 싶지 않아 대꾸 없이 자리를 벗어나려는 내게 그는 훈계하듯 덧붙였다.

"애들 통제하는 것도 교사 능력이에요."

그런 너는 뭐가 그리 잘나서 이런 상황을 만들었니. 나는 속으로 욕을 퍼부으며 사건 현장을 향해 내달렸다.

교문 앞에 도착하니 모여 있는 아이들 사이로 현지와 학생부장의 모습이 보였다. 현지는 커다란 보드지를 들고 있었는데, 거기에는 '학생의 인격을 모독한 노성태 선생님과 그것을 방관한 학교는 지금 당장 진심 어린 사과를 해주십시오'라고 적혀 있었다. 학생부장은 현지를 꾸짖으며 상황을 종료시키려 하고 있었지만 주변 시선을 의식해서인지 그 이상 강압적으로 제재를 가하지는 못하는 듯했다. 현지는 학생부장 앞에서도 눈 하나 깜짝 않고 묵묵히 자리를 지키고 있었다. 내가 다가가자 학생부장은 반색하며 자리를 비켜주었다. 나는 등 뒤에 꽂히는 학생부장의 시선을 느끼며 현지 앞에 섰다. 현지의 얼굴을 똑바로 바라보자, 현지도 나를 마주보았다. 두려움 따위는 어려 있지 않은 현지의 눈이 내게 묻고 있었다. 이제 어떻게 할 건가요. 당신은 여기서 무엇을 할 수 있을까요. 올곧은 눈빛에 나도 모르게 고개를 숙일 것만 같아 마음이 다급해졌다. 나는 손을 뻗어 현지가 들고 있는 보드지를 붙잡고 말했다.

"현지야, 여기서 이러지 말고 우리 올라가서 이야기하자."

보드지를 내 쪽으로 당길수록 현지의 손에도 힘이 들어갔다. 나도 힘을 더 줘보았지만 현지를 이길 수가 없었다. 꼭 이렇게까지 해야 했을까. 표정 한 번 변하지 않는 현지의 얼굴이 점점 더 밉살맞게 보였다. 나와 힘겨루기를 하는 두꺼운 팔뚝과 아무리 당겨도 꿈쩍없을 것 같은 큰 몸집을 보며 생각했다. 힘은 세가지고는. 정말 넘어져도 아프지는 않겠네.

순간, 둥글게 휘어지던 보드지가 반으로 툭 꺾였다. 그와 동시에 현지가 손에 힘을 풀었고, 여전히 보드지를 당기고 있던 나는 중심을 잃고 비틀거리다 그만 땅바닥에 철퍼덕 주저앉고 말았다. 점차 흐릿하게 변하는 눈앞에 놀란 얼굴로 나를 내려다보는 현지의 모습이 어른거렸다. 아이들이 웅성거리는 소리와 주변을 정리시키는 학생부장의 목소리가 마치 물속에서 듣는 것처럼 멀게 느껴졌다. 당장 일어나 그 자리를 벗어나고 싶었지만 몸에 힘이 들어가지 않았다. 차라리 이게 다 악몽이라면 좋을 텐데. 그때, 눈앞에 손 하나가 불쑥 나타났다. 작고 보드라워 보이는 손이었다. 무심코 그 손을 잡으려던 나는 내 손에 들려 있는 구겨진 보드지를 발견했다. 봐. 이렇게 망가지고 말았잖아. 선생님? 나를 부르는 목소리가 들려올 때까지, 나는 보드지 위에 꾹꾹 눌러 쓴 동글동글한 글씨들을 멍하니 바라보았다.

소동이 있고 난 뒤, 현지의 어머니가 학교에 찾아왔다. 긴 회의 끝에 모두에게 좋은 쪽으로 일을 마무리하기로 했다. 학교는 현지의 의사와 상관없이 노성태 선생의 사과 자리를 만들었다. 현지는 노 선생이 사과 아닌 사과를 하는 동안 한 마디도 하지 않았다. 보다 못한 그녀의 어머니가 중재를 하려 했지만 아랑곳 않고 교실 바닥만 노려볼 뿐이었다.

노 선생과의 자리가 만들어진 다음 날, 현지는 학교에 나오지 않았다. 현지의 결석 이유를 묻는 아이는 없었다. 그러나 아이들은 침묵함으로써 내게 묻고 있었다. 어째서 학교에 나오지 못하는 쪽이 현지여야 하나요. 그날 저녁, 집으로 돌아온 나는 다시 희민의 그림 앞에 섰다. 희민은 입시학원 일을 시작한 뒤로 부쩍 바빠졌고, 그의 이젤에 놓여 있던 그림은 한구석으로 치워졌다. 완성된 안경알은 다시 노을 지는 하늘로 탈바꿈하던 중이었다. 그리던 도중 멈추어버린 탓에 안경알의 일부는 하늘이고 나머지 부분은 벽인 모양새가 되어버렸다. 여러 번 덧칠한 안경알은 볼록하게 튀어나와 제법 묵직한 양감이 느껴졌다. 안경 위로 그려진 수많은 풍경들. 안경알 위로 쌓아올린 물감의 두께가 두꺼워질수록 남자는 더 많은 것을 보게 되는 것일까, 점점 볼 수 없게 되어버리는 것일까. 하늘과 벽을 벗겨내면 바다가, 바다를 벗겨내면 빌딩 숲이 나올 것이다. 계속해서 굳은 물감을 긁어내면 그 아래로, 차례로 다른 풍경들이 모습을 드러낼 것이다. 모든 풍경을 걷어내면 안경알 너머 어떤 눈을 마주하게 될까.

안경이 벗겨졌을 때 동수 씨가 어떤 눈을 하고 있었는지는 더 이상 기억나지 않았다. 한번은 그에게 굳이 그 안경을 고집하는 까닭을 물은 적이 있었다. 그때, 동수 씨는 멋쩍은 얼굴로 말했다. 이게 행운을 불러오는 안경이라서요. 이 안경을 쓰고 나서 조카가 태어났고 은주를 만났고 또 취직까지 했어요. 뭐, 그런 거죠. 행운의 부적 같은 거. 그러나 그가 아끼던 행운의 부적은 망가지고 말았다. 새로 구해온 같은 모양의 안경은 제 역할을 해내지 못했던 모양이었다. 그렇게 중요한 물건이었다면 좀 더 소중히 다루면 좋았을 것을. 괜한 오지랖을 부리다 떨어뜨리는 일 같은 건 하지 말았어야 했는데. 그랬다면 그는 자신에게 주어진 행운을 더 오래 지켜낼 수 있었을까.

나는 테이블 위에 정리되어 있던 물감용 나이프를 집어 들고 그림 앞으로 갔다. 그리고 굳은 물감을 조심스레 긁어내기 시작했다. 남자의 눈 위에 더께처럼 엉겨 있던 풍경들이 조금씩 벗겨져갔다. 내 서투른 솜씨로 물감을 깔끔하게 벗겨내는 일은 쉽지 않았고, 나이프가 지나간 자리는 함부로 난 흠집처럼 보였다. 남자의 눈은 이제 실패의 흔적을 품고 있었는데, 그 결과 그가 더 많은 것을 보게 된 것인지, 아무것도 볼 수 없게 되어버린 것인지는 알 수 없었다.

현지는 이튿날에도 결석을 했다. 나는 퇴근 후 현지의 집 근처로 찾아갔다. 내 연락을 받은 현지는 잠시 망설이는 듯하더니 결국 내가 말한 카페로 나오겠다고 했다. 현지에게 사과를 해야 할 것 같았다. 사건이 처리되는 동안 현지를 위해 아무것도 하지 못한 것에 대해서, 그리고 그 애의 보드지를 구긴 것에 대해서. 그러나 현지가 내 앞에 나타날 때까지도 어떤 식으로 말을 꺼낼지조차 정하지 못하고 있었다.

학교에 나오지 않는 동안 무엇을 했냐는 질문에 현지는 멋쩍은 듯 웃으며 종일 집에 누워 있었다고 했다. 몸 안의 에너지가 모두 소진된 것처럼 움직일 수가 없었다는 것이었다.

"말 그대로예요. 우울하다거나 괴롭다거나 뭐 그래서 그런 게 아니라 정말 기운이 없어서 움직일 수가 없었어요."

"이제는 기운이 좀 생겼어?"

"네, 그래서 여기 나온 거예요. 선생님이야말로 그때 넘어진 건 괜찮으세요?"

"괜찮아."

"다행이네요."

현지는 자못 진지한 얼굴로 고개를 끄덕여 보였다. 그리고는 잠시 대화가 끊겼고. 어색한 침묵이 이어졌다. 나는 아까부터 망설이던 말을 꺼내야겠다고 마음먹었다.

"현지야, 선생님이……."

"선생님, 혹시 저한테 사과하실 생각이세요? 그럼 그러지 마세요. 선생님이 사과하실 필요는 없어요."

"응?"

"제 말은, 사과를 주고받을 사람들은 우리가 아니잖아요."

사과할 기회조차 빼앗겨버린 나는 조금 민망해지고 말았다. 그래, 너는 여전히 똑똑하구나. 현지는 내 민망함 따위는 아랑곳없이 말을 이어나갔다.

"그런데 선생님, 저는 이번 일로 포기하지 않아요."

왜 이렇게들 포기할 줄 모르는 걸까. 나는 현지에게 동수 씨의 안경에 대해 말해주고 싶었다. 그 안경이 그에게 어떤 의미였고, 결국 어떻게 되었는지를. 나는 다만 현지가 자신의 안경을 잃어버리지 않기를 바라는 것뿐이었다. 그런데 왜 다들 그런 건 중요하지 않다는 듯 구는 거지.

현지에게 내일부터는 다시 학교에 나오겠다는 약속을 받아낸 뒤 자리에서 일어났다. 카페 문을 나설 때였다. 등 뒤에서 아, 하는 짧은 비명 소리가 들렸다. 돌아보니 현지가 오른손 엄지손가락을 감싸 쥔 채 잔뜩 인상을 찡그리고 있었다.

"왜 그래? 다쳤어? 문에 끼인 거야?"

다가가 현지의 손가락을 살펴보니 손톱과 살의 경계선 부분이 까져 붉은 피가 맺혀 있었다.

"있어봐. 저기 약국에서 약 사올 테니까."

"괜찮아요. 집에 가서 치료하면 돼요."

"잠깐만 기다려."

나는 현지의 거절을 못 들은 척하고 건너편에 자리한 약국을 향해 뛰었다. 굳이 그럴 필요까지 없다는 걸 알았지만 내가 할 수 있는 일이 있다는 게 반가워 위급한 상황인 것마냥 서둘렀다.

밴드와 연고를 사서 다시 자리로 돌아왔을 때, 현지는 카페 앞 화단에 걸터앉아 고개를 푹 숙이고 다친 손가락을 들여다보고 있었다. 현지를 향해 손을 뻗으려던 나는 잠시 멈칫했다. 현지의 둥그런 어깨가 조금씩 떨리고 있었다.

"봐요, 저도 다치면 아프다고요."

현지는 얼굴을 들지 않은 채 내게 손가락을 내밀며 투정부리듯 말했다. 손가락은 어느새 발갛게 부어올라 있었다. 나는 현지의 까진 손가락에 연고를 바른 뒤 밴드를 붙여주었다. 그동안 현지의 다른 한 손은 내 카디건 자락을 꼭 쥐고 있었다. 나를 붙들고 있는 그 손을 나도 모르게 자꾸 쳐다보게 되었다. 처치가 모두 끝나자 현지는 다시 이전의 무덤덤한 얼굴로 돌아와 있었다. 그리고 아무 일 없었다는 듯 내게 인사를 건넸다. 내일 봬요, 선생님! 현지를 향해 손을 흔드는데 문득 엄지손가락에 아릿한 통증이 느껴졌다. 들여다보니 손톱과 살이 맞닿은 곳에 작은 거스러미가 일어 있었다. 나는 손가락을 감싸 쥔 채, 씩씩하게 걸어가는 현지의 뒷모습을 한참 동안 바라보았다.

란딩구바안

정옥은 어수선해진 분위기를 느끼고 눈을 떴다. 주변을 둘러보니 지하철은 멈춰 있었고, 문은 활짝 열려 있었다. 정신이 번쩍 든 정옥은 황급히 고개를 빼고 역명을 확인했다. 목적지까지는 아직 두 정거장이 남아 있었다. 정옥은 무릎 위에 놓아둔 조그만 케이크 상자를 고쳐 잡으며 주소를 다시 확인했다. 강남의 한 맞춤형 케이크 가게에서 중랑구의 가정집까지 케이크를 배달하는 것이 오늘의 마지막 업무였다. 시간을 확인하니 일곱 시가 조금 지나 있었다. 배달을 마친 뒤 집에 돌아가면 여덟 시를 훌쩍 넘길 것이었다. 종일 돌아다닌 탓에 무릎과 허리 쪽에 통증이 느껴졌다. 어서 따끈한 전기장판 위에 몸을 누이고 싶었다.

시간이 꽤 흘렀는데도 지하철 문은 좀처럼 닫힐 생각을 하지 않았다. 그제야 정옥은 이상한 낌새를 눈치챘다. 사람들이 하나둘 지하철에서 내리고 있었다. 퇴근하는 직장인들로 붐볐던 지하철 안은 어느새 곳곳에 빈자리가 보일 정도로 한산해져 있었다. 정옥은 맞은편 자리에서 막 일어난 여자를 붙잡고 물었다.

"이 차, 안 가요?"

"앞차에 문제가 생겨서 정차한다는데요. 언제 운행이 재개될지도 모르나 봐요."

"무슨 문제가 생겼대요?"

"글쎄요, 저도 잘 모르겠는데……."

고개를 갸웃한 여자는 어딘가로 전화를 걸며 지하철에서 내려버렸다. 정옥은 얼결에 여자를 따라 열차 밖으로 나왔다. 그러나 선불리 역사 밖으로 나가기가 망설여졌다. 버스를 이용하는 방법도 있었지만, 버스는 노인 무임승차 제도가 적용되지 않으므로 돈을 내야 했다. 그녀가 고객으로부터 받은 배송비 8천 원에는 버스비가 포함되어 있지 않다. 업체에 수수료를 떼주고 나면 그녀 손에 들어올 돈은 6천 원 남짓이었다. 거기에 버스비까지 내고 나면 남는 게 없었다. 두 정거장 정도면 걸어서 갈 수 있지 않을까. 그러나 온몸을 꽁꽁 얼려버릴 바깥의 기온을 생각하니 선뜻 발이 떨어지지 않았다. 거리에는 이미 어둠이 내려 있을 것이었다. 열차 안에는 아직 몇 명의 사람들이 남아 머뭇거리고 있었다. 정옥은 플랫폼에 놓인 의자에 앉아 조금만 더 기다려보기로 했다.

정옥과 5미터쯤 떨어진 곳에서는 덩치 좋은 중년 남자가 역무원을 붙잡고 큰 소리로 따지고 있었다. 소용없는 짓이다. 제 화를 못 이겨 괜한 난리를 피우는 게지. 정옥은 시끄럽게 구는 남자를 짜증스레 생각하면서도, 마음 한구석으로는 남자의 항의 내용에 은근히 동의했다. 딱 두 정거장만 더 갔으면 좋았을 것을. 하필 여기서 멈출 게 뭐람. 잠시 뒤, 정옥의 시선을 느꼈는지 남자가 정옥 쪽을 흘긋 쳐다보았다. 머쓱해진 정옥은 부산한 손놀림으로 허리춤에 메고 있던 검정색 히프 색을 뒤져 구깃구깃한 종이 뭉치를 꺼냈다. 그리고 그것을 들여다보는 척했다. 페이지 가득 일본어가 적혀 있었다.

오래전 일이었지만, 정옥에게도 종일 책을 읽고 글을 쓰던 때가 있었다. 지금은 없어진 작은 출판사에서 근무했던 적도 있었다. 결혼 후 직장을 그만두고 나서는 능력을 살려 틈틈이 번역 일을 맡아 했다. 주로 매뉴얼이나 카탈로그 등을 번역했는데, 가끔은 생활 서적이나 잡지 부록 등을 맡기도 했다. 정옥은 그 일을 특히 좋아했다. 언젠가는 문학작품을 번역해보고 싶다는 꿈을 품고 혼자 연습해보기도 했다. 그러나 그런 날은 끝내 오지 않았다. 남편의 사업이 어려워지면서 그녀는 어린 아들을 돌보는 동시에 조금이라도 생활비에 더 보탬이 되는 일을 해야 했다. 수입이 불규칙적이고 받는 액수에 비해 품이 많이 드는 번역은 그녀에게 사치스러운 취미 놀음과 다름 없었다. 남편과 사별한 뒤에는 더더욱 그러했다. 30여 년 동안 하루하루를 치열하게 보내며 생활을 꾸려나가고 아들을 키워 장가까지 보냈다.

몇 달 전, 집 안을 정리하던 정옥은 낡은 노트 한 권을 찾아냈다. 노트에는 정옥이 연습 삼아 옮겨보았던 번역문들이 빼곡하게 적혀 있었다. 정옥은 접이식 밥상 위에 노트를 올려두고는 오랜 시간 내외해 서먹해진 존재와 대면하듯 그것을 바라보았다. 그리고 그날 밤, 소주 두 병을 깨끗이 비워냈다. 그녀의 주량을 넘어서는 양이었는데도 취기가 느껴지지 않아 결국 억지로 잠을 청해야 했다.

그로부터 며칠 뒤, 마지막 배달을 끝낸 정옥은 근처에 위치한 대형 서점을 찾았다. 점원에게 요즘 가장 인기 있는 일본 책을 추천해 달라 하자, 정옥을 잠시 훑어본 점원은 다자이 오사무와 나쓰메 소세키의 이름을 읊었다. 다분히 선입견이 반영된 점원의 추천에 정옥은 은근히 기분이 상했다.

"아니, 그런 거 말고 요즘 책 말이에요. 요즘 많이들 읽는 거."

점원은 정옥을 데리고 베스트셀러 코너로 가 몇 권의 책을 보여주었다. 정옥은 점원이 짚어주는 책들을 들춰 보며 잠시 머뭇거리다 결연한 말투로 말했다.

"한국어로 된 거 말고, 일본어로 된 거 있으면 그거로 주세요."

다음 날, 정옥은 구매한 책을 챙겨 들고 일을 나갔다. 오며 가며 몇 문장이라도 들여다볼 수 있지 않을까. 그러나 마지막으로 책을 들여다본 지 30여 년이 지난 지금, 정옥의 두뇌는 예전처럼 돌아가지 않았다. 일본어를 사용한 지도 오래되어 문장을 읽어내는 데에도 시간이 걸렸다. 무엇보다 맨눈으로는 그 작은 글씨들을 읽을 수가 없었다. 책을 읽을 때마다 돋보기를 써야 했는데, 바쁘게 움직이는 와중에 매번 그것을 꺼내는 일은 쉽지 않았다. 그러는 동안 처음 품었던 의욕은 점점 사라져갔다.

2년 전 크게 앓고 난 뒤로, 정옥은 부쩍 자신감이 떨어져 있었다. 일상 속에서 일어나는 갑작스러운 변화나 예상하지 못했던 상황들은 그녀를 쉽게 당혹시키곤 했다. 잠자리에 들 때나 아침에 눈을 뜰 때면 앞으로 자신에게 남은 시간이 문득 실감 났다. 자신의 삶은 앞으로도 이렇게 소모되다가 끝을 맺을 것이었다. 아프기 전까지만 해도 지난한 세월을 살아오며 축적한 호기와 자신감이 있었는데, 요즘은 그것들이 있던 자리가 텅 비어버린 것만 같았다. 그 빈자리에 억지로라도 무언가를 밀어 넣고 싶었다. 예를 들어 고심 끝에 해석해낸 문장 같은 것들, 자꾸 약해져가는 정옥을 다독여줄 수 있는 것들.

정옥은 아무래도 쉽게 책을 놓을 수가 없었다. 나는 박정옥이다. 녹록하지 않았던 삶을 버텨내고 보란 듯 살아남은 박정옥. 다시 전의를 다지자 작은 글씨 문제는 의외로 간단히 해결되었다. 택배 업체 사무실에서 오더를 기다리던 중 정옥이 무심코 이에 대한 푸념을 늘어놓자, 한때 문구점을 운영한 적이 있다는 노인이 해결책을 알려준 것이었다. 그거 확대 복사를 해봐요. 정옥은 노인의 조언에 따라 몇 장을 확대 복사해두었다. 그리고 집을 나설 때마다 그것을 들고 나왔다. 대개는 다음 오더를 받고 길을 확인하느라 들여다볼 시간이 없었으나, 장거리 배송을 가는 길이나 퇴근길에는 조금씩 여유가 생겼다. 그녀의 독서는 아주 천천히 이루어졌다. 문장의 정확한 뜻을 알아낼 때도 있었고 대충 그 뜻을 짐작하고 넘어가야 할 때도 있었다. 아무리 궁리해보아도 알 수 없는 단어들은 표시해두었다가 집에 돌아와 사전을 찾아보았다. 그러나 그런 과정도 싫지 않았다.

종이 뭉치를 뒤적이던 정옥은 오전에 읽던 부분을 찾아냈다. '란딩구바안'이라는 낱말에 검정색 동그라미가 여러 번 그려져 있었다. 앞뒤 맥락으로 보아 분명 스키점프와 관련된 낱말일 터인데 아무래도 머릿속에 그 이미지가 그려지지 않았다. 그때, 정옥의 휴대전화가 울렸다. 팀장의 전화였다. 고객이 언제쯤 물건을 받을 수 있을지 문의를 해왔다고 했다.

"지하철이 움직이지를 않아요."

"지하철이 왜요?"

"앞차에 사고가 있었나 봐요. 그래서 지금 기다리고 있어요."

"어떻게 방법을 좀 찾아봐요, 버스를 타든가. 내가 고객한테 사정을 말해둘 테니까, 좀 서둘러줘요."

팀장은 자신의 말을 마치자마자 급히 전화를 끊어버렸다. 그럼 버스비는 주나요, 하고 물어보려 했지만 그만 때를 놓쳐버리고 말았다. 정옥은 마지못해 자리에서 일어나 출구로 향했다.

역 앞 버스 정류장에는 일찍 지하철을 포기한 사람들이 긴 줄을 이루고 있었다. 잠시 후 포화 상태인 버스 한 대가 정류장에 멈추더니 사람들을 꾸역꾸역 실었다. 서로 밀고 밀리며 버스에 오르는 사람들을 지켜보던 정옥은 손에 든 케이크를 내려다보았다. 저 틈에 끼어 케이크 상자를 온전하게 지켜낼 자신이 없었다. 정옥은 지나가던 남자를 붙잡고 자신이 가야 할 목적지가 얼마나 먼지 물었다.

"아 거기라면 금방 가요. 여기서 별로 안 멀어요. 저쪽 길로 가면 훨씬 빨리 가실 수 있을 거예요. 지름길이거든요."

남자는 명쾌한 목소리로 답을 하며 편의점과 샌드위치 가게 사이로 난 길을 가리켰다. 정옥은 잠시 망설이다 발걸음을 내디뎠다. 얼굴에 닿는 바람이 매섭게 느껴져, 목도리를 눈 아래까지 끌어올린 뒤 걸음을 조금 더 빨리했다.

얼마 가지 못해 길이 헷갈리기 시작했다. 휴대전화에 깔린 지도 앱으로 위치를 확인하니 엉뚱한 방향을 향하고 있었다. 지름길이라고 택한 것이 오히려 정옥을 잘못된 길로 들게 한 모양이었다. 다시 방향을 잡아보려 했으나 주변에 온통 비슷하게 생긴 빌라와 오피스텔들뿐이어서 위치를 가늠하기 어려웠다. 좀 전에 지나온 코인 빨래방을 기준 삼아 위치를 확인해보려 했지만, 지도상에서 빨래방을 어떻게 찾아야 하는지도 알 수 없었다. 정옥은 휴대전화를 꽤 익숙하게 다루는 편이었으나 그건 어디까지나 본인 나이대를 기준으로 한 것이었다. 방금 전까지만 해도 주위에 퇴근하는 사람들이 꽤 있었는데 하필 지금 이 골목에는 아무도 보이지 않았다. 두리번거리던 정옥은 우측으로 난 조금 더 좁은 골목길로 접어들었다. 다음 블록으로 건너가면 길을 알 수 있을 것 같았다. 그러나 들어선 길은 더 좁았고, 얼마 가지 않아 담으로 가로막혀 있었다.

정옥은 케이크 상자 위에 붙은 송장을 확인하고 배달지 아래 적힌 전화번호로 전화를 걸었다. 잠시 후 전화기 너머 여자 목소리가 들려왔다.

"케이크 배달 가고 있는데요."

"네, 지금 어디신데요?"

"그게 지하철이 고장나가지고 두 정거장 전에 내려서 걸어가고 있거든요. 내가 아까부터 걸었는데 여기 길이 복잡해서……."

"그래서 어디시냐고요."

목소리로 짐작건대 여자는 아마 3, 40대쯤 되었을 것이었다. 말이 조금 빠르고 목소리의 음역대가 높은 편이어서 따지는 것처럼 들렸는데, 화가 난 건지 평소에도 그런 건지 알 수 없었다.

"여기가 진명빌라 근처인데, 번지수가……."

"그렇게 말씀하시면 어떻게 알아요, 이 주변에 빌라가 얼마나 많은데. 다른 건 안 보이세요?"

"온통 집밖에 없어요. 아, 아까 빨래방이 있었는데."

전화기 건너편에서 깊게 한숨 쉬는 소리가 들렸다. 여자는 정옥이 내린 지하철역에서 자신의 집까지 오는 길을 빠르게 읊었다. 그러나 이미 역에서 멀어진 마당에 여자의 말은 도움이 되지 않았다.

"찾아오실 수 있으시겠어요?"

"네, 지금 갑니다."

여자의 말을 흘려듣던 정옥은 자신이 알아서 찾아보겠다며 서둘러 통화를 마무리했다. 전화가 끊어지기 전 중얼거리는 여자의 목소리가 들려왔다. 아니, 왜 길도 못 찾는 어르신을 보내서.

정옥은 여자가 자신을 못 미더워하고 있다는 사실에 기분이 무척 상했다. 이 일을 시작한 지 두 달밖에 되지 않았지만, 아직 한 번도 문제를 일으킨 적이 없었다. 그전에도 마찬가지였다. 출판사 일도, 캐셔 일도, 식당 일과 청소 일도. 정옥은 일을 맡을 때마다 자신이 할 수 있는 선에서 최선을 다했고, 실제로 훌륭히 해냈다. 그녀는 맡은 일을 얼마나 잘해내느냐에 따라 자신의 가치가 결정된다는 것을 누구보다 잘 알고 있었다. 그럼에도 불구하고 간혹 실수라도 저지르게 될 때면 정옥에게 돌아오는 평가는 박했다. 사람들이 그녀의 나이와 성별과 직업에 대해 품는 기대는 애초에 크지 않았다. 그리고 그녀의 실수는 그들의 그런 판단을 입증해주는 좋은 사례가 되곤 했다. 정옥은 꼭 이 배달을 무사히 완료할 생각이었다. 지금 자신의 가치는 물건을 무사히 목적지에 전달하는 것으로 결정될 것이다. 정옥은 다시 걸음을 재촉했다. 일단은 골목을 빠져나가 길을 찾는 것이 급선무였다.

골목을 벗어나자 넓어진 길 양옆으로 늘어선 점포들과 잔뜩 움츠린 채 부지런히 걸음을 옮기는 사람들이 보였다. 정옥은 마주 오는 젊은 여자를 붙잡고 목적지를 읊었다.

"거기는 이쪽 방향이 아닌데요."

여자는 정옥이 이제껏 걸어왔던 방향을 가리켰다. 기운이 빠진 정옥은 잠시 그 자리에 멈춰 섰다. 혹사당한 다리가 쑤셔왔고, 어깨는 욱신거렸다. 급격히 허기가 몰려왔다. 아침 식사 이후로 지금까지 먹은 것이라고는 지하철역 안에서 오더를 기다리며 먹은 삼각김밥 하나가 전부였다. 종일 바쁘게 돌아다니다 보면 끼니를 거르기 일쑤였다.

정옥은 여자가 가리킨 쪽을 향해 다시 걷기 시작했다. 바람이 불 때마다 날카로운 얼음 조각들이 맨살에 박히는 것 같았다. 이럴 땐 당장에 닥친 현실과 동떨어진 생각을 하는 것이 나왔다. 예를 들면 좀 전에 해석하던 낱말 같은 것.

점원이 추천해준 책은 유명 작가가 쓴 추리소설이었다. 어릴 적 토네이도를 겪은 소녀가 불가사의한 능력으로 문제를 해결해내는 이야기라고 했다. 소녀는 자연의 법칙을 통해 무엇이든 알아낼 수 있다고 한다. 무엇이든 알아낸다니, 얼마나 대단하고도 비현실적인 능력인가. 한때 정옥도 자신에게 잠재된 능력이 있으며 그것이 자신을 더 나은 삶으로 이끌어주리라 믿었다. 그리고 지금도 가끔씩 그럴 수 있을 것 같은 기분에 휩싸이고는 했다. 그러나 그 기분은 대개 오래가지 못했다. 그런 걸 믿기엔 그녀의 나이가 너무 많았다. 앞으로 그와 같은 기적이 일어날 가능성은 희박할 것이다. 그렇다면 지금 이 문장들을 해석하려 애쓰는 것은 무엇을 위한 것인가. 그래도 어떻게든 해석해내려는 이 집념은 무엇으로 정의해야 좋은지.

정옥은 지나가던 남자에게 다시 길을 확인했고, 남자가 가르쳐준 대로 분식집을 끼고 모퉁이를 돌아 좀 더 좁은 길로 접어들었다. 문을 닫은 건강보조제 판매점 앞에 20대 초중반쯤으로 보이는 남자 둘이 나란히 쪼그리고 앉아 있었다. 왼편에 앉은 덩치 큰 남자는 검정 숏 패딩을 걸치고 검은 야구 모자를 눌러쓰고 있었다. 검정 롱 패딩을 걸친 오른편 남자는 밝은 갈색 머리를 바람에 휘날리며 불이 붙지 않은 담배를 물고 있었다. 길이 좁아 정옥은 그들 바로 앞을 지나가야 했다. 남자들과의 거리가 가까워지자 술 냄새가 났다. 정옥을 멍하니 바라보던 갈색 머리가 갑자기 큰 소리로 말했다.

"할머니, 혹시 불 없어요, 불?"

정옥은 못 들은 척 그 옆을 지나려 했다.

"할머니, 왜 내 말 무시해요? 불 없어요?"

"조용히 좀 해, 병신아."

"아니, 할머니가 내 말을 씹으시잖아. 할머니, 그거 들고 가는 거 케이크 맞죠? 요즘은 케이크 팔 때 성냥 같이 안 주나?"

"미친 새끼."

덩치 큰 남자가 낄낄거리며 웃었다. 정옥은 케이크 상자를 슬며시 몸 옆쪽으로 감추고는 걸음을 좀 더 빨리했다.

"와, 할머니. 내 말 안 들려요? 혹시 귀가 먹으신 건가?"

"시끄러워, 새꺄."

"아니, 왜 다 나를 무시하냐? 이제 늙은 년도 나를 무시하네."

정옥의 심장이 빠르게 뛰기 시작했다. 당장이라도 저 버릇없는 인간들의 면전에 욕을 퍼붓고 싶었다. 그러나 그와 동시에 저들이 자리에서 일어나 자기에게 다가올까 두려운 마음이 들었다. 정옥은 그들의 말을 무시하려 애쓰며 마음속으로 다른 말들을 되뇌었다. 나는 이 케이크를 배달하는 중이다. 케이크를 빨리, 그리고 무사히 배달해야 한다. 그런데 '란딩구바안'은 대체 무엇을 가리키는 걸까. 무사히 배달해야 할 케이크. 란딩구바안. 남자들의 말소리가 점점 뭉개져 알아들을 수 없는 언어들로 변해갔다. 복잡하게 꼬여버린 언어들. 해석하려 할수록 이해할 수 없는 말들. 정옥의 앞으로 이어진 좁은 골목은 조금씩 컴컴해지고 일그러져 복잡한 미로처럼 변해갔다. 멀리서부터 바닥이 묽은 반죽처럼 녹아 출렁이기 시작했고 양옆에 늘어선 벽이 서서히 정옥을 향해 좁혀왔다. 아주 나쁜 꿈을 꾸고 있는 것 같은 기분이었다. 정옥은 케이크를 들지 않은 손으로 빠르게 두 눈을 비볐다. 정옥의 뒤편에서 노랫소리가 들려왔다. 해피 버스데이 투 유. 정옥에게 시비를 걸었던 남자가 엉망으로 음정을 틀려가며 노래를 불러대고 있었다. 불길한 암시 같은 소리는 미로를 타고 울려 퍼졌다. 그 소리를 떨쳐내듯 정옥은 고개를 세차게 저었다.

마침내 골목을 벗어난 정옥은 불 꺼진 열쇠 수리점 유리창에 비친 자신의 모습을 바라보았다. 숨이 죽은 패딩에 낡은 목도리를 두른, 늙은 여자가 서 있었다. 여자의 손에 들린 작은 케이크 상자가 생뚱맞아 보였다. 불과 몇 분 전까지 그녀는 보다 견고한 문장을 재료 삼아 자신의 성벽을 쌓아 올리고 있었다. 그러나 지금 그녀는 성벽 안이 아닌 차가운 길바닥 위에 서 있다. 문장은 해석할 수 없고 길은 찾을 수 없다. 무너진 문장의 잔해들이 그녀를 둘러싸고 있었다.

불과 2주 전쯤에도 그녀는 이와 비슷한 경험을 한 적이 있었다. 그녀가 배달해야 할 곳이 꽤 높은 지대에 자리하고 있어, 수십 개의 계단을 올라야 했다. 배달을 마친 정옥이 근처 벤치에 앉아 숨을 돌리고 있을 때였다. 한 남자가 정옥을 향해 다가왔다. 나이는 정옥과 비슷하거나 좀 더 많아 보였고 검은색 코트를 걸치고 회색 베레모를 쓴 차림새가 꽤 말끔했다.

"추운데 여기서 뭐 하십니까?"

남자는 넉살 좋게 웃으며 정옥 옆에 앉아 말을 걸어왔다.

"요즘 같은 날씨에 이렇게 돌아다니시면 큰일 납니다. 우리 나이에는 조심해야 해요."

남자가 귀찮았던 정옥은 마지못해 대꾸했다.

"네, 그렇지요."

"걱정이 되어서 그래요. 우리 여사님 추우실까봐."

"네, 그래서 이만 일어나려고요."

정옥이 주섬주섬 자리에서 일어나 다시 움직일 채비를 했다.

"그냥 서로 정다운 시간을 보내고 싶어서 그래요. 이런저런 이야기도 나누고."

정옥은 어쩐지 그 말이 쓸쓸하게 느껴져 행동을 잠시 멈추었다. 아주 잠깐, 정옥은 남자와 마주 앉아 이런저런 이야기를 나누는 모습을 그려보았다. 남자는 정옥을 힐끗 보고는 말을 이었다.

"나와 같이 따뜻한 곳으로 갈까요."

"죄송하지만 제가 지금 갈 곳이 있어서요."

정옥이 부드럽게 거절을 하고 물러서려는데 남자가 정옥의 한쪽 팔을 덥석 잡았다.

"그러지 말고. 내가 후하게 드릴 테니까."

정옥은 잠시 남자의 말이 무엇을 뜻하는지 고민했다. 정옥이 아무 말 없자 남자는 달래듯 말을 덧붙였다.

"정 못 믿겠으면 절반은 먼저 줄 테니까. 나머지는 끝나고 주고, 응?"

남자의 말을 이해한 순간, 정옥은 자신의 팔에 닿은 남자의 손을 뿌리치며 소리쳤다.

"사람을 뭐로 보고. 이 미친놈이!"

큰소리가 나자 길을 지나던 사람 두어 명이 그들을 힐끗거렸다. 남자는 주위를 휙 둘러보더니 서둘러 사라져버렸다. 남자의 모습이 완전히 보이지 않을 때까지 정옥은 그 자리에서 움직일 수가 없었다. 분노와 수치심에 온몸이 떨려왔다. 남자가 건넨 말이 정옥 안에 있는 무언가를 무참하게 깨뜨려버렸다. 그 뒤로 정옥은 가능한 한 그 일을 빨리 잊어버리려 했다. 그와 같은 일은 개똥을 밟았다 여기고 넘기는 게 가장 좋다는 것을 알고 있었다. 그러나 치욕감과 같은 감정은 쉽게 휘발되는 것이 아니었다.

유리창에 비친 지친 얼굴을 들여다보던 정옥은 아랫입술을 깨물었다. 이건 자신이 마땅히 받아야 할 대우가 아니다. 자신은 이렇게 함부로 대해도 좋을 사람이 아니었다. 좀 더 제대로 맞받아치지 못한 것이 후회되었다. 욕을 퍼부었어야 했는데. 다시는 그런 짓들을 못 하도록 따끔하게 혼냈어야 했는데. 너희들이 마음껏 얕잡아보아도 좋은 사람이 아니라는 것을 보여주었어야 했는데.

하지만 지금은 일단 케이크를 배달해야 한다. 정옥은 자신의 얼굴에서 눈을 떼고 다시 걸음을 옮겼다. 그런데 이 케이크가 정말 내 가치를 증명하는가? 입안에 들어가면 금방 사라져버릴 설탕 덩어리 따위가? 잘 벼려진 칼날 같은 바람이 그녀의 옷 속을 파고들었다. 앞으로 나아갈수록 깊은 미궁 속으로 들어가는 기분이었다. 자신의 삶도 저 어둡고 차가운 곳을 향해 달려가고 있는 것 같았다. 이대로라면 영영 목적지에 도착하지 못하는 것은 아닐까. 끝맺지 못할 번역처럼 이 배달 역시 끝내 마치지 못할지도. 바람이 지나간 자리가 아려왔다.

정옥의 걸음에 점점 속도가 붙고 있을 때였다. 옆 골목에서 무언가가 정옥을 향해 빠른 속도로 달려왔다. 정옥은 충돌로부터 케이크 상자를 보호하기 위해 반사적으로 몸을 돌리며 한쪽 손을 뻗어 그 무언가를 밀어내려 했다. 달려오던 것은 여자아이였다. 아이는 달려오던 속도를 줄이지 못하고 정옥을 피하려다 그만 그대로 넘어지고 말았다. 정옥은 뒤늦게 넘어진 것의 정체를 알아차리고 서둘러 아이를 일으켜 세웠다. 놀란 아이는 애써 울음을 참으려 숨을 크게 들이

쉬며 끅끅 소리를 냈다. 정옥은 아이의 상태를 보기 위해 좀 더 밝은 쪽으로 아이를 데려갔다. 아이는 다리를 다친 모양인지 절뚝거리며 끌려왔다.

초등학교 저학년쯤 되어 보이는 여자아이였다. 뼈대가 가늘고 몸집이 작아 날렵해 보였고 작은 키에 비해 팔다리가 길쭉길쭉했다. 아이의 바지를 걷어 살펴보니 무릎이 까져 빨갛게 피가 맺혀 있었다. 다행히 크게 쓸리지는 않고 발목을 조금 삐끗한 모양이었다. 이제 진정이 된 아이는 괜찮다며 가던 길을 마저 가겠다고 했다. 그러나 정옥은 차마 절뚝거리는 아이를 밤길에 혼자 두고 갈 수 없었다. 아이는 부모님이 하는 가게에 가는 중이라고 했다. 가게 위치를 물으니 정옥이 향하는 방향과 크게 다르지 않았다. 정옥은 한쪽 손으로는 케이크 상자 손잡이를, 남은 손으로는 아이의 팔을 잡고 걷기 시작했다. 아이는 그 상황이 아무래도 어색한지 정옥에게 잡힌 팔을 자꾸 꼼지락거렸다.

"몇 살이니?"

"열 살요. 이제 곧 4학년 돼요."

"이 늦은 밤에 혼자 돌아다니면 되나."

"엄마 아빠가 맨날 가게에 있어서요. 원래 자주 가요. 그리고 아직 여덟 시밖에 안 됐는데요."

정옥이 휴대전화를 꺼내 확인해보니 여덟 시 3분이었다. 어느새 걷기 시작한 지 30분이 넘어 있었다. 아이는 정옥의 손에 들린 케이크를 힐끗 보더니 물었다.

"할머니 생신이에요?"

"아니, 난 그냥 이걸 배달하는 중이야."

"우리 아빠도 족발 배달하러 다니시는데. 그럼 그거 할머니가 만든 거예요?"

"그건 아니고, 배달만 하는 거야."

아이는 알겠다는 듯 고개를 끄덕였다. 짧은 대화가 끝나자 다시 침묵이 흘렀다. 정옥은 슬쩍 곁눈질로 아이를 살펴보았다. 숱이 많은 단발머리에 얼굴형은 역삼각형이었고 이마가 살짝 튀어나와 있었다. 눈은 크고 코와 입이 작았다. 어떻게 보면 꼭 작은 외계인 같다고, 정옥은 생각했다.

그때, 정옥의 휴대전화가 울렸다. 저장되지 않은 번호를 보니 고객인 모양이었다. 정옥은 잠시 망설이다 전화를 받았다.

"안 오세요?"

여자의 목소리가 아까보다 더 뾰족해져 있었다.

"거의 다 와가요."

"대체 어디신데요? 아까 두 징거장 전이라고 하시더니 여태 어디서 헤매고 계시는 거예요?"

"요 근처예요, 조금만 기다려요."

여자는 기다리라는 정옥의 말을 듣지 않고 계속 위치를 물어왔다. 정옥은 배터리가 없어 빨리 끊어야 할 것 같다며 서둘러 통화를 마쳤다. 통화를 마친 정옥은 아이의 눈치를 살폈다. 통화 내용을 다 들었겠지. 내가 헤매고 있는 것도 알아차렸을까.

"우리 아빠도 맨날 다 와간다 그래요. 아직 가게에서 출발도 안 했으면서 바로 앞이라고 그러고."

아이는 말을 하며 킥킥 웃었다. 아이의 뺨에 작은 보조개가 팼다. 아이의 얼굴을 물끄러미 바라보던 정옥이 불쑥 말을 꺼냈다.

"나는 배달도 하고 번역 일도 하고 있지."

"번역요?"

"다른 나라 말로 된 책을 우리나라 말로 바꾸는 것 말이야."

갑자기 왜 그 이야기를 꺼냈는지 정옥도 알 수 없었다. 그런데 말을 내뱉고 나자 아까부터 자신이 그 말을 하고 싶었다는 사실을 깨달았다.

"와, 그럼 할머니 다른 나라 말 잘해요?"

정옥은 대답 대신 방금 전까지 계속 중얼거리던 문장을 읊어주었다. 란딩구바안오마지카니미라레루…….*

"할머니, 좀 멋지네요. 인정!"

* 히가시노 게이고, 『마력의 태동魔力の胎動』, Kadokawa, 2018.

아이가 엄지손가락을 치켜세우며 익살맞은 말투로 응답해주었다. 그 순간, 정옥의 가슴속 깊은 곳에서 뜨거운 기운이 울컥 솟구쳤다.

정옥은 아이와 걷는 것이 좋았다. 온몸이 아플 정도로 매섭던 추위도 견딜 만하게 느껴졌고, 초조했던 마음도 조금씩 여유를 되찾아 갔다. 마치 아이와 동네 산책을 하는 기분이었다. 이 아이가 자신의 손녀이고, 자신은 번역가이며, 아이에게 자신이 번역한 책에 대해 이야기해주는 중이라면 어떨까. 잠시 그런 상상을 하던 정옥은 자신이 번역하던 문장에 대해 아이에게 더 이야기해주고 싶어졌다. 정옥은 주책맞게 흘러나오려는 눈물을 참으며 자신이 읽고 있는 소설의 줄거리를 이야기해주었다. 그러나 지금까지 읽은 분량이 얼마 되지 않아 이야기는 금방 끝이 나버렸다. 아이가 물었다.

"그래서요? 어떻게 되었는데요?"

정옥은 잠시 망설이다 그다음 이야기를 이어나갔다. 내용을 알지 못했으므로 그것은 순전히 정옥이 지어낸 이야기였다. 이상한 일이었다. 평소 같았으면 미처 생각해내지 못했을 이야기들이 정옥의 입에서 흘러나왔다. 어느 틈에 책의 내용이 정옥의 안에 들어와 자연스럽게 흘러나오는 듯했다. 이야기를 하던 정옥은 문득 위를 쳐다보았다.

구름 없는 겨울 하늘은 투명한 얼음으로 뒤덮여 있는 것 같았다. 두드리면 쨍 소리를 낼 것 같은 검은 하늘 위에 별들이 설탕 가루처럼 흩어져 있었다. 별들은 조금씩 밝아지더니 무리를 이루며 정옥의 머리 위로 길을 내기 시작했다. 자신이 보고 있는 게 실제일 리 없다는 것을 알면서도 정옥은 그 광경을 바라보았다. 이야기는 계속되었다.

아이는 고맙게도 정옥의 이야기를 끝까지 참고 들어주었다. 마침내 이야기를 마친 정옥은 조금 흥분해 있었다. 그러다 뒤늦게 자신이 지금 무엇을 하고 있었는지를 깨닫고 얼굴을 붉혔다. 다행히 아이는 이야기가 매우 흥미롭다고 했다.

"넌 참 착한 애구나."

고맙고 미안한 마음에 정옥이 아이를 칭찬했다. 그러자 아이는 제법 똑 부러진 목소리로 답했다.

"고맙습니다. 그런데 전 착하다는 칭찬보다 똑똑하다는 말이 더 좋아요. 전 나중에 물리학자가 될 거거든요."

정옥은 아이를 물끄러미 바라보았다. 아이의 옆얼굴은 야무지고 영민했으며 미래에 대한 기대로 차 있었다. 정옥은 아이 앞에 펼쳐질 미래를 상상해보았다. 그리고 자신의 지난날을 떠올렸다. 이 아이는 내 나이가 되었을 때, 나와 다른 얼굴을 하고 있을까.

아이와 정옥은 시장 근처에 위치한 족발 가게 앞에 도착했다. 힘차게 문을 연 아이는 정옥의 손을 잡아당기며 가게 안으로 들어섰다. 정옥도 얼결에 아이를 따라 가게 안으로 들어갔다. 테이블이 네 개뿐인 작은 가게였다. 문 옆에 포장 박스가 쌓여 있는 것으로 보아 주로 배달을 전문으로 하는 곳인 듯했다. 빈 테이블을 닦던 여자가 아이를 보더니 대뜸 소리를 질렀다.

"집에 있으라니까 말 안 듣고 왜 나왔어? 밤중에 돌아다니지 말랬지!"

아이는 여자의 잔소리에도 아랑곳 않고 정옥을 가리키며 말했다.

"엄마, 나 넘어졌는데 할머니가 여기까지 데려다주셨어."

그제야 정옥을 제대로 본 여자가 당황하며 누그러진 목소리로 말했다.

"아이고, 추우신데. 죄송해서 어째요."

"아니, 그게 아니고, 아이가 저 때문에 넘어져서……."

"할머니 지금 케이크 배달 가는 중이시래."

여자는 상황을 정리하려는 듯 정옥의 손에 들린 케이크 상자와 정옥을 번갈아 보았다.

"마침 가는 길이어서요."

정옥이 변명하듯 덧붙였다.

"어디로 가세요?"

어느새 주방에서 나온 남자가 대화에 끼어들었다. 아이의 아빠인 모양이었다. 정옥이 건물 이름을 대자, 남자는 혀를 쯧 차며 걸어가

시려면 꽤 걸리실 텐데, 하고 중얼거렸다. 그러고는 걸치고 있던 앞치마를 벗어 의자에 걸며 말했다.

"제가 데려다드릴게요."

정옥은 가게 일도 바쁠 텐데 폐를 끼칠 수 없다며 사양했다.

"가게에는 애 엄마도 있고, 배달 나간 알바도 곧 돌아올 때가 됐으니까 걱정하실 필요 없어요. 잠깐 다녀오는 건데요, 뭐."

다시 추운 밤길을 혼자 걸어갈 생각에 막막해진 정옥은 결국 그 제의를 받아들이기로 했다. 남자는 주방을 여자에게 맡기고 성큼성큼 가게를 나섰다. 그리고 정옥에게 케이크 상자를 건네받아 배달 가방 안에 단단히 고정시킨 뒤 먼저 오토바이에 올랐다. 정옥은 망설이다 남자 뒤에 올라탔다. 오토바이 뒤쪽에 고정된 배달 가방 때문에 자리가 좁아 억지로 구겨 타야 했다. 묵직한 헬멧을 쓰고 오토바이 위에 오른 정옥은 낯선 기분에 자꾸 마른침을 삼켰다.

곧 오토바이가 출발했다. 배웅 나온 아이가 가게 앞에서 정옥을 향해 크게 손을 흔들었다. 익숙하지 않은 오토바이 때문에 정신이 없던 정옥은 아이의 인사에 제대로 대답해주지 못했다. 정옥은 남자의 허리를 꼭 붙든 채 잔뜩 긴장해 있었다. 그러나 시간이 지날수록 두려움이 사라지며 조금씩 들뜨기 시작했다.

정옥은 텔레비전에서 보던 장면들이 이해가 되었다. 왜 사람들이 오토바이 위에서 두 팔을 벌리고 소리를 질러대는지. 자신이 마치 그 장면에 나오는 주인공이 된 것만 같았는데, 그런 기분은 참으로 오랜만에 느껴보는 것이었다. 정옥은 살짝 손을 떼 옆으로 벌려보았다. 그리고 조그맣게 소리를 내보았다. 정옥의 소리는 바람에 묻혀 들리지 않을 것이었다. 조금 더 크게 소리를 질러보았다. 더 크게. 조금만 더 크게.

그때, 남자가 고개를 조금 돌리더니 큰 소리로 외쳤다.

"꽉 잡으세요. 떨어지세요."

오토바이가 내리막길에 접어들었다. 미처 대비하지 못한 정옥의 몸이 앞으로 쏠렸다. 남자의 옷자락을 잡은 양손에 힘을 주며 버텨보려 했지만 중력은 정옥을 더 아래쪽으로 잡아당겼다. 남자가 오토바이의 브레이크를 잡아도 하강하는 속도는 크게 줄지 않았다. 찬바람이 이미 얼어붙은 그녀를 사정없이 할퀴고 지나갔다. 정옥은 차가운 어둠 속을 향해 내려가며 자신 앞에 끝없이 이어진 내리막길을 상상했다. 그러고는 란딩구바안*을 향해 뛰어내리는 스키점프 선수처럼 숨을 크게 들이마시며 언제인지 알 수 없는 착지의 순간을 기다렸다.

* Landing Bahn. 스키점프대의 착지 활주로를 가리킴.

꾸미로부터

해주의 고슴도치가 죽었다. 해주가 보지 않는 사이 케이지 밖으로 나와 사라졌다가 숨이 끊어진 채 현관문 앞에서 발견되었다. 죽은 고슴도치의 배에는 깊게 베인 상처가 나 있었다. 빌라 주변을 떠도는 길고양이의 짓이 아닐까 생각되었다. 종종 사료를 챙겨주고는 했더니 언젠가부터 낮에 창문을 열어두면 창가에 앉아 집 안을 들여다보다 가곤 했다. 1층이라고는 하지만 반지하나 다름없는 집이라 고양이가 우리를 내려다보는 느낌이었다. 고슴도치가 죽던 날, 현관문은 열려 있었다. 호시탐탐 기회를 노리던 녀석이 그 틈으로 들어와 고슴도치를 낚아채 가려다 실패한 것이 아닐까. 여러 정황을 보았을 때 그와 같은 추측이 가장 그럴듯했다.

고슴도치의 이름은 꾸미. 피그미고슴도치 중에서도 하얀 가시에 연한 분홍빛 손발을 가진 스노우샴페인종이었다. 활발하고 호기심이 많은 편이었던 꾸미는 방 안에 풀어두면 이곳저곳을 기웃거리곤 했다. 한번은 돌아다니는 걸 보지 못하고 잘못 건드리는 바람에 가시에 찔린 적도 있었다. 그 뒤로 나는 집 안에서 움직일 때마다 항상 바닥을 살피는 습관이 생겼다. 해주는 자신의 방 3단 책장 위에 꾸미의 사진이 담긴 액자들과 꾸미가 가시갈이를 할 때 빠진 가시를 모아둔 병 따위를 진열해놓았다. 꾸미를 추모하는 공간이었다. 해주는 가끔 그 앞에서 눈을 감고 묵념하곤 했다. 해주의 성화에 못 이겨 나 역시 두어 번 그녀를 따라 한 적이 있었는데 조금 멋쩍은 기분이 들었다. 만약 내가 기르던 고슴도치였더라면 온전히 애도에 집중할 수 있었을까.

해주는 꾸미의 죽음에 죄책감을 느끼고 있었다. 사고가 일어났던 날 현관문이 열린 사실을 미처 알아차리지 못한 것, 꾸미를 계속 지켜보지 못한 것을 두고 자책했다. 나중에는 꾸미를 우리 집에 데려온 것까지 후회했다. 그날 현관문이 열려 있던 것은 우산 때문이었다. 문 앞에 두고 간 택배를 들여오느라 잠시 문을 열었는데, 현관에 세워져 있던 우산이 기울면서 경첩이 있는 쪽에 끼어버린 것이었다. 그 때문에 문이 제대로 닫히지 않았고 그 사실을 미처 알지 못한 해주는 택배 상자를 들고 그대로 집 안으로 들어와버렸다. 무심히 방

치해둔 우산, 무거운 택배 상자, 때마침 걸려온 전화 같은 것들. 그런 것들이 누군가의 일상을 하루아침에 바꾸어놓기도 했다.

그날의 일은 누구에게나 일어날 수 있는 것이었다. 단지 해주와 꾸미를 위한 날이 아니었을 뿐이었다. 그러니까 모든 책임을 떠안지 않아도 된다고 해주에게 말해줬어야 했는데, 그러지 못했다. 어쩌면 나 역시 어느 정도 해주의 죄책감에 동의하고 있었는지도 몰랐다. 작은 동물을 키우고 있으면서 언제든 그런 사고가 일어날 수 있을 거라고 예상하지 않은 해주의 무신경함을 탓하고 있었는지도. 만약 내가 그러지 않았다면 해주의 상태가 조금은 달라졌을까. 알 수 없는 일이었다.

불운한 사고쯤으로 마무리되는 듯했던 꾸미의 죽음은 해주가 진상을 밝혀내겠다고 나서며 새로운 국면으로 접어들었다.

"생각해봐. 꾸미가 아무리 작다고 해도 온몸에 가시가 있는데 고양이 따위한테 쉽게 당하지는 않을 거란 말이야. 고슴도치는 맹수하고도 싸우고 뱀도 이긴다는데."

"걔들은 야생에서 사는 애들 아냐? 꾸미는 집에서만 지내던 애고."

"인터넷에서 보면 고양이가 고슴도치한테 함부로 못 하던데?"

"그래서 문 앞에 버려두고 갔나 보지. 가시에 찔리고 놀라서."

"그런데 가시에 찔렸다면 고양이가 소리라도 내지 않았을까? 나는 아무 소리도 못 들었단 말이야."

"너 그때 방 안에서 통화하고 있었다며."

"상처도 마구 할퀸 자국이 아냐. 꼭 누군가 의도적으로 그어놓은 거 같았어."

해주는 꾸미를 죽인 범인이 따로 있다고 믿고 있었다. 나는 해주가 자꾸 일을 복잡하게 만들려 하는 게 못내 불안했다.

"네 말대로라면 누군가 우리 집 문이 열리기를 기다리고 있다가 들어와서 꾸미만 죽이고 나갔다는 거잖아. 꾸미 시체는 현관문 안에 버려두고. 그런 짓을 할 사람이 누가 있어?"

내가 묻기를 기다렸다는 듯, 해주가 또박또박 답했다.

"그림자라면, 그럴 수도 있지."

해주가 그림자를 느낀 것은 이직을 하고 두 달쯤 지나 워크숍에 참여했을 때였다. 암묵적인 절차처럼 워크숍 일정은 자연스럽게 술자리로 이어졌고, 그날따라 취기가 빨리 오른 그녀는 시간이 지날수록 점점 몸을 가누기가 힘겨워졌다. 그녀는 화장실을 핑계로 슬그머니 빠져나와 빈방을 찾아 들어갔다. 잠시만 쉬다가 곧 자리로 돌아갈 계획이었다고 했다. 그러나 바닥에 머리를 대고 눕자 걷잡을 수 없이 잠이 몰려와 그대로 정신을 잃고 말았다.

얼마 뒤, 해주는 왠지 이상한 기분에 눈을 떴다. 처음에는 가위에 눌렸다고 생각했다. 그녀를 짓누르는 무게, 그녀의 몸을 훑고 지나가는 감촉, 흐릿하게 보이는 검은 그림자. 그러나 그녀는 가위에 눌려본 경험이 있었다. 그녀가 느끼고 있는 것은 가위에 눌리는 것과는 다른 무엇인가였다. 그럼에도 여전히 움직일 수 없었는데, 만약 어떤 반응을 보이면 더 좋지 않은 일이 벌어질 것만 같았기 때문이었다. 그러다 자기도 모르게 그만 몸을 살짝 움츠리고 말았다. 순간 모든 움직임이 멈추었다. 소리 없이 소란스럽던 방에 불안한 정적이 내려앉았다. 잠시 뒤 그림자는 그녀에게서 물러나 사라져버렸다. 마치 발가락을 까닥거리면 풀려나는 가위처럼, 흔적도 없이. 그 후로도 한참 동안 그녀는 그 자리에 그대로 누워 있었다. 얼마나 지났을까, 어두운 방에서 나와 복도를 밝히는 형광등 불빛 아래 섰을 때 자신이 겪은 일이 모두 나쁜 꿈처럼 느껴졌다. 하지만 시간이 지날수록 희미해지기 마련인 악몽과 달리, 그림자에 대한 기억은 점점 그녀를 옥죄어왔다.

해주는 그림자의 모습을 기억하지 못했다. 그저 검은 덩어리와 그것이 내뿜던 뜨거운 바람, 몸에 닿았던 서늘한 공기와 사지를 묶어두었던 공포만이 선명히 기억날 뿐이었다. 그리고 자신의 몸에 닿았던 그것의 손가락이 매우 매끈하고 가늘었다는 것 정도가 그녀가 떠올릴 수 있는 전부였다. 그래서 그녀는 그것을 그림자라고 부를 수밖에 없었다.

그날 이후, 해주는 수시로 그림자의 존재를 느꼈다. 회사 어느 곳에 있든지 정체 모를 시선이 끊임없이 따라붙는 것만 같았다. 동료들과 이야기를 나누다가도 문득 그림자가 가까운 곳에 있을지도 모른다는 사실을 떠올리면 자연스레 대화를 이어나갈 수 없었다. 상대의 얼굴 대신 손을 보는 버릇이 생겼다. 매끈하고 섬세한 손가락들은 회사 내에서도 쉽게 찾아볼 수 있었다. 그중 유독 그녀 주변을 맴도는 가느다란 손가락이 있었지만, 그 사실은 문제를 해결하는 데 아무 도움도 되지 못했다.

해주는 종종 내게 불안감을 호소하곤 했다. 초반에는 그런 그녀가 안타깝고 걱정되었지만 시간이 지나자 그 마음도 조금씩 무뎌졌다. 가끔은 그날 그녀가 느꼈던 것이 정말 가위의 한 종류 같은 것은 아니었을까 하는 생각이 들기도 했다. 해주 본인조차도 그런 이야기를 한 적이 있었다. 모든 게 내 착각인 걸까. 다들 아무렇지 않게 살아가고 있는데 나만 이상해지고 있는 것 같잖아. 그리고 이제 그녀는 꾸미의 죽음이 그림자와 관련이 있다고 생각하고 있었다.

늦은 밤, 내 방에 온 해주는 진지한 얼굴로 같은 이야기를 꺼냈다.

"아무래도 그놈 짓인 거 같아. 말했잖아. 그 새끼가 자꾸 주변에서 얼쩡거리는 것 같다고."

나는 해주의 상태가 더 나빠지는 것은 아닐까 염려스러웠다.

"그건 아닐 거야. 그리고 네 말대로 그놈이 그동안 집 근처를 계속 맴돌았다면 우리 둘 중 누군가는 눈치챘겠지."

나는 해주의 등을 천천히 쓰다듬으며 그녀를 달랬다. 그런 나를 물끄러미 바라보던 해주가 말했다.

"정말 그럴까, 선화야?"

해주는 꾸미가 죽은 뒤로 밤에 잠도 잘 이루지 못하는 듯했다. 새벽녘, 달그락거리는 소리에 잠이 깨 나가보면 해주가 거실 불을 환히 밝히고 앉아 있었다.

"자꾸 문이 열려 있는 기분이 들어. 분명 잠그고 들어왔다는 걸 아는데 자리에 누워 눈을 감으면 문이 열려 있는 장면이 떠올라. 무시하고 자려고도 해봤는데 그럼 문틈이 점점 더 벌어지는 거야. 그걸 계속 보고 있을 수가 없어서 결국 일어나게 돼."

해주는 방이나 화장실에 들어갈 때 문을 걸어 잠그기 시작했다. 확인한답시고 이미 잠긴 문을 열었다 다시 잠글 때도 있었다. 문이 잠길 때 나는 딸깍 소리를 듣는 것이 싫었다.

나는 남자친구인 윤형에게 꾸미의 죽음과 해주의 상태에 대해 이야기했다.

"그래, 그 마음은 나도 알지. 나도 옛날에 잠시 개를 데리고 있던 적이 있거든. 우리 집에서는 키울 수가 없어서 다른 집으로 보내야 했었어. 그때가 고등학교 올라갈 무렵이었는데 개랑 헤어지는 게 너무 서운해서 몰래 숨어서 울었다니까."

"네가 그렇게 여린 애였다니, 몰랐네."

우리 이야기는 자연스럽게 펫로스 증후군으로 이어졌다. 나는 병아리와 새를 키운 적이 있었다. 병아리가 죽었을 때는 너무 어렸던지라 죽음이 무엇을 뜻하는지도 몰랐었다. 새가 죽던 날에는 많이 울었던 기억이 난다. 그러나 곧 새장은 다른 새로 채워졌고, 두 번째 새가 죽자 또 다른 새가 그 자리를 차지했다. 암수 짝을 맞추어놓으면 꼭 한 마리가 먼저 죽곤 했고 남은 새가 가여워 다시 새로운 새를 구해 오게 되는 것이었다. 같은 경험이 반복되자 새의 죽음에 조금씩 둔해졌다.

새와 고슴도치는 조금 다른 걸까. 만약 해주가 꾸미 대신 다른 고슴도치를 키운다면, 그 고슴도치가 죽었을 때 지금보다 조금 덜 슬퍼할 수 있을까. 그런데 그래도 되는 것일까. 나는 왜 새의 죽음에 점점 둔감해졌던 것일까.

윤형은 해주에게 심리상담 같은 걸 받아보게 하라고 권했다. 나는 고개를 끄덕였지만 나 역시 옛날에 그 상담 같은 것을 받아본 적이 있다고 말하지는 않았다. 나의 경우 그 행위가 그리 도움이 되지 않았었다. 원인이 해결되지 않으면 상담은 그저 같은 말의 반복처럼 느껴질 뿐이었다. 결국 내린 결론은 나아지기 위해 발버둥치는 것이 아니라 잊은 척하고 사는 것이었다.

"만약에 말이야. 해주의 이야기가 진짜일 수도 있지 않을까. 정말

문이 열린 틈에 누군가 들어와서 꾸미를 죽이고 간 거라면?"

윤형은 내 말이 어이없다는 듯 피식 웃었다.

"네 말대로 그게 사실이라고 쳐. 경찰서에 가서 누가 집에 들어와서 고슴도치를 죽였어요, 그런데 누군지도 모르고 그런 짓을 하는 걸 보지도 못했어요. 그럴 거야? 아무런 증거도 없이? 퍽이나 그 말을 들어주겠다."

"그렇겠지?"

"전부터 느꼈지만 해주 씨는 너무 예민해. 예전에 우리 같이 술 마셨을 때도 별것 아닌 일로 옆자리 남자랑 시비 붙었던 거 기억 안 나? 그때 중간에서 말리느라고 나만 곤란해졌었잖아."

"그때가 언젠데 아직도 그 이야기를 해."

"아니, 지금도 봐. 자기가 관리를 못 해놓고 왜 자꾸 다른 사람 탓을 하려고 해? 본인이 좀 더 주의를 기울였으면 그런 일도 없었잖아."

나는 윤형의 말에 아무 대답도 하지 않았다. 윤형은 자신의 말 때문에 내가 화가 났다고 생각했는지 한층 누그러진 목소리로 덧붙였다.

"네가 너무 신경 쓰니까 그렇지. 그냥 내버려 둬봐. 오히려 그편이 나을 수도 있어. 그리고 여자들끼리 사는데 문단속 좀 잘하고."

그러나 내가 아무 말도 하지 않은 것은 단지 화가 나서가 아니었다. 나 역시 은연중에 윤형과 같은 생각을 한 적이 있었기 때문이었다. 그러니까 해주는 왜 문단속을 제대로 하지 않았을까. 이제 와서 과연 무엇을 할 수 있을까.

그날 밤, 해주에게 내가 겪은 새의 죽음들에 대해 이야기해주었다. 해주는 내 이야기를 열심히 들어주었지만 그리 공감하는 것처럼 보이지는 않았다. 그녀의 무심한 반응에 괜한 말을 늘어놓은 것 같아 조금 무안해졌다.

오랜만에 만난 고등학교 친구들 사이에서 해주에 대한 이야기가 나왔다. 요즘 연락도 잘 안 되고, 얼마 전에는 먼저 연락을 했더니 해주로부터 냉랭한 답이 돌아왔다는 것이었다. 해주는 오늘 모임에도 끝내 참석하지 않았다. 이어서 또 다른 친구가 해주에 대한 불만을 털어놓았다. 법률사무소에서 일하는 친구였는데 해주가 물어볼 것이 있다며 먼저 만나자는 이야기를 꺼냈다고 했다. 그래서 바쁜 와중에 시간을 냈더니 만나기로 한 날에 이유도 제대로 설명하지 않은 채 돌연 약속을 취소해버린 모양이었다. 누군가 내게 해주의 근황에 대해 물었다. 나는 서운함을 토로하는 친구들에게 꾸미의 사고에 대해 설명해주어야 했다. 그러다 그만 그림자와 관련된 이야기까지 꺼내고 말았다. 자세한 이야기를 한 것은 아니었다. 그저 최근 해주의 심리 상태가 불안정한 탓에 무언가에 감시당하고 있다고까지 생각하는 모양이라고 했을 뿐이었다. 내 딴에는 해주를 변호하기 위해 꺼낸 말이었다. 이야기를 들은 친구 중 하나는 내게 해주를 잘 위로해주어야 한다고 했다. 그리고 최근 자신이 본 반려동물 관련 다큐멘터리에 관한 이야기를 늘어놓았다. 다른 한 친구는 사정이 그렇다 할지라도 다른 사람에게 자신의 감정을 쏟아내면 안 된다고 지적했다. 해주에 관한 이야기는 그쯤에서 마무리되었다.

모임이 파하고 돌아오는 길, 집 앞 골목길에 들어서니 경찰차 한 대가 보였다. 경찰차가 서 있는 곳이 우리 집 앞이라는 것을 확인하고는 서둘러 발걸음을 옮겼다. 해주가 경찰과 이야기를 나누고 있었다. 흥분한 해주를 상대하는 경찰의 얼굴에는 짜증과 피곤이 뒤섞여 있었다. 무슨 일인지 묻자 경찰이 난감한 표정을 지으며 말했다.

"주변에 수상한 사람이 있다는 신고를 하셔서 순찰을 했는데 저희 쪽에서는 특별히 이상한 점을 찾지 못해서요. 그래서 일단 순찰을 계속 돌겠다고 하는데 신고자분께서 붙잡으시네요."

"제 말을 안 듣고 오히려 저를 허위 신고자 취급하셨잖아요."

"아니, 제가 신고자분 말씀을 안 듣는 게 아니라……, 지금 상황에서는 뭘 더 할 수가 없다고 말씀드렸잖아요."

보아하니 이제껏 같은 논쟁을 반복하고 있었던 듯했다. 나는 해주를 달래 먼저 집 안으로 들여보냈다. 해주가 자리를 뜨자 경찰은 나의 신원을 확인한 뒤 답답하다는 듯 내게 하소연했다.

"이번이 세 번째거든요. 저희가 순찰을 한다고 하는데도……, 아니 실제로 밤마다 이 근처를 돌았는데 이제까지는 이상한 점이 없었어요."

"그런데 정말 아무것도 없었나요?"

내 물음에 경찰의 목소리가 좀 더 신경질적으로 변했다.

"없어요. 아무것도 못 찾았다고요. 그리고 솔직히 말씀드리자면 이 앞에서 얼쩡거리는 걸 잡았다고 해서 저희가 그 사람을 어떻게 할 수는 없어요. 그냥 지나가는 중이었다고 하면 저희가 뭘 할 수 있겠습니까? 실제로 뭔 일을 저지른 것도 아닌데."

"그렇군요. 방법이 없다는 거군요."

"아니, 저희가 그래서 지금 순찰을……."

"잘 알겠어요. 이제 그만 가셔도 돼요."

경찰은 해주에게 말을 잘 전해달라며 몇 번이고 부탁을 하고는 돌아섰다. 경찰차가 골목을 벗어나자 맞은편 어느 집에서인가 창문을 닫는 소리가 들렸다. 거실 테이블 앞에 앉아 있던 해주는 내가 집에 들어서자마자 두서없이 말을 쏟아냈다.

"계속 나를 지켜보고 있었어. 착각 아니야."

"그래, 알았어. 그런데 일단 지금은 괜찮다니까 진정해."

"내가 문을 제대로 확인했더라면 어땠을까."

"그건 그냥 사소한 실수였어. 그렇게 탓할 필요 없어."

"내 말이 거짓이 아니라는 거 증명할 거야. 그런데 뭘 어떻게 해야 할까? 응? 뭐라고 대답 좀 해봐."

그러나 나는 아무 말도 할 수 없었다. 무엇을 말할 수 있을까? 진실은 언젠가 밝혀진다고, 무작정 희망과 용기를 불어넣는 일은 무책임한 짓이었다. 다짜고짜 그림자의 존재를 운운한다면 누가 그녀의 말에 신경을 쓸까. 분명 그녀만 이상한 사람이 될 터였다. 나는 해주가 그날 밤의 사건을 공론화시킨 뒤 회사에서 어떤 일을 겪고 있는지 알고 있었다. 그림자 이야기가 그녀의 동료들 사이에서 어떻게 우스갯소리로 전락하고 말았는지도. 누군가는 몽마 이야기를 꺼냈다고 했다. 자신이 유쾌한 사람이라는 것을 증명하고 싶어 하는 팀장은 여자들도 몽정을 하냐는 농담을 던졌다. 소리를 질렀어야지, 왜 그렇게 수동적으로 당하고 있었어. 위로라는 명분으로 그녀를 질타하기도 했다. 그녀의 편이었던 몇 되지 않는 사람들은 그녀가 아무것도 증명해내지 못하자 하나씩 입을 닫았다. 그 과정을 되풀이하겠다는 것은 그리 현명한 선택이 아니었다. 내 대답을 기다리던 해주는 끝내 아무 말도 못하는 나를 두고 방으로 들어가버렸다. 곧이어 방문을 걸어 잠그는 소리가 들렸다. 그리고 잠시 뒤 다시 문이 열렸다가 잠기며 또다시 딸깍 소리가 이어졌다. 나는 다음 소리가 들려오기 전에 도망치듯 내 방으로 들어왔다.

며칠 뒤, 벌컥 내 방문을 연 해주가 성난 목소리로 물었다.

"너, 혹시 애들한테 내 얘기 했니?"

심상치 않은 분위기에 당황한 나는 변명하듯 사정을 설명했다.

"애들이 너 연락 잘 안 된다고 하도 뭐라고 하기에 요즘 상황이 좀 안 좋다고 했을 뿐이야."

"그림자 이야기도 했어?"

"어쩌다 보니까…… 그런데 진짜 별 이야기 안 했어. 그림자라는 말도 안 꺼냈어."

"나더러 병원에 가보라고 하더라."

"나쁜 뜻은 아닐 거야. 제 딴에는 걱정되어서 그런 거겠지."

해주는 지긋지긋하다는 듯 한숨을 내쉬었다.

"다들 말은 쉽게 하지. 병원에만 가면 모든 게 해결되는 것처럼. 다 밝혀낼 거야. 아무도 내 말을 믿지 않으니까."

"그런데 해주야, 결정적인 증거가 없잖아."

"봐, 너도 안 믿잖아."

"그런 이야기가 아니잖아."

나는 그녀가 주장하는 그림자의 존재를 절대 의심하지 않으며 그것이 분명 외부 어딘가에 있다는 사실을 믿는다고 했다. 그러나 다만 그것이 우리 집 안까지 들어오지는 못했고 꾸미를 죽인 것은 길고양이의 짓이라고 그녀를 설득하려 했다. 내 말을 듣고 있던 해주가 물었다.

"너도 고양이가 꾸미를 죽이는 걸 본 건 아니잖아. 그런데 어떻게 확신할 수 있어?"

"방금 말했잖아, 정황상……."

"넌 항상 그런 식이야. 옛날이나 지금이나 문제가 복잡해지면 도망치려고 해."

"그게 무슨 뜻이야?"

"그런데 선화야, 만약 네 말대로라면 결국 꾸미가 죽은 건 너 때문 아냐? 네가 길고양이 밥만 주지 않았더라도 고양이가 우리 집 근처에 얼쩡거릴 일은 없었잖아."

해주는 냉랭한 목소리로 쏘아붙이고는 내 방을 나갔다. 방문이 닫히기 직전, 딸깍 소리가 들렸다. 해주가 내 방문의 잠금 버튼을 누른 뒤 문을 닫은 것이었다. 나는 자리에서 벌떡 일어나 문 쪽으로 달려갔다. 그리고 잠긴 문을 얼른 열어젖혔다. 열린 문 사이로 해주의 뒷모습이 보였다.

"무슨 뜻으로 한 말이냐고!"

"나한테 적당히 넘어가라고 하지 말란 이야기야. 난 안 그럴 거니까."

"난 최선의 선택을 하려는 것뿐이야. 그게 잘못된 거야? 너야말로 이상한 소리 좀 그만해!"

“왜 자꾸 그만하라고만 해? 그럼 어떤 이야기를 해야 하는데? 우린 대체 무슨 이야기를 할 수 있는 걸까, 선화야.”

해주가 내 얼굴을 빤히 쳐다보며 물었다. 한참 동안 해주와 나의 시선이 얽혔다. 결국 먼저 고개를 돌려버린 쪽은 나였다. 해주는 그 자리에 조금 더 서 있다가 내가 아무 대꾸도 하지 않자 자기 방으로 들어갔다. 나는 잡고 있던 문고리를 만지작거리다 조심스럽게 잠금장치를 눌렀다. 정적 가운데 딸깍 소리가 울려 퍼졌다. 그 소리는 나를 스무 살을 앞두고 있던 어느 날로 데려갔다. 수능이 끝나고 미성년자로서의 마지막 일탈이라는 이름 아래 열렸던 작은 파티. 그곳에 모였던 순진하고 교활한 아이들. 눈앞이 흐릿해지는 가운데 들려온 딸깍, 문 잠기는 소리. 파티의 여운이 모두 사라진 뒤 그 애가 말했다. 너를 좋아해서 그런 거야. 그 애가 내게 화를 냈다. 너도 좋아했잖아? 왜 지금 와서 그래? 내 이야기를 들은 상담 선생은 물었다. 그런데 선화야, 그 집에는 왜 갔니? 네가 스스로 간 거니? 넌 그때 무엇을 하고 있었니? 나는 어떤 선택을 할 수 있었을까. 어떻게 그걸 도망이라 할 수 있을까. 문고리를 돌려 잠금장치를 풀었다 다시 걸었다. 딸깍, 딸깍 소리가 이어졌다. 이런 건 이제 아무것도 아니다. 그저 문이 잠기는 소리일 뿐, 그 이상의 의미는 없다.

그날 밤, 자리에 누운 나는 꾸미에 대해 생각했다. 살아 움직이던 작은 몸뚱어리와 조그마한 자극에도 가시를 세우던 녀석의 경계심을. 해주의 말대로 나는 꾸미를 그리 좋아하지 않았다. 여기저기 갈겨놓는 똥도 불쾌했고 간식으로 주는 말린 밀웜도 좀처럼 익숙해지지 않았다. 그래도 집 안 구석구석을 빨빨거리며 돌아다니던 것이 갑자기 보이지 않게 되었을 때는 나 역시 마음 한구석이 헛헛했다. 해주가 느끼는 허전함과 슬픔은 그보다 훨씬 크겠지. 해주의 상태를 이해해주어야만 한다고 몇 번이고 다짐했지만 꾸미에 대해서는 더 듣고 싶지 않았다. 해주가 그 이야기를 꺼낼 때마다 너는 왜 나처럼 괴로워하지 않느냐고, 네가 겪은 죽음에 대해 왜 충분히 이야기하지 않느냐고 나를 책하는 것 같았다.

자연사였다. 나는 습관처럼 되어버린 말을 주문을 외듯 중얼거렸다. 누군가 죽인 게 아니라 자연사였다. 중얼거릴수록 새를 움켜쥔 손에 느껴지던 싸늘한 감각이 되살아나는 듯했다. 새장 속을 휘젓는 거친 손과 새의 날갯짓이 떠올랐다. 새의 숨통을 조이는 억센 손이 눈앞에 아른거렸다. 아니, 이것은 거짓이다. 내 손에 잡히기 전에 이미 새는 잠들어 있었다. 그때였다. 갑자기 목덜미 부근에 서늘한 기운이 느껴지며 온몸에 소름이 돋았다. 누군가 나를 내려다보고 있는 것만 같은 기분이 들었다. 조심스레 눈을 뜨자 눈앞으로 검은 무언가가 휙 하고 스쳐 지나갔다. 일어나 주변을 살폈지만 움직이는 것은 없었다. 나는 자리에 앉은 채로 천천히 방 안을 둘러보았다. 암막 커튼의 벌어진 틈으로 새어 들어온 희미한 빛이 반대편 벽을 비추고 있었다. 벽지에 그려진 자잘한 꽃무늬들이 일렁이며 춤을 추었다. 하늘거리는 꽃잎들은 조금씩 움직이다 빛이 닿지 않는 쪽으로 하나 둘, 빨려 들어갔다. 그러다 돌연 빛이 사라지고 꽃무늬가 일제히 어둠 속으로 사라졌다가 다시 모습을 나타냈다. 찰나의 순간이었다. 나는 황급히 창문 쪽을 바라보았다. 벌어진 커튼 틈으로 여전히 빛이 새어 들고 있었다. 이불 밖으로 빠져나와 천천히 창문을 향해 다가갔다. 높은 층이었다면 꾸미가 죽는 일도 일어나지 않았을까, 그런 생각을 하며 커튼 끝을 살며시 잡았다. 그리고 잠시 망설이다 커튼을 빠르게 걷어냈다. 아무도 없었다. 창 너머 보이는 것이라고는 보름달이 뜬 밤하늘과 낮은 담벼락, 그 아래 세워둔 자전거 따위가 전부였다. 나는 조심스럽게 창문을 열어 방범 창을 몇 번 흔들어본 뒤 다시 창문을 걸어 잠갔다. 다시 자리에 누웠지만 좀처럼 잠이 오지 않았다. 머릿속에서 해주의 말이 자꾸 맴돌았다. 나만 없었던 일이라고 하면 정말 아무 일도 없었던 것처럼 되어버리는 거잖아. 난 그게 너무 이상해, 선화야.

새벽녘, 얼핏 든 잠에 꿈을 꾸었다. 눈앞에서 꾸미가 죽어가고 있었다. 내 손에는 날카로운 커터 칼이 들려 있었다. 해주가 말했다. 너 때문에 꾸미가 죽었어. 아니라고 해야 하는데 덜컥 겁이 나 아무 말도 나오지 않았다. 정말 내가 죽였나, 혼란스러워하다 아침이 되었다.

일요일 오후 내내 해주는 내 주변을 맴돌았다. 내게 무언가 할 말이 있는 듯 보였는데 굳이 먼저 알은척을 하지 않았다. 다툼 이후로 해주와 나 사이는 조금 서먹해져 있었다. 서로 아무 일 없었다는 듯 대하고 있었지만 대화가 조금만 깊어지려 하면 둘 다 입을 닫아버렸다. 결국 그녀는 잠자리에 들 때가 되어서야 내 방을 찾아와 무언가를 불쑥 내밀었다. 짙은 갈색과 연한 베이지색이 뒤섞인 자개 무늬 단추였다.

"혹시 네 거야?"

내가 잘 모르겠다고 하자 해주의 표정이 한층 결연해졌다. 해주는 그 단추가 거실 수납장 아래에서 발견되었다며 낯선 물건이 집 안에서 발견된 까닭을 생각해보라고 했다. 그림자의 증거를 찾겠다며 집 안 온 구석을 뒤져대던 그녀였다.

"어딘가에서 딸려 왔나 보지. 아니면 예전부터 떨어져 있었는데 우리가 발견하지 못했거나."

그러나 해주는 나의 말을 귀담아듣지 않았다.

"나, 이거 어디선가 본 적이 있는 것 같아."

"그냥 흔한 단추잖아."

"내일 그 사람이랑 이야기해보려고."

"그 사람이 누군데?"

"이대로는 더 이상 안 될 거 같아."

나는 해주가 말하는 그 사람이 누구인지 곧 알아차렸다. 해주의 직장 동료인 최 대리였다. 유독 해주의 주변을 맴돌던 손이 예쁘장한 사람.

"그냥 몇 가지 확인만 할 거야. 알아보니까 그 사람 사는 동네도 우리 집에서 그리 멀지 않은 것 같더라고."

"괜찮겠어? 내 생각엔 소용없을 것 같은데."

"그 새끼가 여기 왔을지도 몰라. 그게 어떤 의미인지 모르겠어? 더는 숨을 곳이 없단 이야기야. 집 안 곳곳에서 불시에 그놈의 흔적과 맞닥뜨려야 한다는 뜻이라고. 더 이상 이렇게 있을 수는 없어."

내가 어떤 말을 하든, 이미 마음을 굳힌 해주는 자신의 고집대로 할 것이었다. 나는 내 앞에 놓인 단추를 보며 검고 커다란 형체가 문을 열고 들어와 꾸미의 작은 몸을 움켜쥐는 장면을 그려보았다. 해주의 말대로 누군가 몰래 꾸미를 해치고 사라졌을 확률은? 그런 생각을 하다 이내 고개를 저었다.

다음 날, 해주는 늦은 시각까지 귀가하지 않았다. 최 대리와 이야기를 나누어보겠다는 말이 아무래도 신경 쓰여 연락을 해보았지만 조금만 있다 갈 거라는 답이 돌아올 뿐이었다. 자정이 가까워갈 무렵, 초인종이 울렸다. 문을 열어보니 우리 또래로 보이는 여자가 술에 취한 해주를 부축하고 있었다. 나는 서둘러 해주를 건네받아 거실 벽에 기댈 수 있도록 앉혀 놓고는 여자에게 미안하다는 말과 고맙다는 말을 건넸다. 여자는 잔뜩 지친 얼굴로 숨을 고르며 손을 내저었다.

"그쪽이 미안할 게 있나요. 술은 해주 씨가 마셨는데."

"혹시 지금껏 계속 해주랑 같이 계셨던 건가요?"

"아니요, 그건 아니고요. 야근하고 있는데 갑자기 해주 씨한테 연락이 오더라고요. 아직 회사면 자기랑 술이나 한잔 하지 않겠냐고요. 피곤하기도 해서 거절했다가 왠지 목소리가 좋지 않은 거 같아서 퇴근길에 들렀더니 이미 혼자 취해 있던데요. 전 한 잔도 제대로 못 마셨어요."

"아, 고생하셨네요. 그……, 해주가 별 말은 없었나요?"

"글쎄요. 뭐 그냥 술주정 정도요?"

두루뭉술하게 답을 한 여자는 택시를 대기시켜놓았다면서 서둘러 돌아가려 했다. 나는 여자에게 택시비를 쥐여 주며 그녀를 배웅하기 위해 따라나섰다.

"혹시 해주가 회사에서 안 좋은 말을 듣고 있나요?"

여자가 택시에 오르기 전, 그녀를 붙잡고 물었다. 여자는 조금 머뭇거리는 듯하더니 어색한 미소를 지어보이며 말했다.

"회사라는 게, 그런 곳이니까요."

여자를 보내고 다시 집 안으로 돌아오니, 그새 해주가 깨어나 있었다. 해주는 물을 찾으며 부엌 쪽으로 비틀비틀 걸어갔다. 얼른 다가가 물을 따라 건네니, 한 번에 들이켰다. 물을 마시고 난 뒤에는 어느 정도 정신을 되찾은 것 같았다. 풀려 있던 눈에 초점이 돌아왔고 걸음걸이도 좀 나아져 있었다.

"왜 이렇게 마셨어? 그 새끼 때문이야?"

"응, 나 그 새끼랑 이야기했어."

"그래서 뭐래? 넌 뭐라고 했고?"

해주는 식탁 의자에 앉아 숨을 크게 들이쉰 뒤 이야기를 시작했다.

해주는 최 대리와 퇴근 후 잠시 만나기로 약속을 잡았다. 약속 장소인 카페에 먼저 도착해 최 대리를 기다리는 동안 긴장감이 밀려와 머릿속이 뒤죽박죽이 되었다. 그 상태로는 아무 말도 못할 것 같아 자꾸 초조해졌다. 그런데 막상 최 대리가 나타나니, 긴장은 사라지고 한없이 차분해지는 것이었다. 그러니까 난 그때 아주 이성적이었어. 해주가 강조했다. 사람 좋은 미소를 띠며 무슨 일로 불러냈는지 묻는 그에게, 해주는 꾸미 이야기를 꺼냈다.

"우리 집 고슴도치가 죽었어요."

해주의 말에 그는 무슨 뜬금없는 말이냐는 듯 살짝 인상을 찌푸렸다. 해주는 그의 표정 따위에 아랑곳 않고 꾸미의 죽음에 대해 이야기했다.

“고슴도치 이름은 꾸미였어요. 저한테 정말 소중한 가족이었는데 누군가 꾸미를 죽였어요. 꾸미를 화장해주려고 했는데 못 했어요. 혹시 꾸미의 몸에 무언가 중요한 단서 같은 것이 남아 있을까 봐, 아직 꾸미가 죽은 원인도 못 찾았는데 그대로 사건을 끝내버리는 게 될까 봐서요. 그러는 사이에 꾸미 사체는 썩은 내를 풍기면서 빠르게 부패해갔어요.”

“저기, 해주 씨. 고슴도치가 죽은 건 안 된 일인데 저한테 왜 이런 이야기를 하는지 모르겠거든요. 그러니까 무슨 말이 하고 싶은 거예요?”

“눈을 감으면 자꾸 꾸미가 쳇바퀴를 돌리던 소리가 들려요. 타다닥, 타다다닥 하는 소리. 혹시 그 소리 알아요? 동물 키워본 적은 있어요? 밤새 그 소리를 들으며 생각해요. 만약 꾸미를 죽인 사람을 찾아내면 내가 그 새끼를 똑같이 그어버릴 거라고.”

최 대리는 더 못 참겠다는 듯 해주의 말을 끊었다.

“잠시만요. 나랑 지금 뭐하자는 겁니까?”

“꾸미 몰라요? 스노우화이트종. 하얀색 고슴도치요.”

남자는 신경질적인 손놀림으로 머리를 쓸어 넘겼다. 부드러운 선을 그리며 움직이는 남자의 손가락은 길쭉하고 섬세했다.

“내가 그걸 알아야 합니까?”

“알아야죠. 당신이 죽였는데.”

남자는 헛웃음을 지었다. 그리고 무언가를 참아내는 듯 숨을 삼키다가 해주를 노려보며 말했다.

"해주 씨 이런저런 일로 힘든 거 알겠어요. 그래도 이건 좀 무례하지 않나. 나한테 이러는 이유가 뭡니까?"

"최 대리님은 왜 자꾸 내 주변에서 얼쩡거려요?"

"그래요. 솔직히 내가 해주 씨에게 관심이 좀 있었어요. 그런데 그게 죄가 됩니까? 그 이유로 제가 지금 이렇게 고통받아야 하냐고요!"

"고작 제 말을 들어주는 게 그렇게 고통스러운가요?"

"뭐라고요?"

"관심 있었다, 좋아서 그랬다, 좀 다른 말을 생각해낼 수 없어요? 누가 좋아해달래요? 왜 멋대로 좋아하고 지랄이야."

최 대리는 자리에서 벌떡 일어났다. 그리고는 해주를 향해 욕설을 내뱉고는 그대로 카페를 나가버렸다.

"그게 끝이야?"

해주는 고개를 끄덕였다.

"그러니까 거기서 꾸미 이야기만 하다가 나왔다고?"

"분명 일어난 일인데, 다들 그런 일은 없었대. 나한테는 너무나 명확한 사실인데 모두 사실을 부정해. 내가 뭘 어떻게 해야 해?"

해주의 물음에 나는 대답 대신 해주의 방으로 들어갔다. 3단 책장 위에는 여전히 꾸미의 물건들이 진열되어 있었다. 그중 손에 잡히는 것을 들어 그대로 쓰레기통에 던져버렸다. 던지고 보니 꾸미의 가시를 모아둔 유리병이었다. 뒤따라 들어온 해주가 소리쳤다.

"뭐 하는 거야?"

해주는 쓰레기통에 달려들어 그 안에서 유리병을 집어 들었다.

"잊어."

"뭐?"

"그냥 다 잊으라고."

"도와주기 싫으면 참견하지 마."

"그럼 신경 쓰이게 하지 말든가. 그 남자한테 물어볼 게 있었다며? 그래서 뭘 알아냈는데?"

"그러는 넌? 네가 겪었던 일, 다 잊었어?"

"그래, 잊었어."

"거짓말하지 마."

"거짓말인지 아닌지 네가 어떻게 알아?"

"알아."

해주는 내 눈을 빤히 들여다보며 말했다.

"아무도 벌을 받지 않았으니까. 그럼 몇 년이 지났든 끝나지 않은 일이니까. 내가 물러서고 말았다는 굴욕감, 패배감. 그런 건 시간이 흘러도 나를 자꾸 위축되게 만들 거니까."

누군가는 진실을 알아줄 것이라고 믿던 때가 있었다. 그 믿음이 외면당했을 때 더 상처받지 않기 위해 스스로를 배신해야만 했다. 그것은 결코 쉬운 일이 아니었다.

"이 집에는 아무도 들어오지 않았어. 꾸미를 죽게 한 건 너랑 나야. 다들 그렇게 생각할 거야. 그러니까 이쯤에서 그만두는 게 너한테도 좋아."

나는 여전히 쓰레기통 앞에 쪼그리고 앉아 있는 해주를 그대로 둔 채 그녀의 방에서 나가려 했다. 그러나 그 순간 유리병을 든 해주의 손을 보았다. 하얗게 질린 손은 마치 그 유리병이 생명줄이라도 되는 듯 붙들고 있었다. 유리병 속 작은 가시들은 금방이라도 병을 뚫고 나와 해주의 손에 깊은 상처를 낼 것 같았다. 나는 해주 앞에 마주 앉았다. 그리고 조심스럽게 해주를 안았다. 해주의 손이 너무 차가워서 울고 싶었다.

내 방으로 돌아온 뒤에야, 내 손에 유리병이 들려 있다는 사실을 깨달았다. 유리병 입구 쪽에는 가느다란 금이 가 있었다. 이것으로 무엇을 할 수 있을까. 무엇을 더 말할 수 있을까.

나는 해주가 끝까지 싸워 그림자를 잡아내기를 바랐다. 그러나 매장당한 진실을 다시 끄집어내는 일이 얼마나 구질구질하고 고단한 일인지, 나는 잘 알고 있었다. 한편으로는 해주가 실패하기를 바랐다. 그리하여 내가 왜 그녀를 만류했는지 깨닫기를. 스무 살 무렵의 내가 왜 무언가를 더 하지 않기로 결정해야만 했는지, 그녀가 이해해주기를. 굳이 그림자의 이야기를 하지 않아도 꾸미의 죽음은 자연스러웠고, 꾸미를 잃은 해주의 슬픔은 위로받을 수 있었다. 나 역시 꾸미를 잃은 해주를 얼마든지 위로해줄 준비가 되어 있었다. 모두에게 공감받을 수 있는 슬픔이란 딱 그 정도까지였다. 내가 잘못되지 않았다는 사실을 증명하기 위해, 나는 그녀의 좌절을 바랐다.

마지막 새를 처리했던 밤을 기억한다. 새장에 새로운 새를 채워 짝을 맞추지 않기로 한 날을. 수명이 길었던 불운한 새는 두 마리의 새가 죽어서 새장 밖으로 나갈 동안 죽지 않았다. 언제부터인가 새는 울지 않았다. 두 번의 죽음을 목격하는 동안 자신의 운명을 직감하고 있었을까. 이미 죽어 있었는지도 몰랐다. 어쩌면 마지막 숨을 끊어낼 힘조차 없어 꾸역꾸역 숨을 붙이고 있었는지도. 울지 못하는 새가 속이 텅 빈 박제품처럼 느껴졌다. 새장 속에 손을 넣던 그 밤. 내 손 안에서 차갑게 식어갔던 것은 무엇이었을까. 내가 끊어낸 것은 무엇이었나. 그러면 안 되는 거였는데. 그런데 정말 그래서는 안 되었을까. 어둠 속에서 나는 계속 중얼거렸다. 자연사였다. 그러니까 그건 내 잘못이 아니었다. 그래야만 했다.

해주는 결국 회사에 휴직계를 냈다. 당분간은 부모님이 계신 본가에 머물겠다고 했다. 언제 돌아오겠다는 말은 하지 않았지만 해주의 가구는 그대로 놓여 있었다. 나는 시간이 날 때마다 해주의 가구에 쌓인 먼지를 닦아주었다. 다시 돌아오게 되면 그녀 역시 나와 같은 얼굴을 하고 있을까. 아무렇지 않은 척 살아가다 어느 날 뜻밖의 순간에 꾸미의 사체를 들어 올리던 장면을 떠올리게 되겠지. 그 싸늘한 감촉을 상기하고는 몸서리치면서.

해주와 꾸미가 사라진 집은 지나치게 고요했다. 그 적막을 이기지 못해 나는 종종 환청을 들었다. 쳇바퀴가 굴러가는 소리. 작고 가벼운 동물이 마룻바닥을 걸어가는 소리. 새벽녘, 나를 선잠에서 깨운 것도 그와 같은 소리였다. 해주가 딸깍, 문 잠그는 소리. 나는 자리에서 일어나 주변을 둘러보다 해주의 방 앞으로 갔다. 그리고 해주의 방문 손잡이를 조심스럽게 돌려보았다. 손잡이는 걸리는 것 없이 부드럽게 돌아갔다.

문득 전날 밤의 일이 생각났다. 회식 때문에 퇴근이 늦어, 버스 정류장에 내렸을 때는 어느덧 자정이 넘어 있었다. 술기운 탓인지, 아니면 그믐날이었기 때문인지 골목길이 여느 때보다 어둡게 느껴졌다. 골목 안쪽으로 들어갈수록 밤이 점점 더 깊어지는 것 같았다. 누군가가 나를 지켜보고 있는 듯한 기분이 들어 사방을 둘러보았지만 아무것도 보이지 않았다. 나는 조금 더 서둘러 걸음을 옮겼다.

집 근처에 다다랐을 때였다. 어둠 속에서 무언가가 불쑥 튀어나왔다. 그것은 빠른 속도로 다가와 나를 스치고 지나갔다. 그 찰나의 순간, 내 몸을 훑고 지나가는 가느다란 손가락이 느껴졌다. 수많은 생각이 들었지만 어쩐지 몸이 움직여지지 않았다. 그사이 그것은 나를 비웃으며 다시 천천히 어둠 속으로 사라졌다.

나는 꿈에서 깬 사람처럼 망연한 기분으로 주위를 살폈다. 아무 일도 없었다는 듯 사방은 고요했다. 가로등은 골목길을 환히 비추었고, 아직 불이 꺼지지 않은 창문 안에서는 사람들이 단잠에 빠져들 준비를 하고 있었다. 그 평온한 광경이 조금 전 내가 본 것은 허상에 불과하다고 말하고 있는 것 같았다. 그것이 분명 여기에 있었는데도. 나는 그와 같은 일을 해주에게 말할 수 없었다.

문손잡이를 잡은 채 한참을 서 있었다. 어디선가 조심스럽게 문이 열리는 소리가 들려왔다. 모두 헛것에 불과하다. '정말 그런 걸까, 선화야?' 해주의 말이 자꾸 머릿속에 맴돌았다. 해주의 방문 위로 내 작은 그림자가 흐릿하게 드리우고 있었다.

나의 이름은

"연주황의 무대를 감상하시겠습니다."

사회자의 소개와 함께 무대에 올랐습니다. 익숙한 반주에 맞춰 수없이 불러온 노래를 시작했습니다. 뜻밖의 상황이 발생하기 전까지, 공연은 평소처럼 진행되는 듯했습니다. 노래가 1절 후렴부에 접어들었을 때였습니다. 갑자기 커다란 갈매기 한 마리가 무대 위로 날아들었습니다. 예상하지 못한 새의 등장에 놀라 그만 마이크를 떨어뜨리고 말았습니다. 당연히 노래도 중단되었지요. 자기 무대인 양 사방을 신나게 휘젓고 다니던 갈매기는 한참 뒤에야 다시 높이 날아올라 저편으로 사라졌습니다. 갈매기는 날아갔지만 이미 놓쳐버린 반주를 다시 따라잡을 수가 없었습니다. 떨어트린 마이크를 집어 들어야 한다는 생각조차 들지 않아, 그저 넓은 무대 한가운데 멍하니 서 있을 뿐이었습니다. 사람들의 시선이 무대 위로 집중되고 있었습니다. 시큰둥하게 앉아 있던 사람들조차도 노래가 끊긴 뒤로 과연 무슨 일이 일어날 것인지 흥미롭게 바라보고 있었지요. 그 순간이었습니다. 무대 위 풍경이 한눈에 들어왔습니다. 텅 빈 갑판처럼 쓸쓸한 무대와 그 위에 외로이 버티고 선 한 사람이. 마치 유체이탈이라도 한 것처럼, 혹은 무대 위로 날아오른 새가 된 것처럼, 나는 그 장면을 볼 수 있었습니다. 그리고 그 다음에는…….

'연주황'입니다. 그것이 마지막으로 불린 내 이름입니다.

시외버스 추락사고 실종자 발견

지난 14일 발생한 강원도행 시외버스 추락사고의 실종자가 트로트 가수 연주황(27)으로 밝혀졌다. (……)

어쩌면 당신은 그 기사를 읽었을 수도 있겠지요. 하지만 읽지 못했거나, 읽었더라도 기억하지 못할 가능성이 더 클 겁니다. 기사는 매우 간결했고, 내 사망 소식은 많은 사람에게 충격을 안길 만한 기삿거리가 아니었으니까요. 게다가 기사가 난 그날 오후, 두 유명 배우의 열애설이 뜨는 바람에 제 기사는 실시간 검색어 순위 안에도 듣지 못한 채 금방 묻혀버리고 말았지요.

연주황이라는 이름을 들으면 대부분 이런 반응을 보일 겁니다. 연주황이 누구야? 그런 가수도 있었어? 만약 당신이 지금 검색창에 연주황이라고 쳐본다면 색깔에 대한 글이 대다수일 겁니다. 많은 사람 입에 오르내리라고 일부러 많이 쓰이는 단어를 사용해 이름을 만들었는데, 의도와 달리 오히려 나를 더 감추는 결과를 낳고 말았네요. 연주황. 좋은 이름이지요. 주황색보다 연하고 따뜻한 색. 살색과 비슷한 색. 그 이름을 가졌던 때의 나는 어쩌면 그런 사람이 되고 싶었는지도 모릅니다. 누군가에게 살갗의 온기를 전할 수 있는 사람. 혹은 그만큼의 영향력을 가진 사람. 당신이 연주황이라는 이름을 처음 들었다고 하더라도 상관없습니다. 그 이름으로 불리던 나는 이미 지나가버렸으니까요. 지금은 연주황이라는 이름도 조금 서먹하게 느껴집니다.

내게 연주황이라는 이름을 붙여준 사람은 죽기 전 계약되어 있던 소속사의 사장입니다. 그전 소속사에서는 '레나'라는 활동명을 정해주었고, 누군가는 나를 '낸시'라고 부르기도 했지요. 그리고 부모님은 내게 주화영이라는 이름을 주었습니다. 한 이름에 대해 제대로 설명하기 위해서는 다른 이름들을 불러올 필요가 있습니다. 그러니까 우선은 주화영부터 시작해볼까요.

'주화영'. 빛날 화에 영화 영. 이제 막 '나'라는 존재를 인식하기 시작하던 아이. 무엇을 하면 다른 사람에게 칭찬받을 수 있을까 고민하던 초등학교 2학년 여름방학 무렵, 주화영은 증조할머니를 따라 경로당에 가게 되었습니다. 그 시절의 주화영은 경로당에 가는 것을 좋아했는데, 대부분의 노인들은 어린아이에게 관심을 보이고 무언가를 쥐여주려고 했기 때문입니다. 그곳에는 소싯적에 소리를 했던 할머니 한 분이 계셨는데, 명창 수준까지는 아니었어도 제법 성력이 있는 소리꾼이었습니다. 노인들 앞에서 갖은 재롱잔치를 벌이던 주화영이 학교에서 배운 「남생아 놀아라」를 율동에 맞추어 부르자 짝짝짝 박수를 치던 소리꾼 할머니가 말했습니다.

"쪼깨난 지지바가 목소리에 포온이 졌네."

"포온이 뭐예요?"

주화영이 묻자 소리꾼 할머니는 대답 대신 소리 한 곡을 뽑았습니다. 「심청가」의 한 구절이었습니다. 그녀가 부르는 노래가 무슨 말인지는 이해하지 못하였지만 어쩐지 '포온', 그러니까 '한'이라는 게 무엇인지 알 것 같았습니다. 가슴 한구석에 몽글몽글한 것이 맺혔다가 점점 단단해지는 기분. 울고 싶기도 하고 소리를 지르고 싶다가도 다시 안으로 삼키게 되는 기분이었습니다. 그걸 느끼고 나니 방금 전까지 자신이 신나게 부르던 동요는 어린 동생들의 장난처럼 시시하게 느껴지는 것이었습니다.

주화영은 할머니의 소리를 한 구절 어설프게나마 따라 해보았습니다. 소리꾼 할머니의 노래 한 구절을 듣고 따라 하고, 또 한 구절 듣고 따라 하고. 그때마다 소리꾼 할머니는 '아가 소질이 많다야' 하며 신나게 다음 구절을 뽑아댔습니다. 돌이켜보면 그녀는 단지 자신의 노래를 뽐낼 기회를 얻어 신이 났던 것일지도 모르겠습니다. 알고 보니 평소 시도 때도 없이 소리를 해대는 바람에 그 경로당 사람들은 그녀가 노래만 시작하면 고개를 절레절레 흔들곤 했다는군요. 그런데 어린애가 함께 부르니 모두들 신기한 듯 집중해주었던 거죠. 이런 사정을 알 리 없는 주화영은 순진하게도 쏟아지는 관심과 칭찬을 곧이곧대로 믿어버리고 만 것입니다. 경로당을 다녀온 뒤로 몇 날 며칠을 부모님을 졸라 어린이 판소리 교실에 등록하고, 그렇게 소리를 시작하게 되었습니다.

초등학교와 중학교 시절 내내 주화영은 소리하는 아이로 통했습니다. 공부를 잘하는 편도 아니었고, 봐줄 만은 했지만 그렇다고 뛰어나게 예쁜 것도 아니었고, 다른 특출난 장기도 없던 주화영이 다른 아이들 사이에서 돋보일 수 있었던 건 오직 소리 덕분이었습니다. 또래 아이들 사이에서는 소리가 익숙하지 않은 장르였기 때문에 주화영이 소리를 얼마나 잘하는지는 중요하지 않았습니다.

명창이 무엇을 의미하는지도 모르면서, 주화영은 말했습니다. 나는 명창이 될 거야. 내뱉고 나니 꼭 명창이 되어야 할 것만 같았습니다. 그렇게 꿈이 정해졌습니다. 자신이 소리를 얼마나 좋아하는지, 꿈을 이루기 위해 무엇을 포기할 수 있는지는 깊이 생각할 것도 없었습니다. 그저 그 길을 운명이라고 여겼으니까요. 중학생이 되어 시험 성적과 진로를 걱정하던 친구들에게 '그래도 넌 소리하면 되잖아'라는 말을 들을 때면 그래, 내게는 소리가 있으니까, 하고 생각하곤 했었습니다.

그러므로 주화영이 서울에 있는 국악 전문 고등학교에 진학하겠다고 결심한 것은 자연스러운 수순이었습니다. 그러나 주화영의 부모는 그녀의 결정에 반대했습니다.

"소리는 취미 정도로 하고 무난한 삶을 살아라. 대학 나와서 좋은 회사 들어가고, 결혼도 하고."

그녀의 부모들이 말했습니다. 주화영은 도저히 그들의 말을 받아들일 수 없었습니다. '무난한 삶'이라니. 그러니까 당신들의 딸이 그저 그렇게 살다 가기를 바란다는 걸까요?—그런 삶을 산다는 것이 얼마나 어려운 일인지, 그 시절의 주화영은 미처 알지 못했습니다.— 주화영은 자신의 아빠와 엄마의 모습을 돌이켜보았습니다. 그들이 영위하고 있는 삶은 누구보다도 평균적인 소시민들의 삶처럼 보였습니다. 그러니까 시장이나 공원 같은 곳을 걷다 보면 어디서든 마주칠 수 있는 그런 인생들이요. 그런 삶이 나쁘다는 것은 아닙니다. 하지만 그것이 전부는 아닌 것 같았습니다. 널리 이름을 날린 위대한 예술가와 위인들. 그녀가 수없이 들어온 명창들. 그들은 독보적이고 세계 유일한 존재였습니다. 그런데 어째서 자신은 그렇게 되지 못한다는 것일까요. 주화영이라는 사람이 대체 불가한 단 한 사람이 될 수 없다는 것일까요? 소리를 하지 않는 주화영은 모두에게 '그 주화영'으로 불릴 수 없을 것이었습니다. 소리를 그만두면 더 이상 유일무이한 주화영이 아니게 될 것만 같은 불안함이 그녀를 괴롭혔습니다. 그래서 그녀는 꼭 소리를 계속해야만 했습니다. 부모님은 결국 주화영의 고집을 꺾지 못했고, 주화영은 서울 소재의 국악학교에 들어가 기숙사 생활을 하게 되었습니다. 결과적으로 주화영은 그곳에서 더 이상 '그 주화영'이 되지 못했습니다. 주변의 모두가 소리를 하거나 악기를 다루는 그곳에서 단지 소리를 한다는 이유만으로 주목받지 못하는 건 당연한 일이었습니다. 더욱이 국악학교는 학생 수도 많지 않아 다른 학생들과 더욱 비교가 될 수밖에 없었고, 주화영은 자신이 그렇게 뛰어난 재능을 갖지 못했다는 사실을 똑똑히 알게 되었습니다.

죽을 듯이 노력했지만 타고난 자들을 따라갈 수 없었던 주화영은 자신을 돋보이게 할 수 있는 어떤 것을 찾아야 했습니다. 그래서 주화영은 소리에 자신의 색깔을 입히기 시작했습니다. 선생님들은 그녀에게 쓸데없는 기교를 버릴 것을 충고했지만, 그녀는 쉽게 포기하지 않았습니다. 지금은 모두가 이해하지 못하더라도 언젠가는 자신의 독창성을 인정하고 높이 평가할 날이 올 거라고 믿었지요.

정기 평가가 있던 날이었습니다. 평가가 끝난 뒤, 감독을 맡았던 선생님이 주화영을 불러 말했습니다.

"여전히 그 이상한 버릇을 버리지 못했더구나. 보통 둘 중 하나 때문이지. 부족한 기본기를 감추려는 것이거나 튀고 싶은 것이거나."

주화영은 선생님의 무진 평가에 울컥했습니다.

"그게 제 개성이 될 수도 있잖아요."

"너는 네가 엄청나게 잘난 줄 알지? 네 그런 오만과 고집이 언젠가 너를 망칠 거다."

"왜 그렇게 확신하세요?"

"네가 무엇 때문에 지금 이러고 있는지, 사실은 네가 더 잘 알고 있지 않니?"

그날은 조금 많이 울었습니다. 왜 어떤 고집은 열정이 되고, 어떤 고집은 아집이 되어버리는 걸까요? 왜 어떤 시도는 위대한 업적의 시발점이 되고, 어떤 시도는 부질없는 걸음이 되어버리는 걸까요?

3년간의 고등학교 시절을 마치고, 주화영은 결국 대학 진학에 실패했습니다. 부모님은 주화영에게 집으로 돌아와 근처 전문대에 진학을 하든지, 비교적 학비가 저렴한 지역 국립대를 노리고 재수할 것을 권유했습니다. 그 무렵 주화영의 집안은 상황이 좋지 않았습니다. 직장을 그만둔 아버지는 뒤늦게 시작한 주식으로 큰돈을 날리고, 그녀의 동생은 바로 다음 해 입시를 앞두고 있었지요. 그러나 주화영은 부모님의 제안을 거절했고 그 과정에서 마찰이 빚어졌습니다. 저밖에 모르는 이기적인 년. 그들은 주화영을 그렇게 불렀습니다. 갈등은 점점 심해졌고, 결국 주화영은 집에서 나올 것을 결심했습니다.

서울에 남은 주화영은 고시원에서 생활하며 아르바이트를 구했습니다. 소리로 대학을 가겠다는 생각은 일찌감치 접은 상태였습니다. 이미 그 자리에는 주화영을 대체할, 더 뛰어난 사람들이 많았으니까요. 그곳에서 '그 주화영'으로 살아남을 자신이 없었습니다. 그러나 할 줄 아는 것이라고는 소리밖에 없던 주화영은 방황 끝에 한 중소기획사의 오디션을 보고 그곳에 들어가게 됩니다. 그곳에서는 그녀에게 레나라는 활동명을 지어주었습니다. 새 이름을 얻게 되자, 주화영은 그동안 자신을 부르던 주화영이라는 이름을 버렸습니다. 주화영으로서 알고 지내던 사람들 대부분과도 연락을 끊었습니다. 주화영. 빛날 화에 영화 영. 반짝반짝 빛나야 마땅했지만 어둠 속에서 파묻혀 헤어 나오지 못했던 그 이름을 그만 놓아주었습니다.

혹시 '펑키파니'라는 그룹을 들어보셨는지요? 록과 판소리가 결합된 독특한 장르를 선보인 혼성 크로스오버 밴드였는데요, 이 밴드의 보컬이 바로 레나였습니다. 가요계에 새로운 바람을 일으키겠다는 야심찬 포부를 가졌던 기획사 대표는 판소리를 하는 레나와 펑크록을 하는 그녀 또래의 남자 셋을 묶어 펑키파니를 결성했지요. 판소리와 펑크록이라니. 어울리지 않을 것 같으면서도 묘하게 맞물리는 두 장르의 결합이 마음에 들었습니다. 그것이야말로 많은 이들이 시도하지 않은, 유일무이한 고유명사처럼 느껴졌었거든요.

처음 무대에 섰을 때가 아직 생생하게 떠오릅니다. 홍대에 위치한 어느 작은 클럽의 오프닝 무대였는데, 메인 무대를 서는 밴드 덕분에 모인 관객들이 제법 많았습니다. 무대에 오르자 관객들의 시선이 우리를 향했습니다. 새로운 밴드에 대한 흥미 어린 시선, 낯선 이름에 품은 의문과 호기심 섞인 눈빛들. 그 앞에서 첫 음을 질렀을 때를 어떻게 잊을 수 있을까요? 모두가 레나라는 존재를 그렇게 또렷이 인식하게 되었는데요. 언젠가 그들이 레나라는 이름을 연호할 날을 꿈꿨습니다. 많은 사람들에게 레나라는 이름이 각인되는 순간을요.

밴드 활동은 레나에게 새로운 경험이었습니다. 고수의 북 장단 대신 드럼 비트에 맞춰 일렉 기타의 선율을 따라 소리를 하고 있노라면 가끔 두 장르가 연애에 빠진 것 같다는 생각이 들었습니다. 독자적인 두 존재가 만나 삐거덕거리다가도 어느 지점에 다다르면 기적처럼 어우러져 기대 이상의 소리가 나왔거든요. 그때마다 오르가슴과 같은 희열을 느꼈습니다. 문제는 대부분의 순간이 불합했다는 것이지만요. 기대와 달리, 펑키파니의 활동은 그리 순탄치 않았습니다. 록과 판소리의 조화를 꿈꾸었지만 기대만큼 그들의 합은 이뤄지지 못했고 마치 고추장을 바른 케이크처럼 오묘하고 마니아적인 장르가 되어버리고 말았습니다. 가요계의 새바람은커녕 미풍조차 일으키지 못한 것은 당연한 일이었지요. 수많은 관객들이 레나라는 이름을 연호하는 순간은 오지 않았습니다.

한편, 그 무렵의 레나는 정말로 연애에 빠져 있었습니다. 연애 대상은 같은 그룹의 기타리스트였습니다. 그녀보다 한 살 많은 그의 본명은 박종만이었지만 시드라는 이름으로 활동을 하고 있었습니다. 본인이 직접 섹스 피스톨즈의 멤버 시드 비셔스에서 따온 이름이었지요. 그의 꿈은 한국의 시드 비셔스였으나 정작 따라 한 것이라고는 중독 증상뿐이었습니다. 돈이 없던 그는 시드처럼 헤로인을 하는 대신 매일 소주를 마시고 가끔 싸구려 마약을 구했습니다.

"유명한 록 가수들은 대개 약을 하곤 했어. 일제 시절 활동했던 명창들도 아편 중독인 경우가 많았대. 왜라고 생각해? 우리를 억압하는 것들! 자기검열, 타인의 평가! 우리의 정신이 그런 것들에서 벗어나야 진정한 노래가 나오는 거거든. 약은 그걸 도와주지."

시드의 권유에 못 이겨 레나 역시 약을 시도한 적이 있었습니다. 시드의 말대로 확실히 주변의 것들이 사라지기는 하더군요. 심지어 자기 자신까지도요. 그러나 그것은 스스로 무언가를 사라지게 하는 것이 아니라 누군가에 떠밀려 강제로 사라져버리는 듯한 느낌이었습니다. 종국에는 내가 내 자신을 잊고 주변의 것들에 흡수되는 느낌이 들었는데 그 느낌이 너무 아늑해 자꾸 그런 상태를 원하게 되는 것이었습니다. 레나는 자기가 정말로 그것을 바라게 될까봐 두려웠습니다. 그런 건 자신의 지향점과 거리가 멀었기에, 레나는 더 이상 약에 손을 대지 않았습니다.

그럼에도 레나는 시드를 사랑했습니다. 반반한 외모와 다정한 말투, 섬세한 성격 등 그를 사랑할 여러 이유가 있었지만 가장 큰 이유는 시드가 그녀를 부르는 애칭 때문이었습니다. 그는 레나를 '낸시'라고 불렀고 자신을 완성시키는 것은 오직 '낸시'인 레나뿐이라고 했지요. 낸시는 그런 그의 말에 푹 빠지고 말았습니다. 누군가를 완성시키는 존재라니, 그 얼마나 의미 있고 대체 불가한 존재인가요? 이 세상에 오직 자신이 있어야만 완성되는 시드라는 존재를 가진 사람이 몇이나 될까요? 그건 오직 낸시만이 할 수 있는 일이었습니다. 그 사실만으로도 자신이 그 누구보다 빛나는 존재가 된 것 같은 기분이었습니다.

낸시가 있어야 시드가 존재할 수 있다는 말은 거짓은 아니었습니다. 그리 길지 않은 동거 기간 동안 경제 관념이 없는 시드를 대신해 낸시가 생계를 짊어져야 했으니까요. 펑키파니의 활동이 지지부진한 관계로 그들이 음악으로 벌어들이는 수입은 생활을 유지하기에는 턱없이 부족했습니다. 결국 낸시가 틈틈이 알바를 하며 부족한 생활비를 벌어야 했지요. 쪼들리는 가계에 푸념하는 낸시에게 시드는 타이르듯 충고하곤 했습니다.

“진정한 예술가는 자본에 얽매여서는 안 돼. 너는 다른 사람들과 다른 영혼을 지닌 존재가 되어야 해. 너만의 아이덴티티를 찾아야 한다는 말이야.”

그러면서도 그는 낸시가 벌어오는 돈으로 생활을 해나갔지요. 낸시는 시드의 이런 행동에 불합리함을 느끼면서도, 자꾸 시드가 한 말이 신경 쓰였습니다. 내 아이덴티티란 무엇인가. 왜 지금 가장 큰 고민은 내 정체성을 찾는 문제가 아니고, 이번 달 월세와 공과금을 내는 일일까. 어느 날, 마트에서 냉동식품을 고르던 낸시는 문득 냉동고 유리문에 비친 자신의 모습과 마주했습니다. 그리고 자신이 그토록 경계했던 삶이 어느새 자기 안에 깊숙이 침투해 있다는 사실을 깨달았습니다. 길을 걷다 보면 언제 어디서나 마주칠 수 있는 그런 인생들. 그 순간 들고 있던 장바구니를 내팽개치고 멀리 달아나고 싶은 충동이 일었습니다. 그러나 당장 장을 보지 않으면 오늘 저녁거리가 없을 것이므로, 낸시는 꾸역꾸역 물건을 담고 값을 계산하고 커다란 비닐봉지를 든 채 마트를 나왔습니다.

그날 저녁, 밥상 앞에서 반찬 투정을 늘어놓는 시드를 보며 낸시는 무언가 잘못되었다는 것을 느꼈습니다. 시드가 늘어놓는 예술가로서의 삶에 대한 이야기는 틀리지 않지만, 그가 그와 같은 생활을 유지할 수 있는 것은 모두 낸시 덕분이었습니다. 시드를 만나 낸시의 삶을 완성시키는 것이 아니라, 시드의 삶에 녹아들어 낸시가 점점 사라지고 있었습니다. 마치 약을 했을 때처럼, 자신이 주변에 흡수되어 사라지는 가운데 안락함을 느끼고 있었던 것입니다. 더 이상 이런 삶을 이어나갈 수 없다고 생각하면서도, 중독된 사람처럼 쉽게 벗어날 수가 없었습니다.

다행인지 불행인지, 그녀 스스로 낸시와 레나로서의 삶에서 벗어나기 전에 그 끝이 찾아오고 말았습니다. 소속사 사장이 부진한 성적과 쏟아지는 혹평에 더 이상 펑키파니를 유지하기 어렵다고 판단한 것입니다. 사장은 그들 대신 섹시 콘셉트의 다른 그룹을 키우기로 결정했다며 레나에게 그대로 소속사에 남아 새로운 그룹에 합류하든지 계약을 해지하든지 둘 중 하나를 선택하라고 했습니다.

만약 시드의 변절이 없었다면, 레나는 계속 그 소속사에 남아 다른 그룹으로 데뷔를 했을지도 모르는 일입니다. 거기서 또 다른 이름을 얻어 새 활동을 시작했을 수도 있었겠지요. 그룹이 해체되자 시드는 곧 인디 레이블로 거취를 옮겨 다른 밴드를 준비했습니다. 그리고 그곳에서 다른 여자를 만났지요. 새 밴드에서 그가 쓴 이름은 거드였고 여자의 애칭은 코트니였습니다. 낸시는 코트니로 대체 가능한 존재였습니다. 그 사실을 안 순간, 그녀는 레나로서의 삶도, 낸시로서의 삶도 모두 정리하기로 했습니다.

그녀는 앞으로 딱 열 번만 오디션을 보자고 마음먹었고, 아홉 번째 오디션에서 합격 통지를 받았습니다. 그러나 사장은 계약서에 도장을 찍자마자 처음의 말과 다르게 그녀에게 트로트 가수로 활동할 것을 권유했습니다. 만약 앨범 두 장을 내고 수입을 올리면 그녀가 원하는 앨범을 내주겠다면서요. 달리 갈 곳도 없고 생활고에 시달리고 있던 그녀는 그렇게 연주황이 되었습니다.

연주황이라는 이름을 갖게 된 날을 기억합니다. 곧 녹음 날짜가 잡히고 사무실을 찾았던 날이었지요. 아침부터 구름이 잔뜩 끼어 있었고 점심 무렵이 지나자 비가 조금씩 내리기 시작했습니다. 사장의 손에 들린 믹스 커피의 달달한 향이 사무실을 가득 채우고 있었습니다. 콘셉트와 앞으로의 활동 방향 따위를 설명하던 사장이 툭 던지듯 말했습니다.

"그리고 이름말인데, '연주황색'할 때 그 연주황 어때? 부르기도 좋고 기억하기도 쉽고."

연주황요? 하고 되물었던 건 다른 이유가 있어서는 아니었습니다. 단지 하고 많은 색 중에 왜 연주황일까, 궁금했을 뿐입니다.

"우리 딸내미가 요즘 연주황색 크레파스만 쓰더라고. 크레파스 통을 보는데 그 크레파스만 짜리몽땅해. 거기서 내가 딱 이거다, 싶었지. 사람들이 많이 찾는 가수가 되라고 말이야."

연주황이라는 이름을 발음해보았습니다. 사장을 닮은 여자아이

손에 들린 연주황빛 크레파스가 떠올랐습니다. 여린 색이 아이의 작은 손에 조금씩 배어가는 장면을요. 그런 이름이라면 나쁘지 않을 것 같았습니다. 그렇다고 다른 선택권이 있었던 것은 아니지만요.

새 이름에 적응하기 위해 혼자 있을 때 종종 이름을 불러주었습니다. 연주황, 연주황. 연주황빛을 띠는 것에는 또 무엇이 있을까요? 이제 막 익기 시작한 감의 빛깔, 해 저물녘, 노을이 지기 시작한 하늘을 물들이는 여러 빛깔 중 하나. 연주황, 하고 부를 때마다 떫고 달큼한 단감 맛이, 노을 질 무렵의 서늘한 바람의 맛이 느껴지는 것 같았습니다.

창법을 바꾸는 것은 이름에 익숙해지는 것보다 조금 더 어려웠습니다. 오랫동안 소리를 했던 탓에 굳어진 습관을 록 음악을 하며 그에 맞게 바꾸어놓았는데 이제 다시 트로트 창법을 구사하라니. 고민하던 연주황에게 같은 소속사의 한 선배가 말했습니다.

"트로트는 다른 장르와는 또 다른 맛이 있어. 뽕짝이다 뭐다 해서 한없이 가벼워 보이지만 결코 그렇지만도 않아. 인생의 달고 쓴 맛을 담아내야 해. 가슴에 응어리를 느껴본 사람만이 소리를 맛깔나게 뽑아낼 수 있거든. 그러니까 한 같은 거 말이야. 그걸 소리에 담아내란 말이야."

그 말을 듣는 순간, 어릴 적 소리꾼 할머니의 말이 떠올랐습니다. '목소리에 포온이 짔네.' 그때와 지금 느끼는 한은 비슷한 듯하면서도 어딘가 조금 달랐습니다. 무언가 더 묵직하고 단단한 것이 가슴 속 빈 공간을 꽉 채우고 있는 기분이었습니다. 울고 싶다가도 어쩐지 그것만으로는 부족할 것 같은 기분. 그래서 섣불리 울 수도 없는 기분 말이지요.

그날 이후, 트로트를 부르는 것이 조금은 편해졌습니다. 표현은 다르지만 결국 그 안에 담긴 것은 같다는 것을 알게 되었으니까요. 비록 강제로 시작한 것이기는 하지만 억지로 노래한 것은 아닙니다. 이제껏 단 한 번도 노래하는 행위를 가볍게 생각한 적은 없습니다.

첫 번째로 발표한 음원 「애정 전선」은 그대로 묻히고 말았습니다. 그로부터 한 달 뒤, 두 번째 음원 「사랑 충전은 만땅으로」가 나왔고, 히트곡까지는 되지 못했지만 소소한 반응을 얻었습니다. '만땅만땅'이 반복되는 후렴부가 포인트인 노래였지요. 가사는 조금 유치할지 몰라도 꽤 공을 들인 곡이니 한 번쯤 들어보시는 것도 나쁘지 않을 겁니다.

연주황이 주로 선 무대는 지역 행사 현장이나 밤무대였습니다. 고깃집이나 찜질방 개업 행사 무대도 한 적이 있습니다. 보통은 같은 소속사 선배 가수에 원 플러스 원처럼 묶여서 출연하는 형식이었는데 그래도 이름이 조금씩 알려지기 시작하자 연주황만을 부르는 곳도 생겨났습니다.

처음에는 낯선 장르로 낯선 무대에서 노래를 부르는 것이 영 어색했습니다. 예전에는 전혀 생각지도 못했던 장소에서 노래를 부르기 위해 대기하고 있다 보면 문득 숨고 싶은 마음이 들곤 했습니다. 그러나 언제인가부터 조금씩 그런 것들에 무뎌지기 시작했습니다. 어느새 연주황의 삶에 조금씩 적응하고 있었던 거지요.

하루는 보은의 한 전통시장에서 열린 축제에서 노래를 한 적이 있었습니다. 무대가 끝났지만, 바로 서울로 올라가고 싶지 않았습니다. 마침 다음 스케줄도 없고 해서 같이 온 매니저를 먼저 올려 보낸 뒤 하룻밤만 묵고 가기로 했습니다. 혼자서 남은 행사도 구경하고 하릴없이 동네 구석구석을 헤집고 다니며 시간을 보냈습니다. 그러다 배가 고파져 다시 시장으로 돌아와 미리 봐둔 국밥집으로 들어갔습니다. 국밥 한 그릇을 시키고 앉아 있는데, 맞은편 카운터에 앉아 있던 주인아저씨가 이쪽을 흘끗 쳐다보더니 이렇게 말하는 것이었습니다.

"아이고, 아까 그 만땅 처자네, 그려."

'만땅 처자'란 연주황을 부른 것이겠지요. 모르는 사이 또 다른 이름이 생기고 말았습니다. 사람은 살면서 모두 몇 개의 호칭으로 불리게 되는 걸까요? 그 가운데 몇 개의 호칭이 끝까지 남게 될까요? 오랜 시간 기억에 남을 이름들, 그러니까 진재선이나 커트 코베인, 심수봉 같은 이름들. 그것들은 앞으로도 하나의 브랜드처럼 남아 전해질 텐데요. 그들이 남긴 명곡들은 그들의 존재를 더욱 공고하게 만들 것이고요. 사라져도 사라지지 않는 존재들. 아무래도 만땅 처자나 연주황 같은 이름은 그렇게 되진 못할 겁니다. 단기성의 이름들은 어느 날 갑자기 생겨난 것처럼 갑자기 사라지겠지요.

만약 당신이 지금 포털 사이트에 '가수 연주황'을 검색한다면 간단한 프로필 아래 한 장의 앨범, 세 곡의 디지털 음원으로 이루어진 필모그래피가 뜰 것입니다. 기사라고는 소속사에서 앨범 홍보를 위해 낸 몇 개의 기사와 지역 행사 참여 가수 명단 정도가 뜨겠지요. 아마 고속버스 사고 사망자 기사가 연주황을 다룬 기사 중 가장 주목받은 기사일 겁니다. 연주황은 소리 없이 묻힌 무명 가수이니까요. 그런 사람들은 너무도 많아서, 일일이 기억되지 못하는 것은 당연한 일이지요.

연주황이 이 세상에 남긴 유일한 앨범은 당신의 마음에 들지 않을 수 있습니다. 촌스러운 커버에 유치하고 조잡한 노래들이라고 생각할 수도 있겠지요. 그래도 앨범의 마지막 곡은 들어봐주시겠어요? 조금 진지한 노래인데요. 그 노래에서 연주황이 제일 좋아하던 가사는 이겁니다.

"안녕이라 말하지 않아도 사라지는 게 있어요. 안녕이라고 말해도 사라지지 않는 것도 있지요."

이제 이야기도 거의 끝이 났습니다. 다른 이름들처럼, 연주황이라는 이름도 결국 마지막을 향해 달려갑니다. 우선 남해 지방에서 열렸던 멸치 축제에 대해 이야기를 해야겠군요. 멸치 축제는 연주황이 사고를 당하기 전 마지막으로 섰던 무대입니다.

그날, 축제 현장에 일찍 도착한 연주황은 차에서 대기를 하다 잠시 바람을 쐬러 나왔습니다. 특산물과 먹거리를 파는 노점들이 즐비하게 늘어선 해변은 축제를 구경하러 온 관광객들로 들썩이고 있었습니다. 가판에 놓인 물건들과 사람들을 구경하는 것만으로도 시간 가는 줄 모르겠더군요. 다시 차로 돌아가기 전, 화장실에 들렀을 때였습니다. 마지막으로 거울에 비친 모습을 확인하고 나가려는데, 누군가 연주황의 팔을 덥석 붙잡는 것이었습니다.

"혹시 화영이 아니니?"

돌아보니 연주황 또래의 여자가 그녀를 빤히 바라보고 있었습니다. 당황한 연주황이 멀뚱히 서 있자, 여자는 다른 한 손으로 연주황의 팔을 찰싹 치며 아까보다 조금 더 큰 목소리로 말했습니다.

"맞네, 주화영. 나야, 원희. 우리 같은 고등학교 나왔잖아. 모르겠어? 어쩜 여기서 이렇게 딱 만나냐. 너도 휴가 왔어?"

그 순간, 연주황 입에서 이런 말이 튀어나왔습니다.

"그런 사람 아닌데요."

연주황은 여자에게 붙잡힌 팔을 빼냈습니다. 그리고 여자를 남겨둔 채 서둘러 그곳을 빠져나왔습니다. 차로 돌아온 연주황은 자신이 한 말에 대해 생각했습니다. 자신은 왜 그런 사람이 아니라고 했을까요. 현재의 모습이 부끄럽다거나, 정체를 숨기고 싶었던 것은 결코 아니었습니다. 그런 감정을 느껴야 할 이유도 전혀 없었고요. 그런데 대체 왜 그런 말이 불쑥 튀어나왔을까요?

그건 자신이 정말로 그런 사람이 아니라고 생각했기 때문이었습니다. 연주황에게 주화영은 여전히 소리꾼이었습니다. 반면 연주황은 남해를 바라보며 만땅만땅을 외치고 있었지요. 아주 오래전, 두 존재는 그렇게 갈라져버렸고 그 뒤로 그 간극은 걷잡을 수 없이 커지고 말았습니다. 그러니까 연주황은 정말로 주화영이 아니었습니다. 주화영이라는 이름이 그리도 낯설게 느껴졌다는 사실이 당혹스러웠습니다. 한때 그 이름을 세상에서 유일한 이름으로 만들고 싶었던 적이 있었지요. 그런데 이리도 쉽게 잊히는 존재라니, 얼마나 허무한지.

차 안에서 무대 의상으로 갈아입은 연주황은 룸미러를 들여다보았습니다. 반짝이는 은빛 드레스를 입은 창백한 안색의 여자가 불안한 눈빛으로 이쪽을 바라보고 있었습니다. 연주황입니다. 무엇이 그녀를 연주황으로 만들었을까요? 어째서 연주황은 주화영이 아니게 되었을까요? 그동안 그녀가 애써 모른 척해왔던 의문이 점점 몸집을 키워나가고 있었습니다. 커져버린 의문을 더 이상 모른 척할 수 없었습니다.

연주황은 언제까지 연주황일 수 있을까?

더는 연주황도 아니게 되었을 때, 나는 또 무엇이 되는가?

어느새 그녀가 노래할 차례가 되었습니다. '연주황의 무대를 감상하시겠습니다.' 사회자의 소개와 함께 무대에 올랐고, 노래를 시작했습니다. 갑자기 갈매기가 난입하며 무대가 중단되었고, 연주황은 다시 노래를 시작하지 않았습니다.

그런 꿈을 꾼 적이 있었습니다. 사람들과 한참 이야기를 하다가 갑자기 내가 꿈을 꾸고 있구나, 하고 깨달은 겁니다. 그 순간, 주변에 있던 모든 사람들이 일시에 그녀를 돌아보았습니다. 아주 낯선 것을 바라보는 눈빛으로요. 그 선뜩하고 기이한 기분을, 그녀는 한동안 쉽게 잊지 못했습니다. 잠깐 동안 그때의 기분이 다시 되살아나는 듯했습니다. 갑자기 자신이 가진 부피와 질량을 깨닫게 된 기분이랄까요. 우두커니 서 있는 그녀의 귓가에 화영아, 하고 부르던 소리가 맴돌았습니다. 연주황의 무대를 감상하겠습니다, 하던 목소리와 낸시, 하고 부르던 다정한 목소리도 떠올랐습니다. 그런데 어쩐지 그 이름들이 모두 낯설게 느껴졌습니다. 이제껏 나를 이루고 있던 것들이 모두 비워지고 질문 하나만이 덩그러니 남았습니다.

남아 있는 이름은 무엇인가?

단지 의문을 품었을 뿐입니다. 어째서 누군가는 그 존재가 영원히 사라지지 않고, 누군가는 자기가 이 세상에 있었다는 것조차 알릴 수 없게 되는지요. 다른 이가 아닌 내가 이 세상에 있어야만 하는 정당한 까닭이 궁금했습니다. 그 명분을 얻기 위해 유일하고 불가변한 이름을 갖고 싶었습니다. 그러나 그동안 나를 지칭했던 많은 이름들은 바다로 떨어진 빗방울처럼 수많은 이름들 가운데 쉽게 묻혀버리고 말았습니다. 많은 이름들을 거치는 동안, 나는 점점 텅 비어가고 있었습니다. 어디에서부터 잘못된 것일까요? 그 답을 구하기 위해 내가 처음 이름을 얻었던 강원도로 떠났던 것이었습니다.

그다음부터는 여러분도 잘 아는 이야기입니다. 집중호우로 갑자기 불어난 하천에 휩쓸린 버스가 다리 아래로 추락했고, 한 명의 실종자와 세 명의 부상자가 발생했지요. 한 명의 실종자는 며칠 뒤 연주황으로 밝혀집니다. '트로트 가수 연주황 사망'이라는 제목을 단 기사가 쓰입니다. 모두들 연주황이 그 사고로 죽었다고 합니다. 그러나 정확히 말하면 그때 죽은 것은 연주황이 아닙니다. 연주황은 이미 그 마지막 무대 위에서 사라졌으니까요.

그리고 나는 아직 여기 있습니다. 내 아래로는 어느새 잠잠해진 물줄기가 흐르고 머리 위로는 활짝 갠 하늘이 펼쳐져 있습니다. 사고가 났던 곳이라고는 여겨지지 않을 만큼 평화롭습니다. 아무도 기억하지 못하는데도, 이제 부를 이름조차 없는데도 아직 여기 남아 있습니다. 이건 무슨 의미일까요?

이름이 없는 나는 나를 무엇으로 불러야 할지 알 수 없습니다. 나를 무엇으로 부를지 고민해보았습니다. 그러고 보니 이제껏 내가 가졌던 이름 중 그 어느 것도 내 뜻대로 정한 이름은 없었습니다. 이제껏 왜 직접 이름을 지어야겠다는 생각을 하지 못했던 것인지. 그래서 나는 새 이름을 지어보기로 했습니다. 그런데 마음에 드는 이름을 정하는 것은 생각보다 쉽지 않은 일이더군요.

그러다 문득, 지금 당장 또 다른 이름을 지어야 할 필요가 있을까 생각하게 된 겁니다. 이곳에서 나를 불러줄 사람은 나뿐인데, 나는 굳이 이름을 부르지 않아도 내 존재를 인식하고 있으니까요. 그래서 당분간은 이름을 붙이지 않은 채로 지내볼 계획입니다. 반대로 생각해보면 이제 나는 어떤 이름이든 가질 수 있게 된 것입니다. 가벼워진 존재는 전보다 자유롭습니다.

언젠가는 또 다시 나를 부를 새 이름이 생길지도 모르지요. 그 이름은 이전의 것과는 조금 다를 것 같습니다. 그때에는 모두들 그 이름을 기억하게 될까요? 내 존재를 주목하게 될까요? 이제는 그런 것이 별로 중요하게 여겨지지는 않습니다만.

베스트 컷

홍보용 제품 사진을 고르는 기준은 명확하다. 제품의 장점이 부각된 사진을 고를 것. 제품을 최대한 매력적으로 보이게 할 것. 초점이 맞지 않거나 상품의 기능이 명확하게 드러나지 않은 사진들은 당연히 사용할 수 없다. 드러나지 않아야 할 부분이 지나치게 드러난 사진, 예를 들어 약해 보이는 손잡이 부분이나 제품의 미관을 해칠 만큼 회사 로고가 유독 도드라져 보이는 사진 따위도 제외해야 한다. 기준을 충족시킨 쓸 만한 사진을 골라내고 남은 사진들은 한데 모아두었다. 특별한 일이 없으면 곧 삭제될, 불필요한 자료들이었다.

사진 선별 작업이 끝나갈 무렵, 익숙한 목소리가 들려왔다. 가늘고 톤이 높아 언제나 들떠 있는 듯 느껴지는 목소리. 나도 모르게 미간이 찌푸려졌다. 옆자리에 앉은 한 주임이 대신 알은체를 했다. 현기 씨 친구 왔네요. 그제야 마지못해 고개를 들어 목소리가 들려오는 쪽을 쳐다보았다.

원호는 자신의 동기 강 사원과 이야기를 나누고 있었다. 입사 3년 차인 그에게서는 안정감과 여유가 느껴졌는데, 그 모습이 긴장해 있는 나와 비교가 되어 괜히 자존심이 상했다. 자신에게 향한 시선을 알아차렸는지 원호가 내 쪽을 돌아보고 씩 웃어 보였다. 양쪽 입꼬리를 살짝 끌어올리며 지어 보인 미소가 쓸 만해 보였다. 그를 렌즈에 담는 중이었다면 앞의 컷들은 삭제해도 될 것이었다. 그러나 나는 그의 미소가 마음에 들지 않았고, 그 컷 역시 삭제용 폴더에 담아두는 편이 낫겠다고 생각했다.

대학 졸업 후 1년 반 만에 생활 가전을 취급하는 회사에 계약직으로 들어오게 되었다. 잡다한 홍보 업무와 더불어 홈페이지와 팸플릿 등에 쓰일 제품 이미지나 매달 사보에 실릴 사진 등을 찍는 것이 내 일이었다. 6개월 동안의 계약 기간이 끝나면 업무 평가를 거쳐 정규직 전환이 가능하다고 했다.

원호와 마주친 것은 출근한 지 사흘째 되던 날이었다. 점심시간 전에 들른 화장실에서 먼저 나를 알아본 그가 알은체를 해왔다. 그러나 나는 금방 그를 알아보지 못했는데, 고등학교 때에 비해 살이 붙어 있었고 얼굴도 어딘가 변한 듯했기 때문이었다. 게다가 우리는 그리 친한 사이도 아니었다. 그 시절의 원호는 누구와도 잘 어울리지 못했다. 비쩍 마른 몸에 작은 일에도 호들갑을 떨고 분위기 파악을 못해 종종 엉뚱한 소리를 늘어놓던 그를 두고 아이들은 '국 멸치 새끼'라고 불렀다. 국 끓이고 건져낸 멸치 새끼라는 뜻이었다. 그런데도 나를 본 원호는 마치 절친한 친구를 만난 것처럼 반가워했다. 깊지 않은 우리의 관계를 생각하면 이상한 일이었다. 그 까닭은 얼마 뒤 그의 제안으로 함께하게 된 점심 식사 자리에서 알 수 있었다.

"너 그 사진 기억나? 고등학교 축제 때 네가 나 찍어줬던 거. 나 되게 잘 나왔었는데."

팔팔 끓는 부대찌개를 열심히 휘젓던 그가 불쑥 내게 물어왔다.

"사진?"

"네가 그 사진 네 홈페이지에도 올렸었잖아. 그때 애들이 그 밑에다가 댓글로 시비 걸었는데 네가 내 편 들면서 걔네한테 막 뭐라고 했던 거, 기억 안 나?"

"글쎄, 그랬었나?"

"고등학교 올라가고 나서 누가 내 편 들어준 건 그때가 처음이었거든. 그래서 언젠가 한 번쯤 꼭 보고 싶었는데 여기서 또 만나네. 우리도 인연인가 보다, 야."

원호의 말을 듣는 동안 나는 얼굴이 화끈거렸다. 친하지도 않은 사람에게 낯간지러운 말을 듣는 일이 영 민망했다. 그리고 무엇보다 도 내게는 그런 기억이 전혀 없었다. 오히려 나는 그를 따돌리는 행위를 묵인하는 쪽이었다.

그 당시 원호를 괴롭히는 데 앞장선 아이는 반장이었다. 그러나 나는 반장을 그리 나쁘게 여기지 않았는데, 그가 원호를 제외한 다른 아이들에게는 친절한 편이었고 내게도 꽤 살갑게 대했기 때문이었다. 사진이나 음악 등 관심 분야에 관해서도 이야기가 잘 통하는 편이어서 나는 반장과 가까운 사이를 유지하고 싶어 했었다. 그러니 그가 원호를 부당하게 대한다고 해서 내가 앞장서서 그를 만류할 까닭은 없었다. 원호를 찍은 사진을 내 홈페이지에 올린 것 역시 기억이 나지 않았다. 그런데 원호는 왜 내가 그의 편이었다고 기억하는 것일까.

그러나 굳이 그의 기억을 정정할 필요는 없었다. 어찌 되었든 그가 나를 좋은 사람으로 기억하고 있는 편이 유리했다. 식사를 마치고 사무실로 돌아가는 길, 1층 로비에서 우리 팀 사람들과 마주쳤을 때 나는 그와 같은 판단이 옳았다고 확신했다. 무리 중에는 원호의 동기 강 사원을 비롯해 원호와 꽤 친분이 있는 듯한 우리 팀원 몇 명이 있었는데, 원호가 그들에게 나를 자신의 고등학교 동창이며 아주 괜찮은 친구라고 소개한 것이었다. 나는 그것이 나쁘지 않았고, 그의 오해를 내버려두기로 했다.

아쉽게도 원호가 말한 게시물은 확인할 수 없었다. 홈페이지를 제공하던 사이트가 서비스를 중단한 탓이었다. 사이트에서는 서비스 종료를 고지한 뒤 넉넉한 백업 기간을 주었지만 나는 따로 백업을 하지 않았다. 늦은 취업 준비로 한창 바쁘기도 했고 홈페이지에 올려둔 게시물들을 별로 중요하지 않게 여긴 탓도 있었다. 올려둔 자료라고 해보았자 주로 중고등학교 시절 직접 찍은 사진들이었고, 그것들은 이미 개인 외장 하드에도 저장이 되어 있었다.

서랍 구석에 처박아둔 외장 하드를 꺼내 고등학교 2학년 축제 때 찍은 사진을 찾아보았다. 당시에도 사진작가를 지망했던 나는 교지 편집부 기자라는 명목 하에 카메라를 들고 이곳저곳을 기웃거렸다. 예술 관련 부서들이 걸어놓은 제법 수준급의 작품들과 인스턴트커피나 분말 아이스티 따위를 내놓던 찻집의 풍경, 열광적인 호응을 이끌어낸 밴드부의 공연 모습 등이 찍힌 사진들을 보고 있노라니 그때의 기억이 조금씩 되살아나는 듯했다. 시끄럽고 분주하게 흘러가던 시간과 어설프지만 진지하게 미래를 꿈꾸던 어린 얼굴들.

원호가 전면에 나온 사진은 단 한 장이었다. 사진 속에서 원호는 어느 한 곳을 응시하며 다정하게 웃고 있었는데, 그 시절 그가 이런 표정을 지을 줄도 알았나 싶어 조금 놀랐다. 원호가 말한 것이 이 사진일까? 그의 기억이 잘못되었으리라 생각하면서도 쉽게 무시할 수가 없었다. 내가 작성했다는 댓글들, 예를 들어 '너희가 하는 말들이

테러지 뭐냐'와 같은 말들은 영 생소하게 들렸지만 그 아래 쓰였다는 그를 향한 조롱과 욕설들은 나 역시 기억하고 있는 것들이었기 때문이었다. 마음 한구석에는 그 시절의 내가 생각보다 괜찮은 사람이 아니었을까 하는 기대도 있었다.

그러나 내게 남아 있는 기억은 그와 정반대되는, 예를 들면 축제 기간이 끝난 뒤 어느 점심시간 때 있었던 일과 같은 것뿐이었다. 축구를 하던 중 공이 멀리 날아갔을 때였다. 공은 마침 운동장 옆을 지나던 원호 근처에 떨어졌다. 나와 눈이 마주친 원호가 공을 향해 뛰어가는 것을 본 나는 마치 그 모습을 보지 않은 것처럼 조금 더 멀리 있던 또 다른 아이를 불러 공을 건네줄 것을 부탁했다. 순간 갈 곳을 잃은 원호의 발과 민망한 듯 거둬지던 그의 두 손. 그런 장면들이 마치 클로즈업을 시킨 화면처럼 점점 또렷하게 떠올랐다. 만약 원호의 말이 사실이라면 이와 같은 장면은 어떻게 설명될 수 있을까.

다른 팀인데도 불구하고 원호와는 마주치는 일이 잦았다. 그가 담당한 정수기가 프로모션에 들어가며 팀끼리 협업하는 일이 많아진 탓도 있었지만, 그보다는 우리 팀의 혜원 대리 때문인 듯했다. 대리 1년 차에 나보다 한 살 많은 혜원은 웃는 얼굴이 매력적이었다. 그녀에게 관심이 있는지, 원호는 업무를 핑계로 뻔질나게 얼굴을 비추며 그녀 주위를 알짱거렸다.

원호는 업무 중 분위기를 띄울 때마다 우리의 과거를 자주 들먹이고는 했다. 문제는 그의 입에서 나오는 이야기가 사실과 다른 부분이 많다는 것이었다. 이야기 속에서 그는 따돌림당하던 '국 멸치 새끼'가 아니라 질 나쁜 양아치들의 눈 밖에 나 괴롭힘을 당하던 순진한 학생이었고, 나는 그를 위해 양아치들과 당당히 맞선 용기 있는 영웅이 되어 있는 식이었다. 그 정도의 각색쯤이야 모른 척 넘어가줄 수 있었다. 좋지 않은 과거를 있는 그대로 털어놓고 싶지는 않았으리라. 어쨌든 원호가 퍼뜨린 내 미담 덕분에 나는 비교적 빠르게 팀에 융화될 수 있었다. 정규직 전환을 노리는 내게 분명 나쁘지 않은 일이었지만 그가 언제 말을 바꿀지 모른다는 불안감이 나를 불편하게 만들었다.

그러나 시간이 흐를수록 이와 같은 상황에도 점점 익숙해졌다. 심지어는 가끔 그의 말이 사실처럼 여겨지기도 했다. 내가 그에게 정말 고마운 존재인 듯 생각되는 것이었다. 이렇게 된 이상 나는 굳이 기억나지 않는 과거에 연연하지 않기로 했다. 어차피 관계란 기억을 토대로 형성되는 것이니 그가 나를 좋게 기억하고 있다면 그에 맞추어 계속 좋은 관계를 이어가면 되었다. 그렇게 생각하자 마음이 한결 가벼워졌다. 그러고 나니 정말로 그와의 관계가 조금씩 변하는 듯했는데, 왠지 그에게 좋은 사람이 되어야만 할 것 같은 의무감마저 느껴졌다.

금요일 저녁, 혜원 대리까지 함께 셋이서 가볍게 맥주를 마시러 가자는 그의 제안을 거절하지 못한 것도 그런 까닭이었다. 썩 내키지 않았지만 혜원 대리와 함께 시간을 보낼 핑계를 만들기 위해 고심했을 원호를 생각하니 한 번쯤 도와주자 싶은 마음이 들었다.

회사 주변을 벗어나자는 원호의 의견을 따라 택시를 타고 찾아간 곳은 해방촌 부근의 한 골목길이었다. 골목길 안쪽에 원호가 잘 아는 집이 있다고 했다. 택시에서 내려 이리저리 얽힌 골목길을 따라 걸어가는데 어느 갈라진 길 끝에 어린 남자아이가 쭈그리고 앉아 있는 모습이 눈에 띄었다. 덩치로 보아 초등학교 저학년쯤 되어 보였다. 누군가를 기다리는 듯 턱을 괴고 앉아 하늘을 올려다보고 있는 아이의 머리 위를 노란 가로등 불빛이 비추고 있었다. 걸음을 멈추고 조그만 아이의 실루엣 위로 부서져 내리는 빛을 잠시 바라보다가 습관처럼 재킷 주머니에서 콤팩트 카메라를 꺼내 셔터를 눌렀다. 세 번째 셔터를 눌렀을 때, 갑자기 아이가 내 쪽을 쳐다보았다. 카메라를 든 나를 발견한 아이는 갑자기 벌떡 일어나더니 가운뎃손가락을 들어 보이며 비속어와 욕설을 내뱉기 시작했다. 꽤 쌀쌀한 밤이었는데도 아이는 반바지 차림이었다. 바지 아래 드러난 무릎과 종아리에는 대충 붙여놓은 반창고와 채 떨어지지 않은 상처 딱지가 매달려 있었다. 앞서가던 원호와 혜원 대리가 아이의 고함소리를 듣고 내가 있는 쪽으로 되돌아왔다. 나는 서둘러 그들을 데리고 그곳을 벗어났다.

원호의 인솔 아래 도착한 곳은 아담하고 소박한 일본식 술집이었다. 미닫이문을 여니 오픈식 주방을 둘러싼 바 테이블과 다섯 개 남짓의 테이블이 놓인 홀이 한눈에 들어왔다. 일본풍 소품들과 은은한 조명이 어우러져 분위기는 좋은 편이었지만 회사 주변의 다른 술집들과 크게 다른 점은 없어 보였다. 가게 안으로 성큼성큼 걸어 들어간 원호는 주방에서 일하는 한 남자와 정답게 인사를 나누고는 나를 불렀다.

"너도 알지? 명재."

나는 머리에 수건을 두른 채 뚱한 표정으로 서 있는 남자를 금방 알아보았다. 원호와 함께 고등학교 2학년 때 같은 반이었던 친구로, 그 역시 사교적인 인물은 아니었다. 그러나 원호와 달리 반 아이들은 그를 함부로 대하지 않았는데, 크고 다부진 몸과 쉽게 다가가기 힘든 분위기 때문이었다. 뜻밖의 인물과 맞닥뜨린 나는 당황하여 조금 바보 같은 자세로 그와 인사를 나누었다.

우리는 바에 나란히 앉아 주방 안에서 분주히 오가는 명재를 바라보며 이야기를 나누었다. 분위기는 화기애애했다. 혜원 대리를 의식해서인지 원호는 더욱 열심히 떠들어댔고, 혜원 대리도 그런 원호의 말에 적절하게 반응해주었다. 어느 정도 술이 올랐을 무렵, 원호가 내게 회사 일 외에도 개인적인 사진 작업을 하고 있냐고 물어왔다.

오는 길에 카메라를 들고 있던 나를 본 모양이었다.

나는 더 이상 개인 작업을 하지 않았다. 작업을 그만두게 된 결정적인 계기는 표절 사건이었다. 공모전에서 수상한 내 작품에 대해 표절 문제를 제기한 이는 나와 가깝게 지내던 후배였다. 그녀는 내가 자기 작품의 소재와 구도, 색감까지 따라 했다고 주장했고 나는 당연히 그 주장을 부인했다. 그러나 상황은 내게 불리하게 흘러갔는데 그녀가 내게 자신의 포트폴리오를 보여준 적이 있다는 사실 때문이었다. 거기에 어떤 사진들이 있었는지 기억조차 하지 못한다는 나의 주장은 중요하게 여겨지지 않았다. 그녀는 평소 피해망상이 있는 편이었고 자신의 작품을 과대평가하는 경향이 있었다. 그럼에도 사람들은 피해자의 입장에 선다는 정의감에 취해 그녀의 편을 들어주고자 했다. 지저분한 싸움이 이어졌고 많은 사람이 내 곁을 떠났다. 내 편이라고 믿었던 사람들이 등을 돌리는 것을 보며 나는 큰 상처를 입었다. 나를 향해 쏟아지던 원색적인 비난과 무분별한 추측들……. 그와 같은 일을 겪고 나자 카메라를 드는 것이 두려워졌고 결국 도망치듯 취직을 택했다.

나는 이와 같은 이야기를 원호와 혜원 대리에게 털어놓았다.

"그런데 저는 정말 후배의 사진들이 기억 안 났거든요. 설령 작품이 조금 비슷했다고 하더라도 제가 악의를 갖고 그 작품들을 베낀 것도 아닌데 사람을 마치 도둑놈 취급하더라고요."

내 이야기를 들던 혜원 대리가 힘든 시간이었겠다며 위로를 건네왔다. 분위기가 진지해지자 잠자코 듣고 있던 원호가 이야기를 꺼냈다.

"가끔 심하게 스트레스를 받는 날이면 고등학교 때 꿈을 꿔요. 교실에 앉아 있는데 아이들이 하나둘 제 주변에 모여들어서 저를 둘러싸는 꿈이죠. 벌써 10년이나 지났는데 아직도 그 시절 기억에서 벗어나지 못하는 게 스스로도 한심하더라고요. 그래서 후회해요. 만약 그때 현기처럼 용기를 냈다면 어땠을까. 현기는 그 양아치 새끼들한테 멋있게 딱 반기를 들었잖아요. 난 끝까지 겁쟁이였으니까 지금까지 이 모양인 건가, 하고 후회하고 있어요."

"원호 씨도 잘하고 있어요. 아픈 과거를 다른 사람에게 털어놓기까지 얼마나 많은 노력을 했겠어요."

원호와 혜원 대리가 주고받는 낯간지러운 위로를 들으며 나는 어이가 없어 아무 말도 할 수 없었다. 그의 몇 마디에 나는 순식간에 그와 같은 처지가 되어 있었다. 모두에게 비웃음당하던 국 멸치 새끼와 내가. 그의 말은 분명 사실과 달랐다. 몇몇 사건을 기억하지 못한다고 해서 그 시절 있었던 일을 통째로 잊어버린 것은 아니었다. 그러나 나는 그의 말에 반박할 수 없었는데, 잘못된 점을 일일이 짚어내자면 그 사건에 관한 세세한 기억까지 들추어내야 했기 때문이었다. 그런데 애초에 그 기억이란 게 원호의 주장에 불과했고 나는 그가 만들어낸 이야기 속에서 그저 주어진 역할을 하고 있을 뿐이었다. 지금 와서 우리가 나누었던 모든 이야기를 부정하기란 쉽지 않은 일이었다. 굳이 파고들어 시시비비를 가리는 것이 옹색하게 느껴지기도 했다. 학창 시절의 해프닝에 대해 말 몇 마디 좀 만들어낸다고 해서 당장 큰일이 벌어지는 것도 아니었으니까. 나는 짜증을 삼키며 바 위에 놓여 있던 애꿎은 장식품만 만지작거렸다. 아기자기한 바의 분위기와는 어울리지 않는, 꽤 그로테스크한 느낌의 장식품이었다.

밤이 깊어 손님이 뜸해지자, 명재가 잠시 우리 대화에 참여했다. 명재는 나와 원호가 함께 왔다는 사실이 의아한 눈치였다. 우리가 재회하게 된 계기를 명재에게 설명하던 중, 원호는 역시나 문제의 게시물 사건을 언급했다. 이야기를 듣던 명재는 더욱 영문을 알 수 없다는 듯 나를 보며 중얼거렸다. 네가 그랬다고? 나는 대답을 얼버무리며 어색하게 웃어 보일 수밖에 없었다. 무언가를 더 물어올지도 모른다는 생각에 긴장했지만 명재는 더 이상 그 문제에 관심을 두지 않는 듯했다. 그때 원호가 명재에게 물었다.

"참, 고등학교 때 현기 별명 기억 나냐? 얘가 좀 어리바리해서 어벙이라고 불렀잖아."

"무슨 소리야? 야, 내가 언제 그렇게 불렸어?"

계속되는 원호의 헛소리에 결국 발끈한 나는 필요 이상으로 큰 목소리를 냈고 분위기는 순식간에 어색해지고 말았다. 원호는 내 눈치를 살피더니 명재에게 맞지 않아? 하고 동의를 구했다. 나와 눈이 마주친 명재는 잠시 무언가를 생각하는 듯하다가 내 쪽을 바라보며 고개를 저었다.

"글쎄, 그 별명은 아니었던 거 같다."

홍분으로 달아올랐던 얼굴은 이제 다른 이유로 뜨거워졌다. 빠르게 뛰던 맥박이 정상으로 돌아올수록 온몸에 힘이 빠졌고 점점 기분이 가라앉았다. 원호와 혜원 대리는 어느새 다른 화제로 넘어가 대화를 이어가고 있었다. 더는 그들의 이야기에 참여할 기분이 나지 않아 나는 계속해서 술잔만 비워나갔다.

내 잔이 비든 말든, 원호는 오로지 혜원 대리에게 집중하고 있었다. 나는 혜원 대리의 말에 추임새를 넣을 때마다 변하는 원호의 얼굴을 가만히 지켜보았다. 흰자위가 가득 드러나도록 커지는 두 눈과 불룩하게 솟아오르는 광대. 자꾸 넓어지는 콧구멍과 씰룩대는 입가. 자신의 감정을 조금도 숨기지 못하는 그의 얼굴은 마치 코미디 프로그램에 한 명쯤 있을 법한 얼뜨기 캐릭터 같았다. 수줍은 듯 오므린 두 다리 사이에서 연신 비벼대는 그의 손을 바라보다가 웃음이 터질 것 같아 슬며시 입술을 깨물었다. 그때 혜원 대리가 원호 쪽으로 몸을 살짝 기울여 무언가를 속삭였다. 그리고 곧이어 원호의 얼굴에 잔잔한 미소가 번졌다. 어스름한 조명 아래 어수룩하던 얼굴은 간데

없고, 그 옛날 사진 속 소년처럼 따뜻한 빛을 품은 남자가 앉아 있었다.

지금과 같은 장면을 예전에도 본 적이 있었던가. 하드보드지 따위로 만든 조잡한 장식이 붙은 칠판 앞에서 앞치마를 두르고 한 손에는 아이스티를 든 채 어쩔 줄 몰라 하던 원호의 모습이 어렴풋이 아른거렸다. 곧이어 떠들썩한 교실 한가운데 유독 고요했던 그의 주변과 그 위를 비추던 햇빛이 인화지 위로 서서히 드러나는 상처럼 점점 선명하게 그려지기 시작했다. 주변 아이들이 숨을 죽인 채 그를 주목하고 있었고 잠시 뒤 킥킥거리는 웃음소리가 하나둘 터져 나왔다. 점점 커지는 웅성거림을 들으며 나는 카메라를 들어 수차례 셔터를 눌렀다. 카메라 뷰파인더 너머로 비친 원호의 표정은 지금처럼 시시각각 바뀌었다.

갑자기 떠오른 장면은 예고 없이 들이닥친 불청객처럼 나를 더욱 불쾌하게 만들었다. 그런 내 사정을 알 리 없는 원호는 여전히 속없이 웃고만 있을 뿐이었다. 나는 그에게서 시선을 거두고 잔에 남아 있는 술을 한 번에 들이켰다.

눈을 떠보니 내 방 침대 위였다. 잔뜩 취해서도 용케 집을 찾아온 모양이었다. 화장실을 다녀와 손을 씻는데 손등에서 통증이 느껴졌다. 살펴보니 2센티미터가량의, 어딘가에 긁힌 듯한 상처가 나 있었다. 다시 침대로 돌아와 전날 밤 있었던 일을 되짚어보았다. 점점 커지던 원호의 몸짓, 벌게진 원호의 얼굴과 내 멱살을 잡던 그의 손. 정신이 돌아올수록 어젯밤의 광경이 하나둘 눈앞에 그려졌다. 원호는 혜원 대리 앞에서 계속 허세를 부렸고 그 과정에서 자꾸 과거 나와의 관계를 회고했다. 결국 참다못한 나는 그에게 몇 마디를 해주었다. 좀 나아진 듯 보여도 그 속은 여전히 한심한 국 멸치 새끼였다. 주말 동안 나는 혹시 원호가 먼저 연락을 해오지는 않을까 내심 기다렸다. 그럼 나는 어떻게 대응해야 할까. 그동안 그의 거짓말에 동조한 것을 인정하고 따져야 할까, 아니면 아무 일도 없었던 듯 지금의 관계를 유지하려 애써야 할까. 그러나 그런 내 고민을 비웃듯 원호에게서는 아무런 연락도 오지 않았다.

월요일 아침, 출근길에 로비에서 혜원 대리와 마주친 나는 멋쩍은 마음에 일부러 더욱 반갑게 인사를 건넸다. 그러나 그녀는 냉랭한 얼굴로 인사를 받고는 그대로 나를 지나쳐 사무실로 들어가버렸다. 평소와 다른 반응에 잠시 당황했지만, 월요일 아침에는 대개 컨디션이 좋지 않기 마련이었으므로 대수롭지 않게 생각했다.

지난주에 촬영한 사진 중에는 쓸 만한 것이 별로 없었다. 다음 달 사보의 체험 코너에 실을 사진이었다. 지원한 직원 중 매달 한 명을 선정하여 원하는 문화 체험을 하게 하고 그 후기를 전하는 코너인데, 이번에는 40대 중반의 남자 팀장이 스케이트보드를 배웠다. 영상이 아니니 씽씽 달리는 모습까지는 필요 없다고 하더라도 스케이트보드 위에 멋지게 올라선 모습이라도 찍어가야 할 텐데 운동신경이 형편없는 그는 영 중심을 잡지 못했다. 보드 위에 오르기만 하면 긴장하는 바람에 가뜩이나 험상궂은 인상이 더욱 굳어버렸고 자세는 어정쩡하기 짝이 없었다. 연신 넘어지는 바람에 그의 티셔츠는 곧 땀과 먼지로 얼룩덜룩해졌다. 알고 보니 그가 신청한 것은 캘리그래피였는데 강사 섭외 일정이 꼬이는 바람에 엉뚱하게 스케이트보드를 배우게 된 것이라고 했다. 촬영이 막바지에 접어들었을 때, 결국 그는 울컥 짜증을 냈다. 거 대충 좀 찍고 끝내면 안 되나?

사진에는 그의 지친 얼굴과 더러워진 옷, 우스꽝스러운 자세가 적나라하게 드러나 있었다. 나는 그중 도저히 사용할 수 없는 것들을 제외하고 그나마 그럴듯한 것들을 추려내기 시작했다. 골라낸 사진들을 모아놓고 보니 제법 즐거운 시간을 보내고 온 것처럼 보였다. 반면 삭제될 B컷 폴더 안에서는 스케이트보드 위에 올라선 불쌍한 중년 남자가 허우적거리며 고통스러워하고 있었다.

점심시간이 되자 혜원 대리는 더욱 노골적으로 나를 피했다. 아무래도 금요일 밤 원호와 드잡이를 한 일 때문인 듯했다. 그 일은 원호와 나의 문제였고 그녀가 내게 화를 낼 이유는 없었으므로 지금과 같은 태도는 부당한 것이었다. 그러나 상사와 마찰을 빚어보았자 내게도 좋을 것이 없기 때문에 그녀에게 메신저를 보내 물었다.

—대리님, 오늘 기분이 안 좋아 보이던데 혹시 저한테 기분 상하신 거라도 있습니까?

잠시 뒤, 혜원 대리로부터 짧은 답장이 왔다.

—몰라서 묻나요?

—그날 저랑 원호 때문에 불편하셨다면 죄송합니다.

—그리고요?

뜻밖의 물음에 나는 무엇을 더 말해야 할지 몰라 머뭇거렸다. 원호와의 일이니 신경 쓸 필요 없다고 해야 할까, 아니면 내가 잘못한 것도 아닌데 왜 내게 화를 내느냐고 물어야 할까. 선뜻 답을 하지 못하고 있는데 혜원 대리가 다시 메신저를 보내왔다.

—그게 다예요?

그제야 나는 우리가 서로 다른 이야기를 하고 있다는 사실을 알아차렸다. 그러나 그녀가 말하고자 하는 것이 무엇인지는 여전히 알 수 없었다.

—죄송하지만 제가 무엇을 더 말해야 하죠?

—뭘 사과해야 하는지를 몰라요?

—모르겠는데요. 원호와 싸운 일 때문에 이러시는 거 아닌가요?

—그러니까 그 싸움이 왜 벌어졌는데요?

혜원 대리의 질문에 나는 선뜻 답을 할 수가 없었다. 과거부터 이어져온 원호와의 문제를 지금에 와서 설명하기도 어려웠고 그것이 그녀가 원하는 답도 아닐 것이라는 생각이 들었기 때문이었다. 원호와 나의 문제에 그녀가 어떻게 연관되어 있다는 것일까. 나는 금요일 밤, 원호와 싸움을 벌인 그 순간을 다시 떠올려보았다. 그러나 한창 난장판이 벌어지던 그 장면 속에는 내게 달려들던 원호만 등장할 뿐이었다.

그러다 새로운 기억이 떠오른 것은 핸드크림 냄새 때문이었다. 혜원 대리가 사용하는 핸드크림의 톡 쏘는 시트러스 향을 맡는 순간 그날 밤 원호와 나 사이에 끼어들던 손이 기억났고 곧이어 멀리서부터 급하게 달려오던 그녀의 모습이 떠오른 것이다. 그 시각 그녀는 화장실을 다녀오겠다며 자리를 비웠고 핸드크림 향을 풍기며 돌아왔다. 그렇다면 정작 원호와 싸움이 벌어지던 순간에는 그곳에 없었다는 것 아닌가.

나는 탕비실로 혜원 대리를 불러내 그와 같은 사실을 따져 물었다. 내 이야기를 듣던 그녀가 날카로운 목소리로 되물었다.

"저한테 이상한 말 하셨잖아요?"

"제가 대체 무슨 말을 했는데요?"

"무슨 이상한 걸레라느니……."

"제가 정말 대리님한테 그런 말을 했다고요?"

"네, 그랬다고 했어요."

"그랬다고 한 건 또 뭡니까? 직접 들은 거 아니에요?"

"그 말은 원호 씨가 들었어요. 제가 싸운 이유를 계속 물어보니까 원호 씨가 말해줬고요."

"그럼 지금 원호 말만 듣고 이러시는 거예요?"

"그리고 현기 씨, 저한테 아무 남자나 만나고 다니지 말라고 충고 했잖아요. 그 말은 제가 직접 들었어요. 제가 아무 남자나 만나는 여자로 보여요?"

"아니요, 그런 뜻으로 말한 게 아니에요."

"정황상으로 봐도 현기 씨가 무례한 말을 한 건 맞는 거 같은데요. 제가 자리로 돌아왔을 땐 원호 씨가 현기 씨 멱살을 잡고 있었어요. 그리고 현기 씨한테 그런 더러운 말 하지 말라고 했고요. 원호 씨 말이 사실이 아니라면 그럼 현기 씨가 했다는 그 더러운 말은 대체 뭔데요? 말해봐요."

"그건……, 제가 정확히 기억이 나진 않지만 아무튼 그런 건 아닙니다."

"기억이 나지 않는다면서 아닌 건 어떻게 알아요?"

"아니, 진짜 아니라니까요. 그 새끼가 보자보자 하니까……."

"끝까지 사과할 생각은 없나 보네요. 현기 씨 뜻 잘 알겠습니다."

잔뜩 화가 난 혜원 대리는 나를 남겨두고 먼저 탕비실을 나섰다. 어디서부터 잘못된 것일까. 그날 함께 술을 마시러 가는 게 아니었는데. 아니, 원호가 게시물에 대한 이야기를 꺼내던 그때부터 모든 것이 꼬이기 시작했다. 그는 자신에게 유리한 대로 상황을 만들어가고 있었다. 고등학교 때의 미담을 사무실에 퍼뜨린 것도 표면적으로는 나를 영웅으로 치켜세운 것 같지만 따지고 보면 내가 그의 불편한 과거를 들추어내지 못하도록 애초에 봉쇄해버린 셈이었다. 그리고 지금은 나를 쓰레기로 만들어 자신이 영웅이 되려 하고 있었다. 원호에게 메시지를 보내려다가 그만두었다. 어차피 그는 이번에도 말을 만들어 우겨댈 것이므로 우선 확실한 정황을 파악하는 것이 나을 듯했다. 자리로 돌아왔지만 좀처럼 일이 손에 잡히지 않았다. 모니터에 잔뜩 펼쳐놓은 사진은 모두 비슷하게 보였고, 나는 그것들을 어떤 기준으로 골라내야 할지 알 수 없었다.

다음 날 밤, 명재가 일하는 가게를 찾아갔다. 나를 본 명재는 한쪽 눈썹을 꿈틀 추켜세우더니 고개를 살짝 끄덕이고는 다시 철판 위에서 부지런히 뒤집개를 놀렸다. 나는 바의 구석 자리에 앉아 맥주와 고로케 하나를 시켜놓고는 하릴없이 명재가 일하는 모습을 지켜보았다. 그의 손놀림은 섬세하고 날렵했다. 가끔 손님과 가벼운 대화를 나눌 때면 꽤 살가운 표정을 짓기도 했는데 그 눈빛이 의외로 세심하고 주의 깊었다. 그 얼굴을 찍어보고 싶었지만 그럴 상황은 아닌 것 같아 그만두었다.

가게가 조금 한가해졌을 즈음, 그가 내게 찾아온 용건을 물었다. 나는 금요일 밤 원호와 나 사이에 있었던 다툼에 대해 말해달라고 부탁했다.

"아, 그 일로 온 거야?"

내 부탁을 들은 명재의 표정이 미묘하게 바뀌었는데, 이 상황을 재미있어하는 것 같기도 했고 나를 조금 한심하게 여기는 듯 보이기도 했다.

"보다시피 내가 계속 너희를 지켜볼 수 있는 상황이 아니어서. 그리고 그때 나 식자재 창고에 있었을걸? 돌아와 보니까 이미 너희가 서로 멱살 잡고 있던데."

"그럼 혜원 씨는? 어때 보였어?"

"중간에서 너희 말리려고 애쓰고 있었지. 근데 나도 뭐가 어떻게 된 건지는 몰라. 자세히 따지고 들 상황도 아니었고. 그런데 왜 나한테 물어보냐? 너희 문젠 너희가 더 잘 알겠지. 원호랑 이야기해봐."

모호한 대답에 일부러 모른 척을 하는 것일까 싶어 그의 표정을 유심히 살폈지만 그 속내를 알 수는 없었다. 대답을 마친 그는 무언가 더 말할 것이 있냐는 듯 나를 빤히 쳐다보았다. 잠시 어색한 침묵이 흘렀다. 나는 아까부터 만지작거리던 괴상하게 생긴 장식품을 들이밀며 물었다. 익살맞은 승려의 형상에 커다란 뿔 같은 장식이 달린 모형이었다.

"이건 또 언제 갖다 놨냐. 지난주에 왔을 때는 없었던 거 같은데. 여기 인테리어랑 좀 안 어울린다."

"그거 1년 전부터 계속 거기 있었어."

"그래? 그때 왔을 땐 못 봤던 거 같은데……."

"묻고 싶은 건 그거뿐이야?"

명재의 물음에 나는 잠시 망설이다가 말을 꺼냈다.

"혹시 원호가 말했던 고등학교 때 그 홈페이지 게시물 말이야. 너도 기억해?"

"글쎄, 모르겠는데. 난 홈페이지 같은 거에 취미가 없어서."

그를 붙잡고 있어봤자 더 알아낼 수 있는 것은 없을 듯했다. 남은 맥주를 들이켠 뒤 자리에서 일어나려는데 나를 보고 있던 명재가 불쑥 말을 꺼냈다.

"그건 기억나. 네가 일부러 원호 사진을 찍고 다녔던 거. 원호가 어떤 여자애를 좋아하는 것 같다면서, 증거를 잡겠다고 카메라 들고 따라다녔잖아. 그때 네가 찍은 사진들, 애들끼리 몰래 뒤에서 돌려보던 것도 생각난다. 나중에 그거 그 여자애까지 보지 않았나?"

"갑자기 무슨 소리야."

"축제 다음 날인가부터 이상한 소문이 돌아서 여자애가 울고불고 난리 났었잖아. 그 소문 네가 찍은 사진 때문에 시작된 거 아냐? 원호랑 그 여자애랑 둘이 있는 사진."

"뭔가 잘못 알고 있는 거 같은데 그 당시 주변 사람들 찍는 게 내 취미였어. 그러는 중에 원호도 찍혔을 수는 있지. 그런데 일부러 걔 골탕 먹이겠다고 따라다닌 적은 없어. 적어도 난 사진 갖고 그런 장난은 안 쳤어. 여자애가 울었던 건 나도 기억나는데 그건 반장이 걔한테 이상한 소리를 해서 그런 거고. 그리고 네 말대로라면 원호 걔가 왜 지금 나한테 고맙다고 하겠냐?"

"그러니까. 내가 보기에 옛날부터 너희는 하는 짓이 비슷했어."

"내가? 그 국 멸치 새끼랑?"

"언젠가 원호가 나한테 묻더라. 나 수학 되게 못 하지 않았냐고. 왜 그렇게 생각하느냐고 물으니까 학교 다닐 때 내가 수학한테 만날 혼나던 기억이 난대. 그런데 난 수학한테 거의 혼난 적 없거든. 딱 한 번 크게 깨졌는데 아마 수업 진도 무시하고 다른 과정 풀다가 걸린 거였을 거야. 그런데도 걔는 끝까지 자기 기억이 옳다고 우기더라."

"그거랑 나랑 뭔 상관이야?"

"원호가 왜 그렇게 기억하는지 알아? 자기가 수학을 못 했거든. 걔는 옛날부터 자기가 나보다 낫다고 생각하곤 했어. 그래서 그냥 그렇게 믿고 싶었던 거야. 걔 머릿속에서는 내가 수학한테 혼나던 그 장면 하나만 계속 반복 재생되고 있는 거지."

명재는 어깨를 으쓱해 보이더니 다시 주방으로 돌아가 무채를 썰기 시작했다. 입안이 바짝 말라 나는 생맥주 한 잔을 더 주문했다. 맥주를 따라 내 앞으로 가져온 명재는 내게 잔을 건네며 말했다.

"그런데 아무리 그래도 그 말은 좀 심하지 않았냐? 멸치 육수 닦는 걸레라니."

"뭐라고?"

"오늘은 조용히 먹고 가라고. 너 그날 밤 원호 때렸던 건 기억나냐?"

그리고 내가 맥주를 다 비우고 가게 문을 나설 때까지 그는 나를 돌아보지 않았다.

명재의 말이 신경 쓰였던 나는 집으로 돌아와 외장 하드에 저장된 원호의 사진을 다시 꺼내 보았다. 사랑에 빠진 소년의 앳된 얼굴이 화면에 떠올랐다. 폴더 안의 다른 사진들을 넘겨 보았지만, 그날 교실에서 찍힌 원호의 사진은 그것뿐이었다. 여자애를 훔쳐보다 들켜 당황하던 원호의 모습, 주변의 야유 소리와 이어진 더러운 소문들, 그리고 내가 찍은 사진들을 돌려 보던 아이들의 바쁜 손과 생각보다 커진 일에 뒤늦게 원호의 편을 들며 수습해보려 하던 나의 얼뜬 모습 같은 건 어디에도 없었다.

사진 속 축제 풍경은 한없이 유쾌하고 즐거워 보였다. 서빙 중인 콜라를 엎지르고도 낄낄대는 아이, 세계적인 기타리스트라도 된 양 기타를 잡고 과장된 몸짓을 해 보이는 아이, 자신이 그린 그림 앞에서 자랑스럽게 포즈를 취하는 아이, 그리고 웃고 있는 원호까지. 그들 중 어느 누구도 날카롭게 벼려진 악의를 품고 있는 것처럼 보이지는 않았다.

사진을 계속 앞으로 넘기다가 원호가 좋아했던 여자애를 찾아냈다. '문예부'라는 팻말이 달린 교실 문 앞에서 다른 아이들과 나란히 서 있는 사진이었다. 그녀의 웃는 얼굴은 맑고 예뻤다. '멸치 육수 닦는 걸레' 같은 말과는 전혀 어울리지 않는 투명한 웃음이었다.

사진을 들여다보는 사이, 원호로부터 메시지가 와 있었다.

—네가 기억 안 난다고 하는 바람에 대리님이 더 화난 거 같다. 일 더 크게 만들지 말고 그만 인정하고 좋게 끝내라. 그런데 진짜 기억이 안 나는 거냐, 안 나는 척하는 거냐?

나 역시 그에게 묻고 싶었다. 원호 너는 그중 어느 쪽이냐고. 만약 내가 기억하고 있는 일들이 정말로 네 기억 속에 존재하지 않는다면 너는 어떤 과정을 거쳐 그것들을 솎아냈느냐고.

다음 날, 혜원 대리는 내게 아무 말도 건네지 않았다. 아예 내 쪽을 쳐다보지도 않는 것이 나를 없는 사람 취급하기로 작정한 듯했다. 반면 원호의 태도는 모호했다. 점심을 먹고 돌아오는 길, 엘리베이터 앞에서 원호와 마주쳤을 때 나는 그가 부정적인 반응을 보이든가 혜원 대리처럼 나를 아예 무시할 것이라고 생각했다. 그러나 아무 말 없이 내 옆에 서 있던 그는 자신이 내릴 층에 도착하자 갑자기 내 어깨에 손을 올리고 세게 한 번 꾹 쥐더니 말없이 엘리베이터에서 내렸다. 원호의 손이 닿았던 어깨를 몇 번이고 털어냈지만 그의 뜨뜻한 손바닥이 계속 내 위에 얹혀 있는 것만 같았다.

그다음 날 역시 별다른 일은 벌어지지 않았고, 나는 내심 이렇게 시간이 흘러가기를 바랐다. 그동안 지나온 수많은 날처럼, 조금씩 희미해지다 잊히기를. 사흘 뒤, 팀장이 나를 회의실로 부르기 전까지는 정말 그럴 수 있을지도 모른다고 기대했다.

팀장은 엄숙한 표정으로 혹시 혜원 대리와 트러블이 있었는지 물어왔다. 혜원 대리가 내게 모욕적인 언사를 들었다며 문제를 제기했다고 했다.

"오해가 좀 있는 것 같습니다."

"정말 오해인가?"

"네, 대리님께서 잘못 들으신 것 같습니다."

"혜원 대리가 화가 많이 난 것 같던데. 오해라면 빨리 풀어야지, 이렇게 시끄럽게 만들면 되나."

"그렇지 않아도 해결하려던 차입니다."

팀장은 사무실에 나에 대한 좋지 않은 소리가 돌고 있다며 귀띔해주었다.

"어떻게 처신하는 게 현명한 길인지 잘 생각해봐. 회사생활에 있어서 팀워크가 중요한데 이런 불화 일으키는 거 보기 좋지 않아. 혹시라도 다음 직장에 가게 되면 실수하지 말라고 충고해주는 거야."

팀장과의 면담을 마치고 자리로 돌아온 뒤로 좀처럼 일이 손에 잡히지 않았다. 다음 직장이라는 팀장의 말이 계약 기간이 끝난 뒤 내가 처하게 될 상황에 대한 예고처럼 들렸기 때문이었다. 오늘따라 분위기가 가라앉은 듯한 사무실을 둘러보다 우연히 한 주임과 눈이 마주쳤다. 평소처럼 가벼운 눈인사를 보내려 했지만 그는 곧 무뚝뚝한 표정으로 고개를 돌리더니 자신의 모니터에 시선을 고정했다. 기분 탓일까. 그런 그의 반응이 자꾸 신경 쓰였다.

늦은 오후에는 사보 제작 담당자로부터 문의가 들어왔다. 사진 파일이 잘못 보내진 듯하다고 했다. 확인해보니 원래 보내야 할 A컷 폴더 대신 추후 삭제할 용도로 만든 B컷 모음 폴더가 전송되어 있었다. 다시 제대로 된 파일을 보내려는데 해당 폴더가 보이지 않았다. 혹시나 하는 마음에 휴지통과 다른 하드 드라이브까지 뒤져보았지만 역시나 폴더는 찾을 수 없었다. 폴더를 잘못 지운 걸까. 보통 업무가 완료될 때까지는 필요 없는 파일이라도 모두 보관해두곤 했는데 요 며칠 정신이 없다 보니 습관적으로 삭제를 해버린 건지도 몰랐다. 잠시 뒤 다시 재촉 전화가 걸려왔다. 나는 마침 다른 급한 업무가 들어와 정신이 없었다고 핑계를 대며 지금 폴더를 찾으려 하니 잠시만 기다려달라고 했다. 담당자는 작게 한숨을 내쉬며 퇴근 전까지 꼭 보내놓으라고 당부했다. 나는 수화기를 내려놓고 열어둔 휴지통

폴더를 멍하니 쳐다보았다. 삭제되어야 할 것들과 삭제되지 말아야 할 것들이 혼재되어 있었을, 그러나 지금은 텅 비어버린 그것을.

"그 기억 안 난다는 말 좀 그만 할 수 없어요?"

문득 잊고 있던 목소리와 함께 오래전 어떤 날의 한 장면이 떠올랐다. 매우 덥고 끈적거리는 날이었다. 습기를 가득 머금은 공기는 금방이라도 물로 변해 흘러내릴 것 같았다. 무거운 배낭을 메고 카페에 들어선 그녀의 찌푸린 얼굴에 굵은 땀방울이 흘러내리고 있었다. 비도 오지 않는데 그녀의 손에는 곱게 접힌 검정색 장우산이 들려 있었다. 저녁에 소나기 예보가 있어 우산 겸 양산으로 쓸까 하고 들고 나왔는데 정작 너무 지쳐 우산을 펼 기운도 없었다고 했다. 내 앞에 앉은 그녀는 포트폴리오를 완성하느라 며칠째 잠을 자지 못했다고 투덜거리며 아이스아메리카노를 벌컥벌컥 들이켰다. 내가 시킨 카푸치노에는 시나몬 가루가 유독 많이 뿌려져 있어서 입에 묻히지 않으려 고생했던 기억이 난다. 그런 사소한 장면들까지 모두 머릿속에 남아 있었다. 그러니까 그녀가 내게 보여주었다는 문제의 사진을 제외하고는 모두 다.

"뭐, 따지고 보면 완벽한 내 아이디어라는 건 없겠지. 누구든 자기도 모르는 사이에 무언가에서 영향을 받을 수 있는 거니까. 근데 난 정말로 네 작품을 떠올린 적 없어."

"선배, 개소리 마요."

그해 내 수상은 취소되지 않았고 그녀는 다음 공모전에서도 수상하지 못했다. 나는 기억하지 못하는 것을 기억하지 못한다고 말했을 뿐이다. 그게 잘못일까.

나는 다시 수화기를 들고 서비스지원팀의 내선 번호를 눌렀다. 지워진 것들을 다시 불러올 수 있을까. 사라진 파일을 복구하는 데 얼마나 시간이 걸릴지, 어떻게든 되살려야 한다고 생각하면서도 어쩐지 그 일이 영영 불가능할 것만 같았다. 잠시 후 수화기 너머 굵고 낮은 음성이 들려왔다. 무슨 일로 전화하셨나요? 나는 선뜻 답을 할 수가 없었다. 내가 무엇을 복구하려고 했더라?

우리는 그렇게 조금씩

생수 한 병을 카운터 위에 올려놓은 소정은 잠시 망설이다 말보로 한 갑과 라이터 하나를 함께 계산했다. 소정이 편의점을 나서려 할 때, 소희로부터 전화가 걸려왔다. 전화기 너머 들려오는 소희의 목소리는 조금 들떠 있었다. 소정은 자신의 위치를 알려주고는 편의점 앞에 서서 천천히 물을 마셨다. 겉옷이 거추장스럽게 느껴질 만큼 기온이 올랐지만 바람이 많이 불었다. 미세먼지 때문인지 소정의 눈이 따끔거렸다. 평일 오전의 골목에는 오가는 사람이 드물었다. 소정은 회사에 있을 때 이 시각에 자유로이 돌아다니는 사람들을 부러워했었다. 아침 일찍 가야 할 곳이 사라진 지금, 어쨌거나 그 소원을 이루게 된 셈이었다.

주방용품을 만드는 회사에서 2년간 계약직으로 일하던 소정은 정규직 대신 무기계약직으로 전환하겠다는 사측의 입장을 듣고 사표를 냈다. 마음이 급했던 소정은 사표를 제출한 다음 날부터 바로 다른 직장을 알아보기 시작했고 그중 두어 군데 면접을 보러 가기도 했다. 모두 이전 회사와 비슷한 규모의 회사들로, 소정에게 제시된 급여나 계약 조건 또한 크게 다르지 않았다. 퇴직 후 집에만 틀어박혀 있던 지난 며칠간 소정은 한없이 우울한 상태였는데 그래도 오늘은 소희를 만난다는 사실에 기분이 한결 나았다. 한 달 전쯤, 소희가 점심시간에 맞추어 소정의 회사 앞으로 찾아온 적이 있었다. 결혼 후 제주도로 떠났던 소희가 결혼생활을 정리하고 돌아온 지 얼마 되지 않았을 때였다. 깊은 대화를 나누기에는 점심시간이 너무 짧았다. 오늘에야 그때 못다 한 이야기를 할 수 있을 터였다. 소정은 트렌치코트 주머니에 넣어둔 담배를 만지작거렸다.

5분쯤 지났을 때 마침내 소희가 모습을 드러냈다. 소정을 향해 성큼성큼 다가온 소희는 조금 가쁜 숨을 몰아쉬고 있었다.

"미안, 저녁에 온다던 목재가 지금 오는 바람에 정신이 없었어. 마중 나가기로 해놓고서는 전화도 못 받았네. 오래 기다렸어?"

소희는 한 달 전에 봤을 때보다 살이 더 빠져 있었고 눈 밑이 조금 거뭇했다. 그러나 청바지에 라운드넥 티셔츠와 가죽 재킷을 걸치고 어깨까지 오는 머리를 하나로 질끈 묶은 모습은 아직 20대처럼 보였다. 소정은 지금도 소희를 볼 때마다 그녀의 고등학교 시절 얼굴을 떠올리곤 했다. 소희의 존재가 신경 쓰이기 시작했던 그때, 무심한 듯 다정했던 그 얼굴을.

최소정과 최소희. 고등학교 2학년 때 한 반이었던 그들은 이름이 비슷한 탓에 번호순으로 조를 짜거나 자리를 정할 때 자주 붙어 있고는 했다. 그러나 이렇다 할 공통점도 없고 성격도 다른 두 사람이 친해진 것은 2학기가 시작되고 나서였다.

학교는 2학년 2학기부터 야간자율학습을 실시했고, 학원을 가야 하는 사람을 제외하고는 모두 밤 아홉 시까지 교실에 남아야 했다. 어느 날, 소정은 야자 시간에 몰래 교실을 빠져나가 아무도 없는 학교 운동장 구석으로 가 울었다. 교외 백일장의 수상자가 발표되었던 날이었다. 백일장 참가 명단이 알려졌을 때, 모두들 문예부의 부장이자 글 잘 쓰기로 소문난 소정이 수상할 것이라 기대했다. 그러나 수상 소식의 주인공은 소정과 같은 문예부의 수연이었다. 선생님과 친구들은 수연을 축하하면서도 소정의 눈치를 보았고 소정은 그와 같은 분위기를 금방 알아차릴 수 있었다. 그럴수록 소정은 더욱 아무렇지 않은 척 수연을 축하해주었다. 수연은 그런 소정에게 고마워하면서도 미안한 듯한 기색을 보였는데, 그와 같은 반응이 소정을 더욱 속상하게 했다. 온종일 자신의 감정을 꾸역꾸역 억누르던 소정은 야자 시간이 되자 더 이상 참지 못하고 운동장으로 나왔다. 참았던 울음을 토해내다가 수연이 문예부 애들에게 선물했던 캐릭터 펜을 꺼내 내던진 뒤 있는 힘껏 밟았다. 그 미안한 눈이라니. 웃기지도 않지. 재수 없게. 그렇게 발을 구르고 있는데 어둠 속에서 그림자 하나가 움직였다. 선생님인 줄 알고 화들짝 놀랐던 소정은 그림자의 주인공이 소희라는 사실을 알고 당황했다. 소희 역시 그곳에서 야자를 빼먹고 있었던 것이었다. 소정은 소희가 자신에게 다가와 무언가를 물을 것이라 생각했다. 그러나 소희는 소정이 있는 쪽을 흘끗 쳐다보더니 한마디를 툭 던지고는 그대로 지나가버렸다. 존나 시끄럽네. 소희의 모습이 사라지고 난 뒤 소정은 얼굴이 달아올랐다. 다 봤겠지. 열등감에 사로잡힌 가식적인 애라고 생각할 거야. 뒤이어 슬그머니 걱정이 되었다. 혹시나 소희가 오늘 본 것을 소문내면 어쩌지.

그러나 소정의 걱정과 달리 소희는 그날 밤 일에 대해 아무에게 말하지 않은 듯했다. 소정은 조금 안심했지만 소희가 계속 신경 쓰였다. 그로부터 며칠 뒤, 그들은 다시 야자 시간에 급식실 건물 뒤편에서 만났다. 슬그머니 교실을 나서는 소희를 보고 소정이 뒤따라 나온 것이었다. 자신을 따라 나온 소정을 본 소희는 조금 의아하다는 듯한 표정을 지었다. 그러나 곧 표정을 지우고는 손에 든 작은 파우치에서 무언가를 꺼내 소정에게 건넸다. 담배 한 개비였다. 소정은 소희의 손에 들린 뜻밖의 물건에 놀랐다. 소정이 알기로 소희는 공부를 잘하는 편은 아니었지만 소위 말하는 문제아도 아니었기 때문이었다. 그러나 왠지 그 순간에는 소희에게 고지식한 애로 보이고 싶지 않았기에 태연한 척 그것을 받아 들었다. 처음 피워보는 담배는 거북했다. 소정이 애를 써가며 담배를 피우는 동안 소희는 그런 소정을 가만히 보고 있었다. 소정은 그 시선이 싫지 않았다.

그 이후로 그들은 종종 야자 도중이나 방과 후 만났다. 그리고 겨울방학이 시작될 무렵, 둘도 없는 단짝이 되었다.

소희의 공방은 4층짜리 빌라 건물 1층에 자리하고 있었다. 건물 주변으로 비탈길을 따라 비슷하게 생긴 오피스텔과 빌라들이 빽빽하게 들어선 탓에 한 번에 길을 찾기가 어려웠다. 한쪽 벽이 통유리창으로 된 공방은 밖에서도 내부가 훤히 들여다보였다. 창 앞에 놓인 선반 위에는 나무로 만든 작은 장식품이나 액세서리, 바구니 같은 소품들이 진열되어 있었다. 공간은 가운데 가벽을 두고 둘로 나뉘었는데, 유리문을 열고 안으로 들어서면 먼저 보이는 곳이 응접실 겸 매장이었다. 원목 테이블과 2인용 베이지색 인조 가죽 소파, 같은 재질의 1인용 소파, 등받이 없는 나무 의자 두 개가 놓여 있었고 왼쪽 벽에는 아직 비어 있는 선반과 진열대가 늘어서 있었다. 가벽 앞쪽에는 책상과 캐비닛이, 오른쪽 벽에 쳐진 커튼 안쪽에는 냉장고와 미니 개수대가 자리를 차지하고 있었다. 작업실로 사용되는 가벽 안쪽 공간에 들어서니 둘씩 줄 맞춰 놓인 작업대 네 개와 재단된 목재들, 뜯지 않은 박스들 따위가 눈에 들어왔다. 전체적으로 어수선했고, 곳곳에서 페인트 냄새와 나무 냄새가 옅게 났다.

“정신없지? 아직 오픈 전이어서 그래. 그래도 이만하면 꽤 괜찮은 곳을 구한 거 같아. 다행히 윗집도 사업용 공간이라서 소음 걱정도 덜었고. 찾아오기가 조금 힘들 것 같긴 한데, 그래도 한두 번 와보면 그다음부터는 쉽게 찾는 것 같더라고.”

“언제 이렇게 준비한 거야? 시간이 꽤 걸렸을 텐데.”

“제주도에서 오가면서 조금씩 했어. 사실 내 파트너가 거의 다 하긴 했지.”

소희는 목재 소품들을 만들어 팔면서 체험자들을 위한 원데이 클래스나 학생들을 위한 몇 주짜리 수업을 열기도 할 예정이라고 했다. 접근성이 떨어지므로 만든 물건은 주로 사이트를 통해 판매할 거라고도 했다.

소희는 공방 이곳저곳을 분주하게 돌아다니며 소정에게 계속 무언가를 물었다. 냄새가 신경 쓰이지는 않는지, 정말 배달 음식도 괜찮은지, 아니면 나가서 먹는 것이 좋을지. 소정은 그런 소희의 모습이 사뭇 낯설게 느껴졌다. 예전보다 더 활기찬 것 같기도 했고, 살짝 조급해 보이기도 했다. 조금은 변한 걸까. 그동안 소희에게 무슨 일이 있었는지, 소정은 자세히 알지 못했다. 소희가 제주도에 있을 때에도 두 사람은 종종 연락을 주고받았지만, 그때마다 소희는 소정에게 일상적인 이야기만 늘어놓았을 뿐이었다. 외국인이 길을 물어봤는데 엉뚱한 길을 가르쳐주었어, 서울보다 더 한적한 곳인데 왜 이리 지리가 안 외워지지? 오늘 가게에 대학생으로 보이는 애들이 놀러 왔는데 정말 에너지가 넘쳐 보이더라, 꼭 팔딱팔딱 뛰는 물고기들 같아, 늙은이 같다고? 그런데 요즘 나 진짜 좀 늙은 거 같아.

그리고 어느 날 갑자기, 기훈과 이혼을 하고 다시 서울로 돌아올 거라고 했다. 제주도로 내려간 지 3년 만이었다. 정확히 무슨 일이 있었던 거냐고 묻는 소정에게 소희는 더 이상 함께 살 이유를 찾지 못했을 뿐이라고 말했다. 소정은 어리둥절했다. 자신이 무엇을 놓친 것일까. 소희와 기훈이 몇 번인가 다툼을 벌였다는 것과 소희가 목공예에 관심을 가지고 있다는 것은 들은 적이 있었지만 이렇게 극단적인 결정을 내리리라고는 예상하지 못했다. 다른 친구들로부터 전해들은 소문 속 소희는 좋은 평판을 얻지 못하고 있었다. 다른 남자가 생겨 이혼을 한 거라든가, 소희가 그 파트너라는 남자와 벌인 사업 때문에 남편이 빚을 졌다든가, 남편이 거의 폐인이 되었다든가. 그중 어디까지가 진실인지 알 수 없었다. 소희는 소정에게 그와 같은 이야기를 한 적이 없었다. 소희의 근황에 대해서는 자신이 가장 잘 알고 있다 생각했는데 어째서 다른 사람들에게 이런 이야기를 듣고 있는 건지, 소정은 당황스러웠다.

피자 주문을 끝낸 소희가 사과주스 두 잔을 들고 소정 앞에 앉았다. 마주 보고 앉은 두 사람 사이에 잠시 침묵이 흘렀다. 예전 같으면 그런 침묵은 신경 쓰이지 않았을 텐데 지금은 어쩐지 조금 어색했다. 그냥 밖에서 볼 걸 그랬나. 소정이 그런 생각을 하고 있는데 소희의 전화기가 울렸다. 소희는 휴대전화 화면을 흘끔 쳐다보더니 그대로 전화기를 뒤집었다. 그러나 휴대전화가 놓여 있던 곳이 멀지 않아 소정도 화면에 뜬 기훈의 이름을 볼 수 있었다. 진동은 몇 번 더 이어지다가 멈추었다.

"안 받아도 돼?"

"응, 괜찮아. 참, 기다려봐."

소희는 무언가 생각난 듯 벌떡 자리에서 일어나 안쪽 공간으로 들어갔다. 그리고 잠시 뒤, 나무를 깎아 색을 입힌 장식품 하나를 들고 와 선물이라며 소정에게 건넸다. 손바닥만 한 판 위에 무덤처럼 생긴 흙더미가 솟아 있고, 그 앞에 멜빵바지를 입은 갈색 머리 소녀와 청바지에 티셔츠 차림을 한 검은 머리 소녀가 피크닉 가방을 들고 나란히 서 있었다.

"이런 건 다 직접 만든 건가?"

"대부분 그렇지. 몇몇 개는 외국에서 구해 온 것도 있고."

"네가 만든 것도 많아?"

"아직은 내 파트너가 더 많이 만들어. 나도 열심히 배우고 있으니까 곧 내 작품도 많아지겠지. 아, 저기 문에 걸린 나무 종 있지? 내가 만든 거야."

"파트너라면, 그 같이 일한다는 사람?"

"응."

"그 파트너는 어떤 사람이야?"

"괜찮은 사람이야. 일도 잘하고."

소정은 그 사람이 소문 속의 남자일지 궁금했다. 그러나 소희는 파트너에 대해 이야기를 더 이어가는 대신 소정의 근황을 물었다.

"회사 일은 잘 마무리된 거야? 저번에 내가 찾아갔을 때 정신없어 보이던데."

"응, 이렇게 될 줄 알았으면 진작 때려치우고 나올걸 그랬나봐. 빨리 새 직장을 구해야 하는데, 그냥 막막해."

"그러게. 진짜 나쁜 놈들이야. 약속도 안 지키고. 사람 귀한 줄 몰라. 아, 맞다! 그 남자 말이야, 내가 회사에 찾아갔을 때 회사 문 앞에서 시위하고 있던 남자. 어떻게 됐어?"

뜻밖에도 소희가 먼저 윤 과장에 대해 물었다. 소정이 오늘을 기다렸던 까닭은 소희의 이야기를 듣고 싶어서이기도 했지만, 윤 과장 이야기를 하기 위해서이기도 했다. 그동안 혼자 품고 있던 마음을 누군가에게는 털어놓고 싶었고, 소희에게라면 그럴 수 있을 것 같았다.

그는 꽤 오랜 시간 윤 과장으로 불려왔다. 그의 동기들이 승진을 하거나 퇴사를 하는 가운데 그는 변함없는 신분으로 꿋꿋이 회사에 남아 있었다. 꼬박꼬박 월급만 받을 수 있다면 그것으로 만족하는 듯했다. 그가 내부 고발 건에 얽힌 적이 있다는 소문도 있었는데, 소정이 입사하기 전의 일이라 자세한 사항은 알 수 없었다. 어쨌든 회사가 그의 존재를 달가워하지 않는 것은 확실했다. 그가 소정이 속한 팀으로 오게 된 것도 이미 좌천을 당한 것이니 마찬가지였다. 그러나 그곳에서 더 한직으로 보낸다 한들 그는 제 발로 회사를 나갈 인물이 아니었고, 회사 측도 그 사실을 알고 있었다. 명확한 사유 없이 윤 과장을 내보낼 수는 없었으므로, 회사에서는 윤 과장에게 감시자를 붙였다. 윤 과장 아래에서 일하던 소정이 염탐꾼이 되었다. 소정은 그가 한 말이나 행동을 기록하고 그것을 보고했다. 그로부터 두 달 뒤, 윤 과장은 해고 통보를 받았다. 이런저런 소문만 전해 들었을 뿐, 소정은 윤 과장이 정확히 어떤 사유로 해고를 당했는지 알지 못했다. 알고 보니 윤 과장을 감시하던 사람이 소정 하나가 아니었지만, 그렇다고 그 책임이 덜어지는 것은 아니었다. 소정이 윤 과장의 하루를 바로 옆에서 관찰하고 보고했던 사실은 변함없었다. 아랫사람들에게는 꼬박꼬박 퇴근 시간을 지키라 하면서 자신은 외주처에 나갔다 말없이 조기 퇴근하는 것, 화장실에 가거나 담배를 피우러 가면 한참 동안 나타나지 않아서 일을 할 때 불편한 점이 많았던 것, 아랫사람들에게 가끔 사적인 심부름을 시키는 것. 보고를 가장한 불만들.

어차피 일이 이렇게 될 거 윤 과장에게 귀띔이라도 해줄 것을. 그런데 만약 회사가 약속대로 소정의 정규직 전환을 이행했다면 그때도 이런 생각을 했을까. 소정이 퇴사하던 그날도 그는 회사 앞에 있었다. 짐을 정리해 나오는 소정을 묵묵히 바라보며. 아무 감정도 읽을 수 없는 흐릿한 눈으로.

"아직 그대로 있겠지."

소정은 멜빵바지를 입은 소녀 조각상을 만지작거리며 말했다.

"그래, 쉽지 않지, 그런 일은."

소희는 소정의 말에 고개를 끄덕였다.

지금 말을 할까. 사실 그 일에 내가 개입되어 있었어. 윤 과장이 그곳에 서 있게 된 데에는 내 책임이 있을지도 몰라. 그렇게 툭 뱉어내듯 이야기하고 싶었다. 그들이 그래왔던 것처럼.

학교 뒤편에서 담배를 나누어 피운 그날 밤 이후로 소정과 소희는 서로에게 배출구가 되어주었다. 어느 날, 소희는 소정에게 자신의 엄마 이야기를 꺼냈다. 엄마가 도박에 빠져 빚을 진 사실을 알게 되었는데 그 액수가 꽤 크다는 것이었다. 아빠는 아직 몰라. 엄마가 나에게만 말했어. 우리 집 약간 그거거든. 콩가루 집안. 그래서 집을 나올까 해. 시끄러워지기 전에. 그런 이야기를 마치 어제 지각해서 담임에게 혼났어, 따위의 이야기를 하듯 아무렇지 않게 했다. 두 사람은 학교 근처 롯데리아에서 바닐라셰이크 두 잔을 시켜놓고 앉아 머리를 맞대고 소희의 가출 비용을 마련할 방법을 의논했다. 아직 고등학생이었던 그들 사이에서 나올 수 있는 이야기들이란 뻔했다. 아르바이트를 하자, 나도 아르바이트를 해서 보탤까, 그럴 필요까진 없어, 그런데 아르바이트를 시작하면 당장 돈을 받을 수 있니, 가지고 있는 물건을 좀 팔아볼까, 상황을 해결하는 데 별 도움이 되지 않을 그런 의견들이 오갔다. 그럼에도 그들은 매우 진지하게, 한참 동안 논의했다. 그렇게 하다 보면 세상 모든 복잡한 문제의 답을 구할 수 있다는 듯이. 그리고 밤이 깊어 더 이상 귀가를 늦출 수 없을 즈음 롯데리아에서 나와 함께 담배를 나누어 피웠다.

그 이후로도 그들은 서로에게 자신의 이야기를 털어놓았다. 여자친구가 있는 선배에게 관심이 생긴 일이나 유산 문제로 형제들과 다투는 부모님을 보며 자신의 훗날을 상상한 일처럼 사소하지만 남에게는 선뜻 할 수 없는 이야기들을 키득거리며 재잘거렸고 논리적이지는 않아도 명쾌한 해결책을 제시하고는 했다. 그럴 때면 아주 중요한 무언가를 함께하고 있다는 느낌이었다. 그렇게 한참을 떠들고 난 후에는 약속이라도 한 듯 담배를 한 대씩 피웠다. 후미진 곳에 숨어 몰래 담배를 피우다 보면 약간의 불안감과 죄책감, 또는 해방감을 느꼈는데, 그것은 진짜 문제에 대한 감정들을 무뎌지게 하는 데 도움이 되었다. 성인이 된 뒤로 그와 같은 불안감이나 죄책감 따위는 사라졌지만, 담배를 피우는 시간은 하나의 의식처럼 자리 잡아 계속 이어졌다. 서로를 위해 기꺼이 하수 처리 구역이 되어주던 순간들. 그 순간들이 더 이상 현재가 아닌 추억의 영역에 속하게 된 것은 언제부터였을까.

주문한 피자가 도착했다. 소정이 상 위에 라지 사이즈의 피자를 차려놓는 동안 소희는 컵과 맥주를 가져왔다. 음식이 앞에 놓이자 분위기가 한층 가벼워졌다.

"그나저나 나 진짜 놀랐잖아. 아무 말도 없다가 갑자기 서울로 올라온대서."

소정이 일부러 타박을 주듯 말했다.

"재미있는 이야기해줄까?"

소희는 콧등을 찡긋하고 입꼬리를 살짝 올려 짓궂은 표정을 만들며 말했다. 소정은 소희가 그런 표정을 짓는 것을 좋아했다. 그것은 소희가 상대를 매우 친근하게 여긴다는 신호였다.

"뭔데?"

"우리 부모님은 아직 내가 여기 온지 몰라. 말 안 했거든."

"혹시 기훈 씨와 헤어진 것도 몰라?"

"그건 알지. 그런데 아예 돌아와버린 건 몰라."

"언제 말하려고?"

"글쎄, 여기 생활이 좀 정리가 되고 난 뒤에? 근데 솔직히 내가 여기 있는 거 가족들이 모르는 게 더 좋은 것 같아. 불쑥 찾아올 일도 없잖아. 가끔 엄마한테 전화가 걸려오면 제주도인 척 연기하거든. 처음에는 마음에 좀 걸렸는데 시간이 지날수록 은근 재밌는 거야. 스릴도 있고. 한번은 일부러 유튜브에서 파도 소리 영상을 찾아서 틀어놓고 전화를 받은 적도 있다니까. 전화 끊고 한 1분간 이게 무슨 짓인가 싶긴 하더라."

말을 마친 소희가 웃음을 터뜨리자 소정도 덩달아 웃음이 터졌다. 다시 옛날로 돌아간 기분이었다. 함께 키득거리고 재잘거리던 시간으로. 자연스레 소정도 얼마 전 있었던 이야기를 꺼냈다.

"며칠 전에 회사에서 가져온 물건들을 정리하는데 내 게 아닌 물건이 있더라고. 부장이 시도 때도 없이 쥐고 있던 악력기였는데, 문제는 이게 쓸 때마다 계속 찌걱찌걱 소리가 났거든. 참다 참다 너무 짜증 나서 그 부장 몰래 숨겼었는데 짐 빼면서 그걸 그냥 가져와버린 거 있지."

"네가 그 사무실 사람들을 구했네."

"그러게. 나 큰일 했네."

두 사람은 피자를 손에 든 채 큰 소리로 웃었다. 그리고 조금 식어버린 피자를 한 입 가득 베어 물고 씹었다. 입안에 있던 피자가 사라질 즈음, 소정은 갑자기 모든 것이 시들해졌다. 무엇이 그리 웃겼던 거지. 이렇게 웃고 있어도 되는 걸까. 끊임없이 이야기를 주워 삼켜도 포만감이 느껴지지 않았다. 그렇다면 우리는 이제 무슨 이야기를 해야 하지. 그 뒤로 소정은 좀처럼 대화에 집중하기 어려웠다. 그건 소희도 마찬가지인 듯했다. 대화에 틈이 생길 때마다 두 사람은 맥주를 마시고 피자를 씹어 삼켰다.

소희의 전화가 또다시 울렸다. 이번에는 소희가 양해를 구하고 자리에서 일어나며 전화를 받았다. 전화기 너머 남자 목소리가 흘러나왔다. 소희는 상대의 말에 대꾸를 하며 빠른 걸음으로 안쪽 작업실로 향했다. 소희의 목소리는 얇은 벽을 타고 소정이 있는 곳까지 넘어왔다. 지금? 그래? 그쪽에서? 잠시 뒤 통화를 마친 소희는 곤란한 표정으로 소정 앞에 나타났다.

"나랑 같이 일하는 사람이 지금 이리로 오겠대. 아마 잠깐 있다 곧 갈 거 같은데. 괜찮아?"

소정은 상관없다며 고개를 끄덕였다. 소희가 통화를 마친 지 5분도 지나지 않아, 아직 어려 보이는 비숑프리제 한 마리를 품에 안은 남자가 유리문을 열고 들어왔다. 남자는 부드럽고 서글서글한 인상이었던 기훈과는 전혀 다른 분위기를 풍기는 사람이었다. 키가 컸고 조금 마른 편이었으며 어깨까지 기른 머리를 하나로 묶고 있었다.

얼굴은 약간 긴 편이었고, 날카로운 턱선과 끝이 살짝 구부러진 코, 무뚝뚝한 입매 덕분에 인상이 강해 보였다. 물 빠진 청바지와 베이지색의 헐렁한 티셔츠 차림이 잘 어울리는 남자였다.

그는 거침없이 들어와 소희와 눈인사를 나눈 뒤 소정을 향해 인사했다.

"소희 친구분이시죠? 말씀 많이 들었습니다."

"안녕하세요."

남자와 인사를 주고받은 소정은 무슨 말을 더 건네야 할 것만 같았지만 좀처럼 마땅한 말이 떠오르지 않았다. 남자처럼 소희를 통해 이야기를 들었다고 말하기에는 아는 것이 없었다. 그러나 남자는 그런 소정을 별로 신경 쓰지 않는 듯 어느새 소희와 대화를 나누고 있었다.

"그거 때문에 일부러 여기까지 온 거야?"

"마침 근처 지나가는 중이었어. 그쪽에서 자꾸 찾아오겠다는데 방법이 없잖아."

"복잡하네, 진짜."

"그러니까 처음부터 전화를 아예 받지 말라니까."

대화를 나누던 소희는 흘끗 소정을 보더니 남자를 데리고 밖으로 나갔다. 덕분에 남자의 품 안에 안겨 있던 비숑은 소정의 차지가 되었다.

소정은 유리창 너머로 대화를 나누는 두 사람의 모습을 바라보았다. 진지한 표정으로 남자의 이야기를 듣던 소희는 남자에게 조금 짜증을 내기도 했다가 곧 표정을 풀고 활짝 웃기도 했다. 시시각각으로 변하는 소희의 얼굴을 보며 소정은 기훈과 함께 있던 시절의 소희를 떠올렸다. 그때의 소희는 기훈처럼 고요한 얼굴을 하고 있었다.

소정의 옆자리에 누워 있던 비숑이 움직이며 소정의 손을 건드렸다. 북슬북슬한 털의 감촉이 간지러워, 소정은 손등을 슬쩍 긁었다. 비숑은 자꾸 소정의 무릎 위에 올라오려고 했다. 소정은 개를 좋아하진 않았지만 자신에게 안겨 오는 어린 강아지를 매몰차게 밀칠 수 없어 그대로 두었다. 마침내 비숑은 소정의 무릎 위로 올라오는 데 성공했고, 소정은 매우 불편해졌다.

원치 않았지만 맡겨진 일들. 깔끔하게 털어낼 수도 없고 기꺼이 껴안을 수도 없는 일들은 소정을 불편하게 만들었다. 윤 과장과 눈이 마주칠 때마다 소정은 나도 괴롭다고, 당신은 나를 아주 불편하게 만들고 있다고 말하고 싶었다. 그와 같은 감정은 점점 원망으로 변해 나중에는 윤 과장의 얼굴을 보는 것조차 싫어졌다. 어쨌든 계속 이 일을 해야 하는 거라면 차라리 그가 빨리 회사에서 사라지기를 바랐다. 주저하던 마음은 점점 무뎌지고 보고의 내용은 직접적이고 노골적으로 변해갔다. 거래처의 전화를 퉁명스럽게 받음. 쓸데없이 무례한 농담을 해 팀 분위기를 흐림. 업무와 관계없는 인터넷 사이트를 봄. 아마도 창업 정보 커뮤니티인 듯함. 별거 중인 그의 아들과 관련한 문제로 그가 일에 집중하지 못한다는 이야기 같은 건 꼭 할 필요가 없었을지도 모른다. 그럼에도 불구하고 윤 과장은 언제까지나 그 자리에 남아 자신을 곤란하게 만들 것만 같았다. 그래서였을까. 정말로 윤 과장이 사라지게 되었을 때, 소정이 가장 먼저 느낀 감정은 드디어 지긋지긋한 일에서 벗어났다는 해방감이었다. 알잖아. 어쩔 수 없는 일이었어. 내가 좀 더 죄책감을 느꼈어야 하는 걸까. 그런데 솔직히 나는 아직도 그것보단 다른 마음이 앞서. 그는 왜 그토록 끈질기게 남아서 나를 힘들게 했을까. 왜 아직까지도 회사 앞에 버티고 서서 끝까지 나를 불편하게 만드는 걸까. 소정은 지금 소희와 그런 이야기를 나누고 싶었다. 시간이 흐를수록 분노와 불안마저 지워져가던 그 텅 빈 눈빛에 대해, 그리고 그걸 보던 자신의 마음에 대해서. 되는 대로 털어놓은 뒤 단순하고 명료한 답변을 듣고는 별일 아닌 듯 키득거리고 싶었다. 그럼 이제껏 그래왔듯 지금의 이 일도 그녀가 버려온 수많은 오물 중 하나가 되지 않을까?

그러나 어쩐지 소정은 쉽게 입이 떨어지지 않았다. 예전에는 어떻게 이야기를 시작했더라. 아무 군비노, 망설임도 없이 내뱉었던 것 같은데. 눈앞에 있는 소희는 자꾸 낯설게 느껴졌고, 자신의 마음을 어떻게, 얼마만큼 이야기해야 좋을지 알 수 없었다. 그래서 계속 망설일 뿐이었다.

이야기를 하던 남자가 바지 주머니에서 전자 담배를 꺼내 물었다. 그것을 본 소희는 공방 안으로 뛰어 들어와 책상 위에서 자신의 전자 담배를 챙겨 들었다. "미안, 잠시만 기다려줘. 얘기 금방 끝내고 들어올게."

소정에게 양해를 구한 소희는 소정의 답을 듣지 않고 급하게 밖으로 나갔다. 두 사람은 골목에 내리쬐는 햇살 아래 여유롭게 담배를 피웠다. 구름처럼 뿜어져 나오는 담배 연기를 보며 소정은 잠시 아득한 기분을 느꼈다.

담배를 다 피운 뒤 돌아온 두 사람의 몸에서 비릿한 냄새가 났다. 소정은 남자가 무릎 위에 있는 비숑을 데려가줄 거라 기대했지만, 그는 그대로 맞은편에 놓인 등받이 없는 나무 의자 쪽으로 가 앉았다.

"공방 어때요? 괜찮아 보여요?"

남자가 소정을 바라보며 물었다.

"네, 좋아요. 고생하셨겠어요."

"소희가 신경 많이 썼죠. 저렇게 열정 넘치는 사람 처음 봤어요. 한번 마음먹으면 다른 건 신경 안 쓰고 돌진하는 스타일이더라고요. 그런 거 보면 참 대단해요. 자기가 뭘 좋아하는지 정확하게 아는 것도 쉽지 않지만 그걸 실제로 해내는 건 정말 어렵잖아요."

소정은 자기에게 소희의 좋은 점을 소개하려는 남자가 조금 가소롭게 느껴졌다. 소희에 대해서라면 당신보다 훨씬 많이 알고 있을걸. 그러나 곧 현재의 소희에 대해 자신이 아는 게 무엇인지 따져보았고 남자의 말이 정말 무용한 오지랖인지 돌이켜보게 되었다. 소정이 그런 생각에 잠겨 있는 동안에도 남자는 계속 말을 이어갔다.

"그럼 응원해줄 수 있는 거 아닌가? 전 제가 사랑했던 사람이 그 정도로 좋아하는 게 생겼다면 응원해줄 거 같은데. 아니, 응원은 못하더라도 방해는 하지 말아야지. 소정 씨는 어떻게 생각해요?"

"또 괜한 말한다. 그만해."

옆에서 듣고 있던 소희가 인상을 찌푸리며 남자에게 핀잔을 주었다.

"뭐 어때. 소정 씨가 상황을 아예 모르는 것도 아니고. 어때요, 소정 씨?"

"저도 그렇게 생각해요."

"그렇죠? 그런데 소정 씨는 하고 싶은 거 있어요? 이거라면 내가 지금 가진 걸 다 버릴 수 있겠다 싶은, 그런 거 있잖아요."

"쓸데없는 말 좀 그만하라니까."

"중요한 이야기야."

"자꾸 그런 소리나 늘어놓고 있으니까 네가 지금까지 이러고 있는 거야."

"그러는 넌 왜 여기서 나랑 이러고 있냐?"

"조금만 기다려. 기술 다 빼내고 나면 바로 독립할 거니까."

"두 사람 잘 어울려요."

소희와 남자의 대화를 듣고 있던 소정은 자기도 모르게 생각하고 있던 말을 내뱉어버렸다. 소희와 남자는 말을 멈추고 소정을 빤히 바라보았다.

"그러니까 내 말은, 잘 맞는 것 같다고요."

소정의 말을 들은 소희와 남자는 소리 내어 웃었다. 소정은 얼굴을 붉혔다. 그들의 웃음소리를 계속 듣고 싶지 않았다. 남자가 바지 주머니에서 전자 담배를 꺼내며 소정에게 물었다.

"혹시 담배 피우세요?"

소정은 잠시 망설이다 고개를 저었다.

"안에서 피우지 말고 나가서 피워."

소희가 핀잔을 주자 남자는 어깨를 으쓱하고는 다시 담배를 집어넣었다. 남자는 그 뒤로도 몇 분간 시간을 더 보내다가 소정의 다리가 조금씩 저려올 때쯤 비숑을 데리고 공방을 떠났다. 들어올 때처럼 떠나는 것도 갑작스러웠다. 남자가 사라지자 공방은 한바탕 바람이 지나간 자리처럼 고요해졌다. 창밖으로 오토바이 한 대가 모터소리를 내며 지나갔다. 곧이어 과일을 파는 트럭이 지나가는 소리가 들려왔다. 딸기가 한 박스에 9천 원. 천혜향 한 박스에 2만 원.

"나는 저런 소리들을 듣는 게 좋더라."

소희가 불쑥 말했다.

"주변이 조금 더 시끄러웠으면 좋겠어".

"지금보다 더?"

"응, 지금보다 더 시끄러워도 좋을 것 같아. 그럼 나도 막 시끄럽게 굴 수 있으니까."

소희는 앞에 놓인 피자 박스를 한쪽으로 정리한 뒤 소정에게 물었다.

"너 제주도에 왔을 때 밤이 참 조용해서 좋다고 했던 거 기억나? 그런데 난 그런 밤들이 싫었어."

소희가 결혼하고 나서 1년쯤 지났을 때, 소정이 3박 4일 일정으로 그들 집에 놀러 간 적이 있었다. 소희의 집은 2차선 도로변에 자리한 2층짜리 주택으로, 1층에서는 제주도 출신인 기훈 씨가 소담한 제주식 밥상을 차려내는 밥집을 운영하고 있었다. 바다가 바로 보이거나 유명한 카페들이 모여 있어 사람들의 발길이 계속 이어지는 곳과는 거리가 있는, 조금 외떨어진 곳이었다. 그곳에는 밤이 되면 짙은 어둠이 내렸다. 닿는 순간 파묻혀버릴 것 같은 어둠 너머로 건너편 게스트하우스의 불빛이 먼 하늘의 별처럼 빛났다.

둘째 날 밤, 늦은 저녁을 먹고 난 뒤 그들은 바다에 가기로 했다. 차를 타고 10분쯤 달리니 소희 부부가 종종 찾는다는 해변이 나왔다. 11월의 밤바다는 한적했다. 내내 사람들에게 시달려왔던 소정은 그 고요가 좋았다. 세 사람과 조금 떨어진 곳에서 대학생쯤으로 보이는 남녀 몇 명이 모여 불꽃놀이를 하며 떠들고 있었는데, 그조차 까마득하게 느껴졌다. 그때, 기훈이 갑자기 무언가 생각났다는 듯 걸음을 멈추었다. 지금 이 순간을 위해 준비해둔 와인을 놔두고 왔다는 것이었다. 기훈은 지금 얼른 집에 가서 와인을 가져오겠다고 했다. 소희가 됐다며 말렸지만 기훈은 완고했다.

"소정 씨, 밤바다를 보며 마시는 와인이 얼마나 맛있는지 모르죠? 제가 두 사람을 위해 정말 잘 어울리는 와인을 골라놨거든요. 이건 꼭 지금 마셔야 해요."

소정은 와인을 마시고 싶지 않았지만 거절할 수가 없었다. 그의 말에는 그런 힘이 있었다. 부드럽지만 단호해 쉽게 반대의 뜻을 내비칠 수 없게 만드는 힘. 기훈이 자리를 떠난 뒤, 소희는 고개를 저으며 말했다. 저럴 땐 정말 말릴 수가 없어.

소희와 소정은 돗자리를 깔고 나란히 앉아 밤바다를 바라보았다. 잠시 뒤, 갑자기 소희가 자리에서 일어났다.

"물놀이하자, 우리."

그러고는 말릴 틈도 없이 바다를 향해 달려가 물속으로 첨벙첨벙 들어가더니 사방으로 물을 튀기기 시작했다. 소정을 향해 소리를 질렀고 큰 소리로 웃기도 했다. 소정은 자신을 부르는 소희를 향해 천천히 걸어가면서도 영 내키지 않았다. 물은 차가울 것이었고, 수건이나 여분의 양말도 가져오지 않았다. 소정이 바닷물이 들어오는 곳 근처까지 가 망설이고 있을 때, 기훈이 돌아왔다. 기훈은 소정의 옆으로 와 가만히 소희를 바라보았다.

"소희가 이곳을 별로 안 좋아하는 거 알고 있어요. 그래도 지금은 조금씩 적응하고 있는 것 같아 다행이에요. 제가 더 잘해야죠."

기훈이 혼잣말을 하듯 중얼거렸다. 소정은 사랑에 빠진 남자의 오만하고 확신에 찬 옆얼굴을 잠시 바라보았다. 혼자 소리를 지르며 물장난을 치던 소희는 두 사람이 자신을 바라만 보고 있자 시무룩해지더니 물에서 천천히 걸어 나왔다. 기훈은 말없이 다시 차로 돌아가 두툼한 카디건을 가져와서 소희에게 덮어주었다. 성가시다거나 귀찮다는 기색 없이, 언제나 그랬듯 다정하게. 그 모습이 마치 장난을 치고 온 아이를 달래는 것 같았다. 카디건으로 소희를 꼼꼼하게 감싼 뒤, 기훈은 가지고 온 와인을 플라스틱 컵에 따랐다. 떠들던 대학생 무리는 어느새 자리를 정리하는지 조용해졌다. 파도 소리만 남은 바닷가에서 소정과 소희는 자신에게 주어진 와인을 마셨다. 기훈이 준비한 와인은 지나치게 달았다.

"기훈인 좋은 사람이었어, 너도 알다시피."

"그래, 그랬었지."

"그럼 나쁜 쪽은 나인가?"

소희는 콧등을 찡긋하며 조금 장난스럽게 물었다. 소정은 무어라 대답해야 할지 알 수 없었다. 세상을 살아갈수록 답을 할 수 있는 것이 점점 줄어들고 있었다.

"항상 그런 게 문제야. 복잡한 것들. 그런 건 딱 질색인데 말이야. 그런데 자꾸 그런 일들이 생겨. 하긴 어떻게 아무 일 없었던 것처럼 지낼 수 있겠어. 있었던 일은 있었던 일인데."

소희는 푸념하듯 중얼거리며 컵에 남아 있던 맥주를 한 번에 들이켰다. 그러고는 옆에 놓아두었던 전자 담배 케이스를 집어 들고 습관처럼 손끝으로 툭툭 건드렸다. 소정은 반쯤 벌어진 소희의 입술을 가만히 지켜보았다. 달싹거리는 입술은 금방이라도 많은 말들을 쏟아낼 것 같았다. 예를 들어 자신의 지난 선택들에 대한 변명 같은 것을. 그동안 담아두었던 찌꺼기들을 털어버리고 싶은 건 아닐까. 그러나 소정은 재촉하지 않았다. 대신 소희가 준 나무 조각품을 만지작거릴 뿐이었다.

한쪽 손에 피크닉 가방을 든 두 소녀는 서로를 마주 보는 대신 같은 방향을 향해 나란히 서 있었다. 소녀들의 얼굴에 그려진 작은 입이 희미한 미소를 띠고 있었는데 그 표정이 다정해 보이기도 했고 조금 슬퍼 보이기도 했다. 서로를 향해 뻗어 있는 다른 한 손은 닿을 듯 말 듯 미묘한 거리를 유지하고 있었다. 소정은 두 소녀를 슬쩍 밀어보았지만 고정된 나뭇조각은 꼼짝하지 않았다. 그들 뒤로 솟아오른 불룩한 언덕 아래에는 무엇이 묻혀 있을까.

소희는 쥐고 있던 담배 케이스를 테이블 위에 내려놓았다. 달싹이던 소희의 입술이 드디어 활짝 열렸다.

"우리 재미없는 이야기는 그만하자. 너랑은 그냥 좀 즐거운 이야기를 하고 싶어."

소정은 해가 저물 즈음 소희의 공방에서 나왔다. 역까지 배웅 나온 소희를 돌려보내고 계단을 내려가려던 소정은 발길을 돌려 대로변을 따라 걷기 시작했다. 트렌치코트 주머니에는 낮에 사두었던 담배 한 갑이 그대로 들어 있었다. 소정은 매끈한 비닐에 싸인 담뱃갑을 만지작거리며 처음으로 담배를 사러 갔던 때를 떠올렸다. 매번 소희에게 한 개비씩 빌려 피우는 것이 미안해 큰마음을 먹고 직접 구해보기로 한 것이었다. 학교나 집 주변의 가게는 안 될 것 같아 일부러 버스를 타고 먼 동네까지 찾아갔다. 마땅한 가게를 물색하다 20대로 보이는 남자 아르바이트생이 카운터를 보는 편의점을 찾아낸 소정은 한참 망설인 끝에 그 안으로 들어섰다. 그러나 막상 아르바이트생 앞에 서자 차마 입이 떨어지지 않았다. 결국 소정은 엉뚱한 새콤달콤만 잔뜩 집어 들고 편의점을 나왔다. 다음 날, 소희는 소정이 들고 온 새콤달콤을 보고는 한참을 웃었다. 그리고 소희가 가져온 담배를 피운 뒤 새콤달콤을 나누어 먹었다. 그때 먹었던 새콤달콤이 정말 맛있었는데. 씁쓸한 의식이 끝난 뒤 내려진 보상과 같던 맛. 소정의 입안에 침이 돌았다.

사거리에서 횡단보도를 건너 계속 내려가자 롯데리아 매장이 보였다. 소정은 걸음을 멈추고 매장 안을 들여다보았다. 고등학생쯤 되어 보이는 남자아이들 네 명이 전투적으로 감자튀김을 집어 먹고 있었고, 회사원으로 보이는 정장 차림의 남자가 햄버거를 먹으며 휴대전화를 들여다보고 있었다. 나란히 앉은 커플은 서로의 햄버거를 한 입씩 먹어보고 있었다. 방금 전까지 잔뜩 배를 채우고 왔는데도, 소정은 허기를 느꼈다. 소정은 주머니에서 담배를 꺼내 비닐을 벗기고 한 개비를 꺼내 들었다. 불을 붙이고 한 모금 빨아들였다. 아무것도 느껴지지 않았다. 더 깊이 연기를 들이마셨다. 속이 조금 메슥거릴 뿐이었다. 그래도 소정은 계속 담배를 피우며 햄버거 매장을 바라보았다. 그래서 그때 어떤 결론이 나왔더라. 둘이서 바닐라셰이크를 시켜놓고 한참 동안 토의를 한 뒤에. 소정은 그때의 일을 기억해내려 애썼지만 좀처럼 익숙해지지 않던 담배의 맛과 서늘한 밤공기를 가르던 소희의 웃음소리만 떠오를 뿐, 토의의 결론은 생각나지 않았다. 그럼에도 소정은 불이 꺼진 담배꽁초를 손에 든 채 한참 동안 롯데리아 매장 안을 기웃거렸다.

모래의 빛

헤어진 뒤 종종 윤재가 꿈에 나왔다. 꿈속에서 윤재는 같은 말을 반복했다. 더 이상 사랑하지 않아. 때로는 거기서 멈추지 않고 계속 말했다. 우리가 함께 보낸 시간들은 생각만큼 대단한 의미를 품고 있는 것이 아니라고. 그건 그냥 시간이 흐르면 자연히 퇴색될 수많은 기억 중 일부일 뿐이라고. 더 이상 사랑이 아니라는 건 어떻게 판단할 수 있을까. 마음속에 긴 선을 긋고 여기부터 저기까지가 사랑이고 그 선을 넘어서면 더 이상 아니라고 할 수 있는 것도 아닌데. 그러나 결국 그것이 우리가 헤어진 이유였다. 굳이 다른 이유를 들 수도 있겠지만 결국은 관계를 지속시킬 감정이 소진됐기 때문이었다.

윤재와 헤어진 뒤에도 하루는 똑같이 흘러갔다. 아침에 일어나면 출근을 하고, 퇴근 후 집에 돌아오면 넷플릭스나 왓챠를 틀어놓고 조금 늦은 저녁을 먹은 뒤 부른 배를 두드리다 잠이 들었다. 하루 일과를 보고하던 문자와 자기 전의 짧은 통화 정도가 생략되었을 뿐이었다. 어쩌면 그동안 우리는 서로에게 딱 이정도의 영역을 내어주었던 건 아닐까. 뭔가 대단한 걸 했던 것 같지만 사실 그런 게 아니었던 거야. 그러나 그건 나의 오만한 바람일 뿐이었고, 조금만 돌아보면 곳곳에서 유재의 흔적을 찾을 수 있었다. 그를 생각나게 하는 것을 처리하자면 내 방에 놓인 대부분의 물건을 버려야 할 것이었다. 윤재와 찍은 사진은 지우지 않고 외장하드에 담아 책상 서랍 구석에 처박아두었는데, 그것을 지우고 나면 내 인생 중 3분의 1 이상의 기록이 사라지는 셈이기 때문이었다. 그래서 나는 그것들을 그냥 무시하기로 했다.

그럼에도 불구하고 책장 위에 놓여 있는 집게손가락만 한 유리병은 조금 거슬렸다. 유리병 안에는 윤재와 함께 갔던 해변에서 가져온 모래가 담겨 있었다. 핑크빛 모래로 유명한 해변은 모래를 외부로 반출하는 것이 금지되어 있었다. 모래를 가져가다 걸리면 벌금이 부과된다고 했다. 그러나 나는 해변을 떠나기 전, 과자 상자 안 내용물을 비우고 몰래 모래를 담았다. 윤재조차 그 사실을 알지 못했다. 상자에 모래를 담을 때, 모래가 든 상자를 수화물 캐리어에 넣고 비행기에 오를 때, 불안해하면서도 한편으로는 누군가 알아채주기를 기대했다. 그럼 윤재는 어떤 반응을 보일까. 나와 같이 처벌을 받을까, 내게 화를 낼까. 윤재와 함께 세관에게 붙잡혀 격리당하는 상황을 상상했다. 둘이서 나란히 앉아 뻔뻔한 얼굴로 아무것도 몰랐다며 잡아떼는 장면을. 게이트를 통과하는 내내 일탈을 계획하는 10대처럼 두근거렸다. 다행인지 불행인지 아무도 내 죄를 알아차리지 못했고 모래는 지금까지 내 손 안에 있다.

다른 건 몰라도 이 모래 정도는 버려도 되지 않을까. 나는 모래가 든 유리병을 집어 그대로 쓰레기통에 던져 넣었다. 그러나 다음 날, 다시 그것을 꺼내 들었다. 딱히 미련이 남아서 그런 건 아니고 유리병은 재활용 쓰레기이니까. 뚜껑을 열고 모래를 쏟아부으려다 쓰레기통 안을 들여다보았다. 사용한 휴지와 머리카락 뭉치, 구겨진 영수증 따위와 한데 엉킬 모래를 생각하니 썩 유쾌하지 않았다. 다른 곳에 버릴까. 이 모래도 기껏 비행기를 타고 여기까지 날아왔는데 고작 이 지저분한 쓰레기통 속으로 떨어지면 얼마나 허무하겠어. 나는 유기를 잠시 미루고 유리병을 다시 원래 있던 곳에 두었다.

유리병은 엄마의 전화가 걸려올 때까지 계속 책장 위에 놓여 있었다.

"성연이 생일이 이번 토요일인 건 알지? 내려와서 간만에 얼굴이라도 보고 가. 토요일 아침에 일찍 와서 하룻밤만 자고 가든가, 아니면 금요일에 회사 끝나고 바로 와도 좋고."

이미 어제부터 성연 이모 집에 가 있다던 엄마는 이모의 생일을 핑계로 주말까지 그곳에 머무를 모양이었다. 성연 이모는 1년 전부터 동해안에 자리한 작은 마을에서 지내고 있었다. 이모의 말에 따르면 시내에서도 멀지 않고 자연을 느낄 수 있는 최고의 장소라고 했는데, 내가 보기에는 그냥 평범한 시골 동네였다. 한 가지 좋은 점이 있다면 가까운 곳에 바다가 있다는 정도. 나는 이모의 집을 방문하는 게 그리 편하지만은 않았는데 엄마는 그곳이 마음에 들었는지 자주 내려가 며칠씩 지내다 오곤 했다.

"알았어. 갈게."

"올 때 케이크 좀 사 와. 여긴 괜찮은 케이크 집이 없어. 이왕이면 다른 맛있는 빵도 좀 넉넉히 사 오고."

조금 들뜬 엄마의 목소리를 듣고 있는데 모래를 담은 유리병이 눈에 들어왔다. 이모 집 근처에 있는 바다의 풍경이 눈앞에 그려졌다. 거기에도 모래사장이 있었지. 저 모래를 그곳에 버리고 오면 어떨까. 바다는 넓고, 파도가 계속 칠 테니까. 모래는 파도에 쓸려 멀리 흘러가지 않을까. 어쩌면 원래 있던 곳으로 돌아가게 될지도. 그런 생각을 하다 문득 윤제 몰래 모래를 주워 담던 내 모습이 떠올라 고개를 내저었다.

잘 시간이 지났지만 좀처럼 잠이 오지 않았다. 며칠째 불면의 밤이 이어지고 있었다. 잠을 쫓아 뒤척이다 보면 아주 오래전 일부터 최근의 기억까지 불쑥불쑥 나를 덮쳐왔다. 언제를 떠올리든 윤재가 있는 것이, 아무래도 우리가 너무 긴 시간을 함께한 모양이었다. 그런데 이제 그와 나 사이에는 무엇이 남아 있을까. 그와 내가 공유했던 그 시간은 대체 무엇이지.

윤재와는 8년을 친구 사이로, 7년을 연인 사이로 지냈다. 열일곱 살에 만나 15년을 함께했으니 나의 10대 끝 무렵과 20대의 모든 시절을 그와 보낸 셈이었다. 열일곱 살의 나는 무기력했다. 언니가 죽은 뒤로 세상 어떤 일도 시시하게 느껴졌다. 언니는 누구보다 열심히 살던 사람이었다. 공부도 열심히 해 좋은 대학에 갔고 사람도 열심히 사귀어 대학 내 동아리장도 되었다. 그리고 싸움도 열심히 말렸다. 동아리 회식이 있던 날 밤, 부원 한 명이 술에 취한 남자와 시비가 붙었고, 언니는 그 많은 다른 부원들을 놔두고 자신이 직접 싸움에 끼어들어 말렸다. 덩치가 크고 성질이 더러웠던 상대편 남자는 자신의 체중을 실어 주먹을 휘둘렀고, 그 주먹에 맞고 넘어진 언니는 다시 일어나지 못했다. 그 일이 있은 뒤, 나는 절대로 열심히 살고 싶지 않았다. 언니는 입버릇처럼 자주 내게 말하곤 했다. 파이팅이 필요한 순간이야. 빨리 파이팅해줘. 그러나 세상에는 파이팅을 외치는 것만으로 되지 않는 것들이 있었다. 삶은 덧없는 것이었고 노력, 정의, 미래 같은 단어는 쉽게 우스워질 수 있는 것이었다. 다도부에 들어간 이유도 그와 무관하지 않았다. 내가 다니던 고등학교에서는 누구든 부서 하나씩을 가입해야 했고, 다도부는 부서 가운데 가장 하는 일이 없어 보였기 때문이었다. 다도부원은 많지 않았고 특히 남학생이 드물었는데, 윤재는 그 몇 안 되는 남자 부원 중 하나였다. 예상대로 대부분의 부원들은 차 따위에 별로 관심이 없었다. 다도부 1학년 대표를 맡은 윤재만이 홀로 열심이었다. 그렇다고 딱히 다른 부원들을 독려한다거나 하는 것은 아니었고 그저 자신의 차를 우리는 데에만 열중할 뿐이었다. 나는 차를 마시는 방법 같은 건 애초에 지킬 생각이 없었다. 향을 맡고 음미하는 과정 따위는 건너뛰고 그냥 한입에 털어 넣곤 했다. 차 따위가 무슨 상관이란 말인가. 어차피 음료의 한 종류에 불과한 것을. 윤재는 가끔 나를 위해 차를 우려 주었다. 그가 정성스레 차를 우리면 나는 그걸 원샷해버렸다. 그의 집중한 얼굴과 최선을 다하는 손놀림이 마음에 들지 않았다. 그래도 그는 또 다시 나를 위해 찻잔을 데웠다. 시간이 흐른 뒤, 그에게 그때 왜 그랬는지 물었을 때, 그는 답했다. 차에는 관심도 없으면서 내가 차 내릴 때마다 뚫어져라 쳐다봤잖아. 시큰둥한 척하면서 주는 차는 다 받아 마시고. 그냥 그게 웃겼어.

유난히 기분이 가라앉던 날이었다. 1교시가 끝날 무렵에는 생리까지 시작되었다. 점심을 거르고 양호실에 갔지만 그날따라 사람이 많아 곧 다시 나왔다. 그리고 잠시 방황하다 다도부실로 향했다. 아무도 없는 다도부실에 혼자 앉아 있으려니 괜히 눈물이 났다. 모든 게 망가지고 있다는 불안감과 이대로 회복되지 않을 것 같은 초조함이 나를 덮쳐왔다. 그 무렵에는 시도 때도 없이 울음이 터졌는데 대개는 울면 곤란해지는 상황이었기에, 정확히는 내가 아니라 주변 사람들이 곤란해졌기에 꾸역꾸역 참아내곤 했다. 그러나 텅 빈 다도부실에서는 그럴 필요가 없었으므로 그냥 울어버렸다. 그때 갑자기 문이 열리더니 윤재가 들어왔고 나는 민망한 마음에 급히 눈가를 훔쳤다. 윤재는 그런 나를 흘끗 살피고는 잠시 가만히 앉아 있다가 다도 세트를 꺼내 차를 우리기 시작했다. 그리고 자신이 내린 차를 후후 불더니 한 번에 들이켰다. 이렇게 마시는 것도 나쁘지 않네. 그런데 식도에 화상 입은 거 같아. 그의 엉뚱한 말에 피식 웃음이 터졌다. 윤재는 내게 찻잔을 건네며 말했다. 아무래도 난 이렇게 못 마시겠다. 그래도 넌 계속 네가 마시고 싶은 대로 마셔. 그러는 거 되게 좋아 보여. 윤재의 말은 내게 큰 위안이 되었다. 그날 이후로도 나는 여전히 차 마시는 방법 따위에 관심이 없었지만 그가 건네는 차를 꼬박꼬박 받아 마셨다. 찻잔을 돌려주며 내 이야기를 하나씩 털어놓았다. 그는 찻잎이 우러나기를 기다릴 때처럼 두서없는 내 이야기를 묵묵히 견뎌주었다. 그런 윤재를 보며 이 정도로만 열심히 살아도 되지 않을까 생각했다. 그러니까 혼자 조용히 차를 내리는 정도로. 누군가에게 피해를 끼치지 않고 누구에게도 간섭받지 않는 선에서 그렇게.

졸업 후에도 우리는 종종 함께했다. 어느새 나는 그를 조금 더 좋아하게 되었다. 그와 더 긴 시간을 보내고 싶었고 그의 일상에 깊게 관여하고 싶었다. 그게 잘못이었을까. 내가 고백했을 때, 윤재는 망설였다. 그냥 이대로가 더 나을 수도 있어. 그가 거절할 거라 예상하지 못한 나는 당황했다. 그의 눈빛에는 분명 나를 향한 애정이 담겨 있었고 그래서 우리가 당연히 같은 마음일 거라 짐작했다. 하지만 그는 우리의 관계가 변하는 것이 두렵다고 했다. 그 변화가 우리를 나쁜 방향으로 이끌지도 모른다는 불안감에 주저하게 된다고. 나는 그가 겁쟁이라고 생각했지만 그건 그만큼 나와의 인연을 소중하게 여기기 때문이라고 생각했다. 네가 나를 위해 차를 내려 주었잖아. 그때처럼만 하면 돼. 딱 그 정도로만. 그는 결국 내 고백을 받아들였고, 우리는 연인 사이가 되었다. 그가 옳았을까. 애초에 시작하지 않는 것이 나았을까. 그럼 우리의 시간은 여전히 함께 흘러가고 있었을까. 그는 내가 가장 힘들었던 시간을 지켜본, 나의 은밀한 속마음을 알고 있는 유일한 사람이었다. 나의 10대이자 20대였던 사람. 그러나 지금은 아무것도 남지 않았다. 15년 동안 내게 하나뿐이었던 존재는 나를 더 이상 사랑하지 않는다는 말과 함께 사라져버렸다. 이렇게 쉽게 사라질 수 있는 것이었나. 이토록 허약하고 깨지기 쉬운 연결고리로 묶여 있었나. 나는 우리가 함께 보낸 시간의 의미를 찾고 싶었다. 그러나 그럴수록 애써 찾은 의미마저 부정하게 되었고 그로 인해 밤마다 잠을 이루지 못했다.

금요일 오후, 반차를 내고 이모의 집으로 향했다. 버스 터미널에는 이모와 엄마가 마중을 나와 있었다. 오랜만에 보는 이모는 조금 더 까무잡잡하게 그을려 건강해 보였다. 나이보다 어려 보이는 인상과 개구진 미소는 여전해서, 다정하고 씩씩한 바닷마을 소녀 같았다. 이모의 차를 타고 읍내를 벗어나자 건물과 건물 사이가 멀어지고 곧 짙은 녹음에 둘러싸인 풍경이 이어졌다. 조수석에 앉은 엄마는 기분이 좋은지 콧노래를 흥얼거리고 있었다.

"생일파티인데 외삼촌은 안 불렀어?"

"걔 요즘 바쁘대."

"불러서 뭐해. 오빠 오면 재미없어."

퉁명스러운 엄마의 답에 이어 이모가 씨익 웃으며 장난스러운 말투로 덧붙였다. 그러나 사실 우리 모두 외삼촌을 부르지 않은 이유를 알고 있었다. 지금쯤 이모 집에서 우리를 기다리고 있을 여자 때문이었다. 외삼촌은 이모가 그 여자와 함께 사는 것을 반대했었다.

차창 밖을 내다보던 엄마가 길가에 핀 해바라기 몇 송이를 발견하고 중얼거렸다. 소은이가 좋아하는 해바라기가 폈네. 나는 갑자기 들려온 언니의 이름에 흠칫했다. 이모가 엄마의 말에 맞장구를 쳤다.

"아, 기억난다. 소은이가 어릴 때 해바라기 키우겠다고 해바라기 씨 모양 초콜릿을 화분에 심어놨었잖아. 몇 날 며칠 열심히 물을 주기에 뭔가 봤더니 초콜릿이었어."

언니 이야기를 꺼내는 엄마를 보니 비로소 이모의 집에 왔다는 게 실감 났다.

마을 어귀에 도착한 이모의 차가 슈퍼 옆으로 난 좁은 길로 들어섰다. 속도를 낮추고 길을 따라 조금 달리자 주변에 펼쳐진 논밭과 슬레이트 지붕을 덮은 오래된 집들 사이로 회색 페인트칠을 한 단층 건물이 눈에 띄었다. 잡지에 소개될 만큼 멋진 전원주택은 아니었지만 단정하고 깨끗한 집이었다. 담벼락 옆에 차를 세우자 현관문이 열리고 여자가 나왔다.

"오느라 고생 많았어요."

작고 마른 체구에 차분하지만 도전적인 눈빛을 가진 여자는 한때 이모가 좋아했던 사람이었다. 그리고 그녀는 이모가 빌려준 돈을 들고 사라졌었다. 이모가 스물여덟 살 무렵, 우리 집에서 함께 살고 있을 때의 일이었다. 당시 나는 열 살짜리 어린 애였음에도 불구하고 그때의 기억을 제법 또렷하게 간직하고 있었다. 여자가 사라졌다는 사실을 알아차린 날 밤, 이모는 펑펑 울었다. 엄마는 이모가 천만 원이나 되는, 지금도 큰돈이지만 22년 전에는 더욱 큰 액수였던 돈을 여자에게 선뜻 빌려주었다는 사실에 놀랐고, 이모가 돈보다 여자를 더 걱정하는 것에 또 한 번 놀랐다. 그리고 나는 이모가 너무 많이 울어서 놀랐다. 그때의 이모는 온몸이 물로 만들어진 사람 같았다. 어린아이처럼 엉엉 소리를 내 울다가 한참 뒤에는 기운이 빠졌는지 흐느끼며 울었다. 그렇게 울어대다 매듭 풀린 물 풍선처럼 작게 쪼그라들고 말까봐, 자꾸 들여다보게 되었다. 그날 밤, 요의를 느끼고 잠에서 깬 나는 화장실에 가다가 이모의 방문 틈에서 새어나오는 목소리를 들었다. 미란아, 미란아. 반복하여 불리는 이름이 고통스러운 신음처럼 들렸다. 이모가 내뱉는 애절함은 가시덩굴처럼 뻗어 나와 내 두 발을 묶었다. 때문에 나는 한참 동안 그 소리를 들으며 서 있어야 했고, 결국 오줌보가 터지고 말았다. 다리를 타고 흘러내리던 뜨뜻한 물줄기와 간절하게 불리던 여자의 이름. 그 밤의 기억이 아직도 선연한데, 이모는 정말 다 잊은 걸까. 이모가 다시 여자를 만난 건 3년 전쯤이라고 했다. 여자는 폐암을 앓고 난 뒤였고 남편과는 이미 오래전 이혼했으며 하나뿐인 아들은 남편과 살고 있는 상태였다. 이모는 여자와 살림을 합치게 된 계기에 대해 자세히 설명해주지 않았다. 시골에 자리를 잡은 뒤로 대학과 아카데미 사진 수업 출강을 위해 일주일에 사흘씩 고속도로를 타느라 고단해졌을 텐데도, 한 번쯤 도시를 벗어나 살아보고 싶었다며 만족감을 표할 뿐이었다.

작업실을 제외하고는 방이 세 개뿐이어서, 나는 2박 3일 동안 엄마와 함께 방을 쓰게 되었다. 대충 짐을 풀고 나니 어느새 저녁 식사

시간이 되어 있었다. 집 안 가득 퍼진 달달하고 고소한 음식 냄새에 허기가 느껴졌다. 거실로 나가니 식탁 가득 생일상이 차려지고 있었다. 불고기와 잡채, 비름나물, 된장찌개, 미역국. 음식을 보자 식욕이 돌았다. 곧 다 함께 상에 둘러앉았고 식사가 시작되었다. 음식은 모두 맛있었다. 특히 간이 잘 배인 불고기는 부드럽고 적당히 달달해서 자꾸 젓가락이 갔다. 잘 먹네, 이모가 흐뭇한 표정으로 나를 바라보았다.

"얘가 소고기를 좋아해. 소진인 소고기, 소은이는 돼지고기. 둘이 식성이 달라서 내가 고생했다니까. 식성뿐이야? 옷이며 장난감이며 취향이 다 달랐지. 다른 자매들은 옷도 서로 돌려 입곤 한다는데 얘들은 그런 것도 없었어."

"그래도 싸움은 덜했겠어요."

듣고 있던 여자가 끼어들었다.

"그게 또 그렇지가 않더라고요. 둘 다 고집이 세가지고. 다른 건 다르면서 왜 그것만 똑같은지 몰라요."

엄마는 나와 언니가 다투었던 일화를 늘어놓았고, 이모와 여자는 흥미롭게 들었다. 여자는 엄마가 신나게 이야기할 분위기를 만드는 데 능숙해 보였다. 그러나 나는 그들처럼 편하게 대화에 참여할 수가 없었다. 자꾸만 언니의 이름이 들려오는 게 아무래도 익숙하지 않았다. 원래 우리 집에서는 언니 이야기를 잘 하지 않았는데 그때마다 아빠가 너무 괴로워했기 때문이었다. 엄마나 내가 언니에 대한 이야기를 꺼내면 아빠는 매우 고통스러워하는 얼굴로 입을 다물어 버렸다. 그러면 대화는 더 이상 이어질 수 없었다. 그러는 사이 언니의 이름은 애틋하면서도 섣불리 부를 수 없는 이름이 되고 말았다. 시간이 흘러 언니의 부재를 받아들이게 되었을 때도 그와 같은 분위기는 계속 이어져왔다. 그런데 이렇게 웃으며 부르는 언니의 이름이라니, 어색했다.

저녁 식사는 자연스레 술자리로 이어졌다. 이모는 레드와인을 꺼내 왔고 여자는 그릇에 포도와 치즈, 내가 사온 케이크를 담아 왔다. 세 사람 사이에는 이야기가 끊이지 않았다. 여자가 이모보다 네 살이나 많았는데도 이모는 여자를 미란아, 하고 불렀다. 엄마는 여자를 미란 씨로, 여자는 엄마를 성미 씨로 불렀다. 자른 지 오래되어 지저분한 내 머리를 살피던 엄마는 여자를 가리키며 말했다.

"머리가 산발이네. 미란 씨한테 좀 다듬어달라고 해."

"내가 미용실을 했었거든요."

여자가 웃으며 설명을 덧붙였다.

"이 머리도 미란 씨가 해준 거야."

엄마는 고개를 이리저리 돌리며 내게 가지런한 뒷머리를 보여주었다. 여자에게 머리를 맡긴 채 얌전히 앉아 있는 엄마의 모습이 잘 그려지지 않았다. 여자가 돈을 들고 사라졌을 때 누구보다 열성적이고 꾸준하게 욕을 내뱉었던 엄마였다.

두 번째 와인 병이 비워져갈 즈음, 엄마가 아빠와의 관계에 관해 답답함을 털어놓으면서 대화는 자연스레 여자의 전남편에 대한 험담으로 흘러갔다. 와인 빛으로 물든 얼굴로 가만히 이야기를 듣고 있던 이모가 불쑥 끼어들었다.

“그때 그렇게 도망가지 않았다면 그 남자를 만날 일도 없었겠지. 그럼 그 더러운 꼴 보며 그 인간과 갈라서는 일도 없었을 거고. 안 그래?”

나는 갑자기 튀어나온 불편한 주제에 긴장하며 눈치를 살폈다. 그러나 이런 이야기를 나누는 게 처음이 아닌 듯, 여자는 자신을 공격하는 이모의 말을 태연하게 받아쳤다.

“그러게 말이야. 그때 성연이 네가 나한테 돈만 안 빌려줬어도 그 인간은 안 만났을 텐데.”

“그럼 나 때문인가?”

이모가 조금 익살스러운 말투로 맞받아쳤다.

“그래, 돈 같은 거 빌려주지 말았어야지. 나 같은 사람한테 돈이나 떼이고 말이야.”

“그때 성연이 애기 어쩌니 울던지. 그때 소은이가 너 쓰러지면 바로 119 부른다고 전화기 붙잡고 있던 거 기억나? 소진이는 따라 울고 난리도 아니었지.”

엄마는 당시의 일이 떠오르는 듯 인상을 살짝 찌푸리며 고개를 저었다.

"그치, 내가 많이 울었지. 그때 다 울어서 요즘은 슬픈 거 봐도 눈물이 안 나. 얼마나 편한지 몰라."

유쾌하지 않은 기억을 마치 어제 본 텔레비전 프로그램 이야기하듯 늘어놓는 이들 사이에서 나는 그저 빨리 이 대화가 끝나기를 바랄 뿐이었다. 그러나 잠시 뒤 더 불편한 주제가 나를 기다리고 있었다.

"소진이는 남자친구랑 잘 만나고 있고?"

나는 망설이다 결국 윤재와 헤어진 사실을 털어놓았다. 이별한 사실을 누군가에게 말하는 것은 처음이었다. 윤재를 알고 있는 친구들이 제멋대로 추측하고 각색하는 것이 싫어, 굳이 주변에 알리지 않고 있었다. 나는 우리의 마지막을 최대한 덤덤하게 전하고 싶었다. 그러나 이야기할수록 말이 꼬이고 목소리가 자꾸 갈라지는 바람에 결국 입을 다물고 말았다. 시간이 지날수록 세 사람 사이에 앉아 있는 게 힘들었다. 모두들 웃고 떠들며 고통스러웠던 기억의 머리채를 잡고 꾸역꾸역 끄집어내고 있었다. 내 마음이 꼬인 탓일까. 그들의 유쾌함이 왠지 억지로 꾸며낸 듯 느껴졌고, 꼭 서툰 연극을 보고 있는 것 같았다. 그 사이에서 나 역시 산뜻한 기분으로 윤재와의 마지막을 전해야 할 것 같았는데, 도저히 그럴 마음이 들지 않았다.

술자리는 자정이 넘어 끝이 났다. 샤워를 하고 방에 들어왔을 때, 엄마는 유리병에 담긴 모래를 들여다보고 있었다. 짐 정리를 하며 화장대 위에 올려두었던 것을 발견한 모양이었다.

"이건 뭐냐?"

"모래야."

"모래? 모래는 왜 들고 다녀? 중요한 거야?"

"아냐. 버리려고 가져온 거야."

엄마는 유리병을 화장대 위에 다시 올려놓으며 중얼거렸다.

"쓰레기를 버리러 왔구나."

그러고는 요 위에 드러누워 길게 하품을 하더니 얼마 지나지 않아 작게 코를 골기 시작했다. 나는 엄마 옆에 누워 눈을 감았다. 엄마의 규칙적인 숨소리와 노곤하게 올라오는 술기운 덕분에 곧 잠이 들 수 있을 것 같았다.

오랜만에 언니가 꿈에 나왔다. 악몽이었다. 잠에서 깨 습관처럼 윤재의 번호를 누르려다 그만두었다. 다시 눈을 감아보았지만 잠은 오지 않았다. 새벽녘에 전화를 걸면 들려오던 가라앉은 윤재의 목소리가 생각이 났고 더 이상 가만히 누워 있을 수 없어 조심스럽게 자리에서 일어났다. 엄마는 깊은 잠에 빠져 있었다. 창문을 여니 눅눅한 밤공기가 방 안으로 밀려들어 왔다. 숨을 깊게 들이마시자 어디선가 바다 냄새가 나는 듯했다. 새벽 세 시 반. 하릴없이 보내기에는 남은 밤이 너무 길었다. 나는 잠시 고민하다 대충 옷을 챙겨 입고 집을 나섰다.

주변의 집들은 모두 불이 꺼져 있었고, 드문드문 세워진 가로등 불빛이 길을 비추고 있었다. 고개를 들어 마을 너머로 시선을 돌리면 온통 어둠뿐이었다. 호기롭게 대문 밖으로 나왔지만 선뜻 발이 떨어지지 않았다. 집에서 멀지 않은, 동네 입구 슈퍼까지만 다녀오기로 하고 천천히 걸음을 옮겼다. 어둑한 길이 낯설게 느껴져 자꾸 주변을 살폈다.

윤재를 기다리던 밤이 생각났다. 핑크빛 모래사장이 있는 해변에 다녀온 다음 날이었을 것이다. 우리는 현지인들에게 인기 있다는 식당에서 저녁을 먹고 야경을 구경하기 위해 강변을 향해 걸었다. 틈틈이 길을 확인하며 목적지로 향하던 그가 문득 걸음을 멈추었다. 쇼핑한 것이 담긴 비닐봉투가 없어졌다고 했다. 봉투 안에는 먹다 남은 초콜릿과 윤재가 산 마그넷 두 개, 그리고 내가 산 잭나이프가 들어 있었다.

"아무래도 식당에 두고 온 것 같은데."

윤재가 곤란한 표정을 지으며 말했다. 나는 매우 피곤한 상태였고, 지금까지 온 길을 되돌아가고 싶은 마음이 없었다.

"그냥 가자. 비싼 것도 아닌데. 아니면 내일 아침에 다시 찾으러 가지, 뭐."

그러나 윤재는 아무래도 다녀오는 것이 좋겠다며 내게 잠시 기다리라는 말을 남기고는 발걸음을 돌렸다. 홀로 남겨진 나는 근처 벤치에 앉아 오가는 사람들을 지켜보며 그를 기다렸다. 한 부부가 유모차를 끌고 내 앞을 지나갔다. 아이가 조금 칭얼거렸고 남자가 유모차 안을 보며 무어라 달랬다. 정확히 알아들을 수는 없었지만 분명 어서 집으로 가자는 말일 거라고 생각했다. 실제로 그들이 걸음이 조금 빨라졌으니까. 그 모습을 보며 전날 해변에서 나누었던 대화를 떠올렸다. 핑크빛 모래 위에 앉아 바다를 바라보며, 윤재는 자신이 먼 훗날 살고 싶은 집에 대해 말했다. 좀 한가로운 곳에 마당 있는 집을 짓고 오래오래 살고 싶어. 각자의 이유로 집을 떠나더라도 다시 모일 수 있는 구심점 같은 곳을 내 사람들에게 마련해주고 싶으니까. 어릴 적, 수차례 집을 옮겨 다녀야 했다던 윤재는 자신이 꾸릴 가정에 대해 뚜렷한 이상향을 가지고 있었다. 너는 어떤 집에서 살고 싶은데? 그가 물었다. 나는 번화가에서 살고 싶어. 근처에 영화관도 있고 쇼핑몰도 있고 오가는 사람들도 많은 곳. 끊임없이 변화하고 언제나 시끌벅적한 곳에서 살면 덜 외로울 수 있을 것 같아. 우리가 꿈꾸는 미래에는 서로가 존재하지 않았다. 나는 언젠가 우리가 함께하지 않을 시간에 대해 생각했다. 그도 나와 같은 생각을 하고 있었을까. 그가 나를 바라보며 미소를 지었다. 그 순간, 그의 얼굴이 아득하게 느껴졌다. 나는 앞으로 그를 생각할 때마다 이 아득함을 떠올리게 되리라는 것을 예감했다. 앞으로의 우리의 관계가 지금과 다른 형태로 변하게 되리라는 것도. 한참 동안 그의 얼굴을 쳐다보다가 시선을 떨구었다. 발아래 반짝이는 모래가 너무 예뻐서 두 손 가득 쥐고 싶었다. 나는 아무도 모르게 모래를 향해 손을 뻗었다.

30분이 다 되어가도록 윤재는 돌아오지 않았다. 식당까지 오가는 거리를 생각하면 슬슬 모습을 보여야 했다. 윤재에게 전화를 걸자 내 무릎 위에서 진동 소리가 들렸다. 그가 맡기고 간 가방 안에 휴대전화가 들어 있었다. 만약 윤재가 길을 찾지 못하면 어떡하지. 다시 호텔로 돌아가야 할까. 윤재가 이대로 영영 돌아오지 않을 것만 같았다. 언젠가 책에서 읽은 이야기가 떠올랐다. 가족과 함께 여행을 온 남자가 아내와 아이를 잃어버린 뒤 사실 처음부터 그런 사람들은 함께 오지 않았다는 말을 듣게 되는 내용의 이야기였다.* 남자는 아내와 아이의 존재를 증명하기 위해 애를 쓰지만 사건은 점점 미궁 속으로 빠져들 뿐이었다. 호텔에 돌아갔는데도 윤재가 없으면 어쩌지. 데스크에 있던 호텔 직원이 내게 진지한 표정으로 말한다면. 당신은 심각한 정신착란을 겪고 있군요. 처음부터 이 호텔에 온 사람은 당신뿐이었습니다. 그가 애초에 내 인생에 존재하지 않았을 가능

* 올가 토카르추크, 『방랑자들』, 민음사, 2019.

성에 대해 생각했다. 그랬다면 지금 이렇게 그를 기다리며 앉아 있을 필요도 없어지겠지. 그런데 그는 정말 돌아오는 걸까. 몇 발자국 떨어진 곳에서 관광객으로 보이는 두 사람이 서로 머리를 맞대고 휴대전화를 들여다보고 있었다. 두리번거리는 것을 보아 길을 찾는 모양이었다. 강아지를 끌고 산책하는 남자가 그들 옆을 지나갔다. 중년 여자가 빠른 걸음으로 걸어와 맞은편 가게 안으로 들어갔다. 그 거리에서 누군가를 기다리는 사람은 나뿐이었다. 당장 거리를 벗어나고 싶었다. 애초에 아무것도 기대하지 않았다는 듯 가볍게 자리를 털고 일어나 목적지를 향해 걸어가고 싶었다. 그러나 나의 목적지는 결국 윤재가 있는 곳이었으므로 멍청한 얼굴로 주변을 두리번거리며 앉아 있을 뿐이었다.

윤재가 돌아온 것은 그로부터 10분이 더 지난 시각이었다. 그는 땀에 잔뜩 젖어 있었고 지쳐 있었다. 식당에도 없어서 그 전에 들렀던 서점과 카페에도 가보았다고 했다. 비닐봉투는 카페에 있었던 모양이었다. 뿌듯한 표정으로 봉투를 들어 보이는 그의 모습에 화가 났다. 그깟 싸구려 기념품들 따위가 뭐가 중요하다고. 이 사람은 왜 이렇게 열심인 걸까. 정작 나와는 다른 미래를 생각하고 있으면서. 이 관계는 무엇을 의미하는 걸까. 문득 두려워졌다. 그가 내게 최신을 다하고 있는 걸까봐. 그리고 어느 날 불쑥 나를 떠나 열심히 나를 잊을까봐. 결국 남겨지는 사람은 내가 될 것이다. 내가 괜찮다고 했잖아. 없으면 그냥 올 것이지. 나의 퉁명스러운 반응에 그는 몹시 서운해 했고, 그날 밤 우리는 야경을 보지 못하고 호텔로 돌아왔다. 그가 찾아온 잭나이프는 결국 한국으로 가져오지 못했는데, 수화물과 함께 부치는 것을 깜박 잊었기 때문이었다. 뒤늦게 그 사실을 떠올린 나는 다시 수화물을 찾아 나이프를 맡길까 하다 그만두었다. 나이프는 검색대를 통과하기 전, 화장실 변기 위에 버려두었다.

윤재에게 문자메시지를 썼다 지웠다. 더 이상 함께할 수 없다는 것은 무슨 의미일까. 삭제. 너와 만났던 시간을 후회해. 삭제. 이럴 거면 처음부터 나를 신경 쓰지 말았어야지. 메시지는 보내지 않았다. 미련 가득한 전여친 따위는 되고 싶지 않았다. 걷다 보니 어느 새 슈퍼 앞에 도착해 있었다. 길은 다음 마을로 향하는 찻길과 만나며 끝이 났다. 갈 길이 사라지자 남은 선택지는 되돌아가는 것뿐이었다. 나는 불 꺼진 슈퍼 앞을 잠시 기웃거리다 다시 발길을 돌렸다. 모든 것이 원점으로 돌아가고 있는 기분이었다.

눈을 떠 보니 창밖은 이미 한낮이었다. 엄마가 누웠던 자리는 정리되어 있었고 문밖에서는 이야기 소리와 그릇 부딪치는 소리, 물소리가 들려왔다. 나는 자리에 누운 채로 가만히 그 소리를 듣고 있었다. 잠시 뒤, 방문이 열리고 엄마가 고개를 들이밀었다.

"일어났네? 깨우러 왔더니. 뭔 잠을 그렇게 죽은 듯이 자? 너 살아 있나 몇 번을 찔러봤다. 어서 일어나서 나와. 아침은 진작 우리끼리 먹었고, 점심으로 국수 먹을 거야."

그제야 시계를 확인하니 열두 시가 넘어 있었다. 여섯 시쯤 다시 잠이 들었으니 그 이후로 여섯 시간을 내리 잔 셈이었다. 나는 천천히 몸을 일으켜 방을 나섰다.

"푹 잤나 보네. 눈이 퉁퉁 부었어."

내 얼굴을 본 이모가 씩 웃으며 놀리듯 말했다. 식탁에는 이미 국수 네 그릇이 놓여 있었다. 모두들 자리에 앉아 말없이 국수를 먹기 시작했다. 멸치와 다시마로 낸 국물이 깔끔하고 시원했다. 내 맞은편에 앉은 여자는 매우 느린 속도로 국물을 한 숟가락씩 떠먹고 있었다. 웃고 떠들던 전날 밤의 모습이 사라지고 다시 무뚝뚝해진 얼굴이 새삼 낯설게 느껴졌다.

식사가 끝날 즈음 이모가 바다에 다녀오자고 제안했다. 소진이도 모처럼 왔는데 바다는 보고 가야지. 모두들 그 의견에 찬성했고, 바닷가에 나갈 채비를 했다. 선크림을 꼼꼼히 바르고, 모자와 선글라스를 챙겼다. 엄마는 이모에게 빌린 카메라를 들고 벌써부터 여기저기에 렌즈를 들이밀고 있었다. 나는 잠시 망설이다가 모래가 담긴 유리병을 에코백에 넣었다.

준비를 마치고 거실로 나오는데 현관 앞이 소란스러웠다. 이모와 여자가 설전을 벌이고 있었다.

"그 선글라스 좀 쓰지 말라니까. 안 어울린다고."

"놔둬. 이게 딱 맞아서 편해."

"편하긴 뭐가 편해. 안경다리가 다 늘어나서 곧 벗겨질 거 같구만. 쓰려면 나사나 조이고 쓰던가. 소진아, 이거 봐봐. 지금 이 사람이 쓰고 있는 선글라스 별로지? 그거 벗고 이걸 쓰라니까. 기껏 예쁜 걸로 사줬더니 왜 안 쓰고 다녀?"

나는 갑자기 맡게 된 심판관 역할에 난감해져 이모와 여자의 얼굴을 번갈아 보았다. 붉은색 두꺼운 테와 캣츠 아이 스타일의 프레임은 여자의 전체적인 스타일에 비해 지나치게 튀어 보이기는 했다. 반면 이모의 손에 들린 검정색 둥근 프레임의 선글라스는 여자의 얼굴에 무난하게 어울릴 듯했다.

"놔둬. 나 편한 거 쓰고 갈 거야."

여자는 퉁명스럽게 쏘아붙이고는 그대로 현관문을 열고 나가버렸다.

"지 엄마한테 뭐가 어울리는지 생각도 안 해본 거지. 그러니까 저 딴 물건을 사왔지."

이모는 눈앞에서 닫혀버린 현관문을 바라보며 짜증 섞인 목소리로 중얼거리고는 거친 손길로 들고 있던 선글라스를 신발장 위에 올려두었다. 그러고는 여자를 따라 마당으로 나섰다. 나는 순식간에 싸늘해진 분위기에 당황하여 저들을 따라나서도 되는 것인지 고민했다. 그냥 집에 있자고 할 걸 그랬나. 슬그머니 후회가 되기 시작했다. 그러나 엄마는 두 사람의 설전 따위 신경 쓰지 않는 듯 카메라를 들어 이모가 던져놓은 선글라스를 찍을 뿐이었다.

바다에 도착해서도 두 사람은 여전히 입씨름을 벌였다. 이번에는 여자가 신고 나온 신발이 문제였다. 여자는 삼선 슬리퍼를 신고 있었는데 이모는 그 점이 영 마음에 들지 않는 모양이었다.

"그 슬리퍼 좀 신지 말라고. 전에도 그거 신고 다니다 길러서 넘어졌었잖아."

"다들 이런 슬리퍼 신고 다녀. 어쩌다 한 번 넘어진 거 가지고 그렇게 오바 좀 하지 마."

둘 사이의 분위기가 원래 저랬던가. 기억을 돌이켜보려 했지만 내가 아는 두 사람의 모습은 1년 전 이모가 이곳에 온 지 얼마 안 되었을 때 보았던 게 다였다. 그 뒤로는 내가 이모 집을 찾는 대신 이모가 혼자 서울로 올라오곤 해서 굳이 마주할 기회가 없었다. 그동안 엄마와 이모를 통해 수차례 이야기를 전해들은 탓에 여자의 존재가 익숙할 뿐이었다. 안절부절못하는 나를 알아챈 엄마가 나지막이 말했다.

"저 둘은 신경 쓰지 말고 넌 나랑 저쪽에서 사진이나 찍자."

엄마는 나를 끌고 다니며 셔터를 눌러댔다. 해변은 한쪽 끝에서 반대편 끝까지 한눈에 담을 수 있을 만큼 작았다. 해변의 길이에 비해 모래사장이 꽤 깊숙한 곳까지 펼쳐져 있어서 보고 있으면 아늑한 기분이 들었다. 모래사장이 끝나는 곳에는 바위들이 늘어서 있었고 바위틈과 뒤편으로 덤불과 관목이 자라고 있었다. 아기자기한 매력이 있는 곳이었지만 근처에 크고 유명한 해수욕장이 있어서인지 찾는 사람은 많지 않았다. 우리가 도착했을 때도 커플 한 쌍과 젊은 여자들 한 무리가 모래 위를 거닐고 있었을 뿐이었다.

"거기 좀 서봐."

엄마가 가리킨 바위 뒤편에는 누가 일부러 심어놓은 것처럼 해바라기 다섯 송이가 피어 있었다. 나는 바람에 조금씩 흔들리는 해바라기 옆에 서서 포즈를 잡았다. 여러 장을 내리 찍은 뒤 결과물을 확인한 엄마는 마음에 들었는지 잠시 그것을 들여다보다 내게 물었다.

"엄마가 자꾸 언니 이야기하는 거 불편해?"

"아니. 언니 이야기인데 불편할 게 뭐 있어. 그동안 안 한 게 더 이상하지."

"너도 많이 힘들어했으니까."

"오래전 일이잖아. 그리고 그 일이 있었을 땐 나도 어렸고."

그 이후로 많은 시간이 흘렀고 어느새 나는 언니보다 훨씬 큰 어른이 되어 있었다. 그러나 그동안 나를 단단하게 만들어준 것은 단지 시간뿐만이 아니었다. 꾸준히 나를 지켜봐준 윤재가 있었고 나는 그런 윤재를 버팀목 삼아 바로 섰다. 그런데 그런 윤재가 이제 내 옆에 없다. 그래서 나는 두려웠다. 내가 의지해왔던 것들이 모두 허상이었을까봐. 버팀목을 걷어낸 뒤 다시 이전처럼 내가 무기력하게 기울어버릴까봐. 불안한 마음에 자꾸만 온몸에 힘을 주게 되었다. 나야 말로 지금 파이팅이 필요한데. 그러나 누구도 내게 그 말을 외쳐주지 않는다.

"요즘은 네 아빠가 종종 먼저 소은이 이야기를 꺼내더라. 지금껏 누가 옛날이야기만 꺼내면 혼자 입 꾹 다물고 숨어버리더니, 그 양반도 이젠 말할 사람이 필요한가봐."

"그런데 아빠가 아예 언니 이야기를 안 한 건 아니잖아."

"그랬지. 그런데 그때마다 울었지. 나는 우리 딸의 예쁜 모습을 추억하고 싶었던 건데 그 사람은 그걸 큰 상처처럼 받아들이곤 했어. 그렇게 이야기를 하고 나면 네 언니가 마치 커다란 슬픔거리가 된 기분이어서 싫었어. 소은이랑 함께했던 시간까지 불행처럼 여겨지는 것 같아서. 나한테는 그 시간들이 참 기쁘고 소중했었는데, 그래서 울지 않고 행복한 기억을 나누고 싶었는데 네 아빠하고는 그게 잘 안 됐지. 내가 이상했던 건지도 모르지만. 그래서 난 그날 이후 소은이뿐만 아니라 가족 모두를 잃어버린 기분이었어."

"이제는 서로 이야기가 좀 되지 않을까? 아빠도 달라졌다니까."

"글쎄, 과연 그럴까. 네 아빠한테 좀 말해주고 싶다. 모른 척 묻어두는 게 정답이 아니라고. 봐, 이렇게 이야기하니까 좋잖아."

엄마는 바다를 향해 나란히 서 있는 이모와 여자를 바라보며 말했다.

"가끔은 나도 저런 기회가 있었으면 좋겠다고 생각해. 헤어졌던 사람을 다시 한 번 만날 수 있는 기회."

"그러게."

"그러니까 너무 섣불리 보내려 하지 마. 냉정하게 모른 척하려 하지 말고, 억지로 다 지우려 하지도 말고. 그냥 덤덤하게 다음에 찾아올 것을 기다리는 것도 나쁘지 않은 것 같아."

나는 언니를 떠올리며 고개를 끄덕이다가, 곧 윤재와 재회하게 될 가능성에 대해 생각했다. 언니와 다시 만난다면 하고 싶은 일을 수십 가지도 댈 수 있었는데, 같은 상황에 윤재를 대입하자 아무것도 떠오르지 않았다.

숨을 들이쉴 때마다 비릿하고 후끈한 공기가 밀려들어 왔다. 목덜미에 조금씩 땀이 맺히고 있었지만 불쾌하게 느껴지지는 않았다. 살갗에 내리쬐는 따가운 햇볕을 느끼며 잔잔한 물결을 보고 있노라니 시간이 아주 느리게 흘러가는 듯했고 뭐든 흘러가야 할 방향으로 흘러가지 않을까 하는 생각이 들었다.

그러나 평화로운 시간은 오래가지 못했다. 이모와 여자가 옥신각신하며 엄마와 내 앞에 나타났기 때문이었다. 결국 넘어진 쪽은 이모였다. 바위에 올라가려다 그만 발이 미끄러지고 말았다고 했다.

이모의 무릎 부분에는 붉게 긁힌 자국이 나 있었다. 여자는 그렇게 잔소리를 해대더니 결국 자기가 자빠졌다며 못마땅한 얼굴로 이모를 쳐다보았다. 이모는 무언가 잔뜩 억울한 표정이었지만 여자의 말에 아무 대꾸도 하지 않았다.

집으로 향하는 차 안은 고요했다. 운전대를 잡은 이모도, 조수석에 앉은 여자도 서로에게 한 마디도 하지 않았다. 엄마 역시 창밖을 내다보며 생각에 잠겨 있었다. 나는 그들을 신경 쓰지 않으려 애쓰며 엄마가 찍어준 내 사진을 보았다. 멍청한 표정으로 주변을 두리번거리는 모습과 해바라기 옆에서 차려 자세로 서 있는 모습을 보고는 나도 모르게 피식 웃고 말았다. 그러다 어떤 사진에 오래 눈길이 머물렀다. 해바라기를 바라보는 내 옆모습이 찍힌 사진이었다. 두 눈이 접히도록 웃고 있는 얼굴이 내가 보기에도 언니와 매우 닮아 있었다. 사진의 초점이 살짝 흔들린 덕분에 더욱 그렇게 보였다. 언니가 나만큼 나이가 들었다면 이런 얼굴을 하고 있었을까. 문득 어릴 적, 언니와 내가 종종 흥얼거리던 노래가 떠올랐다. 나는 창문을 내린 뒤 고개를 살짝 내밀고 조용히 그 멜로디를 흥얼거렸다. 내가 볼 수 있는 건 단지 노란 레몬 나무 하나뿐이야.* 후렴구를 모두 불렀을 때, 가방 안에 넣어둔 유리병을 그대로 되가져왔다는 사실을

* Fools Garden, 「Lemon Tree」

깨달았다.

이모와 여자의 실랑이는 저녁 시간까지 이어졌다. 여자가 반주로 청하를 마시겠다고 하자 이모가 이틀 연속으로 하는 음주는 좋지 않다며 말렸고, 그 바람에 또 티격태격하기 시작했다. 나는 낯선 이모의 모습에 어리둥절할 뿐이었다. 내가 알던 이모는 세상 쿨한 사람이었다. 다른 사람이 싫다는 일은 절대로 강요하지 않았고, 각자 원하는 대로 살아야 한다는 게 인생의 모토였으며, 인간관계에 있어서도 맺고 끊음이 깔끔했다. 그런데 지금 내가 보고 있는 이 광경은 무엇일까. 여자는 잔뜩 짜증이 어린 얼굴로 불만을 늘어놓았다.

"내가 매일 마시는 것도 아니고, 한번 마실 때 코가 삐뚤어지게 마시는 것도 아니고, 그냥 마시고 싶을 때 한두 잔 마시겠다는데 왜 이렇게 참견이야? 하는 일마다 사사건건 눈치 주면 어디 숨 막혀서 살겠어? 넌 내 행동 하나하나가 다 거슬려 죽겠지?"

"무슨 말을 또 그렇게 해? 다 생각해서 하는 말이잖아."

"나 챙길 필요 없으니까 네 앞가림이나 제대로 해. 그렇게 남 사정 생각하며 신경 쓰다가 뒤통수 맞고 손해보지 말고. 오늘도 봐. 내 무르팍이 깨졌어? 니 무릎만 깨졌잖아."

두 사람의 말다툼은 쉽게 끝날 기미가 보이지 않았다. 나는 서둘러 식사를 마치고 방으로 들어왔다. 잠시 뒤, 엄마도 내 뒤를 따라 들어와 이어폰을 끼고는 휴대전화로 유튜브 영상을 시청하기 시작했다. 나는 가지고 온 책을 읽어보려 했지만, 좀처럼 페이지가 넘어가지 않았다. 무슨 말인지 이해하지도 못한 채 글자만 읽어 내려가다가 결국 그만두고 괜히 이런저런 기사들을 검색하며 시간을 보냈다. 그러다 언젠가부터 문틈으로 조금씩 새어 들어오던 말소리가 더 이상 들려오지 않는다는 것을 깨달았다. 두 사람의 대화는 결국 비틀린 채 끝이 났을까. 살며시 방문을 열고 나가 보았다. 불 꺼진 거실에는 아무도 없었다. 화장실을 들렀다 다시 방으로 돌아가려는데, 거실에 난 통유리 창 너머로 이모의 모습이 보였다. 이모는 마당 구석에 놓인 나무 벤치에 앉아 혼자 담배를 피우고 있었다. 나는 잠시 망설이다가 마당으로 나갔다.

"담배 끊었다더니."

이모는 몰래 장난을 치다 들킨 아이처럼 혓바닥을 조금 내밀고 콧등을 찡긋해 보였다.

"가끔 피우는 거야. 아주 가끔. 아, 미란이한텐 비밀이야."

"비밀은 무슨. 오며가며 다 보이는 데서 피우고 있으면서."

내 핀잔에 이모가 피식 웃었다. 조금 피곤해 보이는 웃음이었다.

"오늘 자꾸 시끄럽게 해서 미안. 신경 쓰였지?"

"그러게 왜 일일이 참견하려고 해? 난 이모가 그렇게 잔소리 대마왕인 줄 몰랐네."

"몰라. 보고 있으면 나도 모르게 자꾸 싫은 소리를 하게 돼."

"왜? 뭐가 그렇게 마음에 안 들어서."

"마음에 안 들기보다는……. 그래, 마음에 안 들어. 아니, 개차반 같은 전남편 이야기는 왜 자꾸 해? 잘 만나지도 않는 아들은 뭐 그리 챙겨? 내 돈 갖고 날라서 고작 그딴 인간 만나 불행하게 산 게 뭐 그리 잘한 일이라고 자꾸 떠들어대는 거야? 사람이 그렇게 염치가 없어? 하긴 그렇게 염치가 없으니 나랑 함께 산다고 했겠지. 미워. 아주 그냥 미워 죽겠어."

이모는 마치 여자가 앞에 있기라도 한 듯 목소리를 높였다. 나는 마당 쪽을 향해 난 여자의 방 창문을 흘끗 쳐다보았다. 커튼이 쳐진 방 안쪽에서는 아무런 움직임도 보이지 않았다.

"뭐야, 두 사람 좋아서 같이 살자고 한 거 아니었어?"

"이럴 줄은 몰랐지."

이모는 들고 있던 담배꽁초를 버리고 새 담배를 꺼내 불을 붙였다. 타들어간 담배는 곧 절반으로 줄어들었고, 이모는 아까보다 작아진 목소리로 말을 이었다.

"아니, 사실 이럴 줄 알았지. 알면서도 같이 살 생각을 했지."

"그러니까 대체 왜?"

"글쎄……. 소진아, 만약 네가 나라면 어떻게 했을 거 같아?"

"잘 모르겠어. 근데 아마 나는 이모처럼 못 할 거야."

“그렇지. 네가 나처럼 할 필요는 없지. 넌 계속 네 방식대로 해야지.”

그 순간, 오래전 윤재의 말이 떠올랐다. 넌 계속 네가 마시고 싶은 방법으로 차를 마셔. 그러는 거 되게 좋아 보여. 그때는 위안이 되었지만 지금은 아프게 느껴지는 그 말.

“나도 모르겠다. 결국 미련 같은 거지 뭐. 그때 못 해본 걸 지금이라도 하면 그동안 쌓였던 감정이 좀 사라질까 싶어서. 만약 그때 그런 일이 없었으면 어땠을까, 내가 그렇게 행동하지 않았다면 좋았을 텐데. 그런 후회들이 사람을 미치게 하잖아.”

“그래서 쌓인 감정이 좀 사라졌나?”

“글쎄. 어쩌면 오히려…… 후회하게 될 순간들을 계속 만들고 있는지도 모르지.”

커튼 뒤로 아주 잠깐 그림자가 스쳐 지나간 듯했다. 잘못 본 걸까. 움직임을 찾아 고요한 창 너머를 유심히 바라보고 있노라니 마치 이모의 예전 작품을 보고 있을 때와 같은 기분이 들었다. 연작「Trace」는 누군가 자신이 머물던 자리를 뜨는 순간을 포착하는 작업이었다. 의자에서 일어나는 사람, 막 침대를 벗어나는 사람. 어떤 사진에는 얼굴 아래 몸통 전체가, 다른 사진에는 손끝이나 옷자락만이 찍혀 있었고, 모델이 프레임에서 완전히 사라져버린 사진도 있었다. 움직이는 피사체는 잔상을 남겼는데 그것은 보는 이로 하여금 초조함과 아쉬움을 불러일으켰다. 흐릿해진 누군가를 보고 있노라면 손을 뻗어 그의 흔적을 잡고 싶어졌다. 떠나는 이 뒤로는 의자와 침대, 테이블이 남았다. 때로는 자동차 앞좌석, 정류장, 은행 앞 ATM 기계 따위가 남겨졌다. 당시 이모가 나타내고 싶었던 것은 그런 것들이 아니었을까. 한때 이곳에 누군가 머물렀다는 증거들. 베개에 떨어진 머리카락. 비뚤어진 의자 같은. 작품 이야기를 꺼내자 이모는 슬며시 미소를 지었다.

"그 작업 나도 좋아했지. 그리고 그 다음에 했던 게 아마 자화상 작업이었지? 흔적들을 찍다가 문득 그런 생각이 들었거든. 왜 굳이 다른 곳에서 흔적을 찾아야 하나. 내가 바로 그 사람이 머물렀던 장소인데. 시간이 지날수록 흔적은 옅어지겠지만, 결국 그 흔적마저 내 일부가 되니까. 그러니까 내가 완전히 사라지지 않는 한 흔적도 계속 남아 있는 거지. 그런 생각을 했던 거 같아."

이모의 말은 내게 잔인하게 느껴졌다. 그리고 한편으로 조금 안심이 되기도 했다.

"이럴 줄 알았으면 사랑 같은 건 하지 말걸 그랬어."

"그런가. 사랑 같은 거 하지 않는 게 좋았나."

이모는 내 말을 따라 했다. 그만 들어가야지. 몇 번이고 중얼거리면서도 좀처럼 움직일 생각이 없는 이모를 두고 먼저 자리에서 일어났다. 내가 집 안으로 들어갈 때까지 이모는 진회색 빛 구름으로 뒤

덮인 먹지 같은 하늘을 올려다보며 그곳에 앉아 있었다.

방에 들어오니 엄마는 이어폰을 귀에 꽂은 채 잠이 들어 있었다. 나는 조심스럽게 이어폰을 정리하고 엄마를 바로 눕힌 뒤 그 옆에서 잠을 청했다. 자리에 눕자 윤재를 기다리던 이국에서의 밤이 떠올랐다. 초조한 마음으로 기웃거렸던 길목과 윤재의 이마에 맺혀 있던 땀방울. 그리고 우리가 결국 보지 못했던 다리의 야경이. 다리에서 바라보는 도시가 정말 아름답다고 했는데. 휴대전화를 들고 다리의 밤 풍경을 찍은 이미지들을 검색해 보았다. 주황빛 가로등 불빛 아래 은은하게 반짝이는 강물과 오래된 조형물들로 장식된 소박한 다리. 그리고 그 위를 오가는 많은 관광객들. 우리가 그 위를 걸었을 수도 있었겠지. 함께 다리를 건너는 사람과 소중한 비밀을 나누게 된다는 전설 따위를 이야기하면서. 그럼 네 손에 들려 있던 그 초라한 비닐봉투가 이렇게 오래 기억에 남을 일은 없었을까.

시간이 흐를수록 잠은 점점 달아나고 있었고 결국 파우치 안에 넣어두었던 수면유도제를 꺼냈다. 물을 떠오기 위해 다시 거실로 나왔을 때, 마당에 나란히 앉아 있는 두 사람을 보았다. 이모와 여자는 하늘을 올려다보며 무언가에 대해 열심히 이야기를 나누고 있었다. 여자가 손가락을 뻗어 무언가를 가리키자 이모는 여자의 손가락이 향하는 쪽을 유심히 들여다보며 고개를 끄덕였다. 나는 바짝 맞닿아 있는 두 사람의 어깨를 바라보다가 물컵을 갖고 방으로 돌아왔다.

화장대 위에는 작은 스탠드가 은은한 빛을 밝히고 있었고 그 옆에 모래가 담긴 유리병이 놓여 있었다. 나는 잠시 동안 그것을 보며 끝나버린 것과 끝나지 않는 것에 대해 생각했다. 그리고 거울에 비친 나의 얼굴과 마주했다. 눈, 코, 입을 차례로 들여다보고 있노라니 내가 잘 모르는 다른 이의 얼굴처럼 보였고, 문득 섬뜩한 기분이 들었다. 잠자리에 들어서도 방금 본 내 얼굴을 떠올려보려 했지만, 얼굴은 자꾸 다른 이들의 얼굴로 변하려 했다. 나는 내 본래 얼굴을 기억해내기 위해 애를 쓰다 까무룩 잠이 들었다. 그리고 조금 긴 꿈을 꾸었다.

내 몸에서 분홍색 모래가 쏟아지는 꿈이었다. 흩어지는 모래를 보며 어쩌면 조금 울었는지도 몰랐다. 잠에서 깨어났을 때, 오랫동안 누군가와 마주하고 있었던 듯한 기분이 들었다.

아침을 먹은 뒤 이모가 차를 내왔다. 선물로 받은 영국산 홍차라고 했다. 이모는 찻잎을 티 포트에 덜어 넣고 끓인 물을 부은 뒤 3분여 정도 기다렸다. 그리고 유리로 된 찻잔에 천천히 따르기 시작했다. 소은이가 홍차를 좋아하지 않았었나? 엄마가 중얼거렸다. 그러나 언니가 정말 홍차를 좋아했는지는 기억이 나지 않았다. 언니는 어떻게 차를 마셨더라. 나는 앞에 놓인 찻잔을 들어 한 모금 꿀꺽 들이마셨다. 너무 뜨거워서 조금 눈물이 났다. 조심히 마셔. 이모가 말했다. 나는 그새 벗겨진 입천장을 천천히 혀로 쓸며 입안에 남은 홍차의 맛을 느꼈다. 그리고 남은 차를 조금 더 천천히 마셔보았다. 차의 온도에 점점 익숙해지는 듯 입안에 느껴지던 고통이 잦아들었다. 엄마는 차의 맛보다는 빛깔이 마음에 들었는지 참 곱다, 하고 중얼거리며 찻잔 안을 들여다보고 있었다. 이모는 맛을 구별해내려는 듯 천천히 한 모금씩 차를 들이켰고, 여자는 앞에 놓인 쿠키를 먹다 가끔 차로 입을 적셨다. 각자의 방식으로 차를 마시는 그들을 바라보다 생각했다. 언니가 맞았어, 정말 파이팅이 필요한 순간이 있네. 나는 내 몸에 차오르는 열기를 참아내며 마지막 한 모금까지 모두 삼켜낸 뒤 이모에게 물었다.

"이모, 잠깐 차 좀 써도 되나?"

"차는 왜? 어디 가게?"

"올라가기 전에 바다에 한 번 더 다녀오고 싶어서."

"같이 가줄까?"

"아니. 그냥 혼자 다녀오는 게 좋을 것 같아."

이모는 무슨 말을 하려다 그만두고 알았다는 듯 고개를 끄덕였다. 이모에게 차 키를 건네받은 나는 서둘러 집을 나섰다.

다시 찾은 해변에는 커플 한 쌍이 모래사장을 거닐며 서로의 사진을 찍어주고 있었다. 전날 보았던 이들과 인상이 비슷해 보여 같은 사람들일지도 모른다고 생각했다. 그러나 어쩌면 전혀 다른 사람들일 수도 있었다. 아이를 데려온 젊은 부부도 보였다. 부부는 모래사장 위 평평한 곳에 접이식 텐트를 쳐두고 그 그늘에 앉아 아이들이 노는 모습을 지켜보고 있었다. 초등학교 저학년쯤 되어 보이는 여자아이와 대여섯 살쯤 되어 보이는 남자아이는 해안선 가까이에서 장난을 치는 데 여념이 없었다. 바닷물이 들어오는 지점 근처에 모래무덤을 만들어놓고 파도가 칠 때마다 까르르 웃으며 뒤로 물러나곤 했다. 밀려오는 바닷물은 아슬아슬하게 모래 무덤 앞에서 멈추고 다시 되돌아갔다.

날이 더울 예정인지 아직 점심 전인데도 햇살이 뜨거웠다. 샌들을 신은 발바닥 아래로 자꾸 모래가 들어왔다. 가벼워 보이는 아이들의 맨발을 바라보다가 나도 샌들을 벗어 손에 들었다. 달궈진 모래의 온기가 발바닥에 고스란히 전해졌다. 샌들을 벗고 조심스럽게 모래 위에 발을 올리던 윤재가 그려졌다. 진짜 뜨거워. 인상을 찌푸리면서도 익숙해질 때까지 발장난을 치던 모습과 그의 발가락 사이로 흘러내리던 분홍빛의 모래들. 이제 모두 지나간 순간이다. 모래가 모두 떨어진 모래시계처럼, 우리의 시간은 멈추었다. 언젠가 우리에게도 재회의 순간이 찾아올지도 모르지. 그렇다 해도 우리가 모래시계를 다시 뒤집어 새로운 시간을 시작할 수 있을까.

해안선 쪽으로 조금 더 가까이 다가가자 축축한 모래가 발에 달라붙었다. 문득 발바닥이 간지러웠다. 나는 바닷물이 들어오는 곳까지 걸어갔다. 파도가 쳤고, 바닷물이 내 발등을 부드럽게 훑고 지나갔다. 내 몸에서 떨어진 모래가 물속으로 사라졌다. 나는 그 자리에 서서 자꾸만 밀려오는 푸른 물을 기다렸다.

우와, 엄청 큰 파도가 온다.

아이들이 외쳤다. 등 뒤에서 장난기 어린 웃음소리가 들려왔다. 바닷물은 순식간에 나의 무릎까지 차올랐고, 뒤를 돌아보았을 때 모래 무덤은 이미 반쯤 허물어져 있었다. 모래가 다시 발등 위에 날라붙었다. 서걱거리는 조각들이 내 몸에서 모두 떨어져 사라질 때까지 나는 한참 동안 그 자리에 서 있었다. 파도가 지나간 자리에 반짝이는 것들이 있었다.

나무에 대하여

고모를 따라 들어선 마당에는 휘어진 자작나무 한 그루가 서 있었다. 내 가슴께부터 기울기 시작한 나무줄기는 위로 올라갈수록 급격하게 굽어졌다. 한 방향으로 쏠린 나뭇가지들은 곧 바람을 타고 날아갈 것 같은 잎사귀들을 애써 붙들고 있었다. 당장에라도 지면을 박차고 전력 질주할 듯이 아슬아슬한 모양새였다.

"여기 바람이 세. 좀 특이하게 생겼지?"

고모는 굽은 나무를 슬쩍 눈짓으로 가리키며 웃어 보였다. 햇빛이 고모의 둥그스름한 얼굴을 정면으로 비추자 눈가에 팬 주름이 도드라져 보였다. 그제야 새삼 쉰에 가까워지는 고모의 나이가 실감났다. 마지막으로 고모를 본 것은 내가 스무 살 때, 그러니까 11년 전 할아버지의 장례식장에서였다. 고모부와 함께 헝가리에서 귀국한 고모는 장례가 끝나고 며칠 지나지 않아 다시 헝가리로 돌아가더니 그 뒤로 한국에 들어오지 않았다. 영정 사진 앞에서 서툴게 절을 올리던 고모부의 연갈색 뒤통수와 흰 목덜미는 오랫동안 내 기억에 남아, 나중에도 고모부를 떠올릴 때면 가장 먼저 그때의 모습이 그려지곤 했다. 그 뒤로 만나지는 못해도 종종 연락은 주고받곤 했었는데, 고모부가 죽은 뒤로 점점 소식이 뜸해졌나. 고모부가 죽었는데도 연고도 없는 낯선 땅에서 계속 지내겠다는 고모의 결정을 가족들이 이해하지 못했기 때문이었다. 내가 유럽 여행 중 고모의 집에 들를 예정이라고 했을 때, 아빠는 신신당부했다. '인제 그만 한국으로 들어오라고 네가 한번 설득해봐라.' 노력해보겠다고는 했지만 굳이 애쓸 생각까진 없었다.

고모가 사는 이층집은 지은 지 오래되어 보였다. 군데군데 페인트칠이 벗겨진 외벽에는 자잘한 실금들이 퍼져 있었고, 벽돌색 지붕은 묵은 때가 내려앉아 얼룩덜룩했다. 원래는 푸른빛을 띠었을, 그러나 지금은 희끄무레하게 변색된 차양은 건물을 더 낡아 보이게 만들었다. 실내는 건물 외관보다 깔끔했다. 조명 빛이 조금 부족했지만 공간이 넓고 필요한 가구들만 놓여 있어 답답한 느낌은 없었다. 고모는 나에게 잠시 기다리라는 말을 남기고 2층으로 사라졌다. 혼자 남겨진 나는 거실 곳곳을 기웃거리다 마당 쪽 창문 앞으로 다가갔다.

창문 너머로 제멋대로 자라난 잔디와 관목들, 그리고 조금씩 단풍이 들기 시작한 허리 굽은 나무가 보였다. 창틀에는 화분 네 개가 나란히 놓여 있었는데, 말라비틀어진 줄기들이 땅에 떨어진 노끈처럼 축 늘어져 있었다. 어떤 종류의 식물이었을까. 조금 더 자세히 들여다보기 위해 가까이 다가갔을 때였다.

등 뒤에서 낮고 쉰 목소리가 들려왔다. 돌아보니 거실 반대편에 부스스한 잿빛 머리를 한 나이 든 여자가 나를 바라보고 있었다. 나는 그녀가 고모의 시어머니라는 사실을 알아차렸다. 오래전 사진 속에서 보았던 것보다 더 나이가 들고 야윈 모습이었다. 인사를 하며 다가가자 그녀는 주름진 입꼬리를 살짝 올리며 나를 향해 무언가 말을 하기 시작했다. 그러나 헝가리어라고는 '안녕하세요' 정도밖에 알지 못했던 나는 그녀의 말을 한 마디도 알아들을 수 없었다. 난감한 마음에 미소만 짓고 있는데, 갑자기 그녀가 불쑥 얼굴을 들이밀더니 나의 눈을 빤히 바라보았다. 가까이에서 본 그녀의 푸른 눈은 깊고 고요했다. 나는 잠시 홀린 듯 그 눈동자를 바라보았다.

때마침 고모가 나를 부르는 바람에 나는 고모의 시어머니를 남겨두고 2층으로 올라갔다. 한 칸 한 칸 계단을 밟을 때마다 오래된 나무 층계의 삐걱거림이 두 발에 고스란히 전해졌다. 내가 묵을 방은 2층에 있는 세 방 중 가운데 방이었다. 놓인 가구라고는 침대와 책상, 옷장과 빈 장식장이 전부였다. 빡빡한 창문을 열고 고개를 내밀자 앞마

당이 한눈에 들어왔다.

내게 방을 보여준 뒤 고모는 다시 일을 나가봐야 한다며 서둘러 집을 나섰다. 시내에 있는 식당에서 주방 보조일을 한다고 했다. 혼자 남게 되자 긴장이 풀리면서 피로가 한꺼번에 몰려왔다. 만사가 귀찮아진 나는 그대로 침대에 드러누워 깜박 잠이 들고 말았다.

눈을 떴을 때는 사방이 어두워져 있었다. 어둠 속에서 아귀가 들어맞지 않는 창문이 조금씩 덜커거리는 소리가 들려왔다. 소리는 간격을 두고 지속적으로 이어졌다. 자리에서 일어나 창문을 조금 열었다. 서늘한 바람 소리 사이로 어디선가 포말들이 잘게 부서지는 소리가 들려왔다. 나뭇잎들이 잘게 떠는 소리였다. 얼굴을 조금 내밀자 검은 하늘이 파도처럼 밀려왔다. 굽은 나무가 경련하고 있었다. 그 모습을 보고 있노라니 문득 한기가 느껴져, 얼른 창문을 닫고 다시 침대 속으로 들어갔다. 방은 외풍이 심하지 않았고 따뜻한 편이었다. 그러나 소박한 장식 하나 없는 무채색의 방은 실제와 달리 더 싸늘하게 느껴졌다.

시간은 아주 천천히 흘러갔다. 텅 빈 거실에는 시계 초침 소리조차 들리지 않았다. 퀴퀴한 곰팡내와 묵은 먼지 냄새가 정적을 더욱 무겁게 만들었다. 고모의 시어머니는 식사 후 1층 가장 안쪽에 위치한 자신의 방 안에 틀어박혀 모습을 보이지 않았다. 안색이 나쁘고 간혹 신경질적인 표정을 짓는 것이 아무래도 건강 상태가 썩 좋지 않은 듯했다. 고모는 예전보다 말수도 줄고 차분해져 있었다. 온종일 방 안에 누워 있는 늙은 시어머니와 말이 없는 며느리. 과연 두 사람이 나눌 만한 이야깃거리가 있기는 할까. 도망치는 마음으로 이곳까지 오게 되었지만, 하루 만에 과연 그것이 옳은 선택이었는지 의심이 들고 있었다.

가방 속에 처박아두었던 스케치북과 연필 한 자루를 꺼내 들고 다시 거실로 내려왔다. 빈 종이를 한참 동안 들여다보다 거실 풍경을 스케치해보았다. 큰 사각형과 작은 사각형, 단조로운 직선들. 움직이던 연필을 멈추고 다시 새로운 장을 펼쳐 들었다. 의자를 돌려 창을 마주하고 앉자 유리창 너머로 휘어진 나무의 모습이 눈에 들어왔다. 나무의 모양을 따라 종이 위에 선을 그려보았다. 기이하게 꺾인 등줄기와 비뚜름하게 뻗은 가지들, 쏟아져 내릴 것 같은 잎사귀. 문득 보이지 않는 무언가가 내 손을 무겁게 짓눌렀다. 그림을 끝까지 그려내는 것이 무의미하게 느껴졌다. 나는 연필을 놓고 실패한 선들이 가득한 흰 종이를 내려다보았다. 이렇게 마구 그어진 선들이 어떻게 나무가 될 수 있을까.

연필을 들면 두려움부터 밀려왔다. 아마 「웃는 남자」라는 작품이 예상치 못한 성공을 거둔 뒤부터일 것이다. 조금은 장난처럼 그려본 그 작품은 작가의 철학이 담긴, 독특한 시선이 돋보인다는 평과 함께 호응을 얻었다. 그러나 나는 그들이 말하는 '작가의 철학'이 무엇인지 알 수 없었다. 내가 할 수 있는 것이라고는 그와 비슷한 느낌으로, 대상을 과장하고 비틀어놓은 작품 몇 점을 더 그려내는 것뿐이었다. 이러한 상황을 가장 먼저 알아차린 이는 동료이자 연인이었던 윤이었다.

"그 상태로는 오래가지 못할 거야."

윤의 주언에도 불구하고, 다른 방법이 없었으므로 그의 말을 애써 모른 척 넘겼다. 결정적으로 윤이 화를 낸 것은 내가 「춤의 서자」라는 작품을 보여주었을 때였다. 어린아이가 뒤틀린 몸짓으로 버거운 스텝을 밟고 있는 모습을 그린 것으로, 윤의 어린 시절 이야기를 듣고 완성한 작품이었다. 작품을 본 윤의 반응은 냉정했다.

"너는 너 자신을 비틀고 있어."

"아니, 지금 넌 내가 네 이야기를 갖다가 멋대로 그려놔서 화가 난 거잖아. 괜히 말 돌리지 말고 똑바로 말해."

"그래. 그것도 싫어. 그런데 더 참을 수 없는 건 네 태도야. 시간이 좀 필요할 것 같다. 네 작품도, 우리 관계도."

괜한 자존심 때문에 화를 내기는 했지만, 나는 이미 그 작품이 「웃는 남자」의 아류작에 불과하다는 걸 알고 있었다. 그렇기에 더더욱 윤의 조언에 날을 세웠고, 그런 나의 반응은 그를 더욱 질리게 하고 말았다.

늦은 오후 무렵, 간식거리라도 살 겸 슈퍼마켓을 찾아 집을 나섰다. 오전 내내 금방이라도 비를 쏟을 것 같았던 하늘은 여전히 회색 구름을 품고 있었다. 고도 100미터 정도의 완만한 구릉에 자리한 고모의 집은 다른 집들과 조금 동떨어져 있었다. 고모의 집뿐만 아니라 언덕 위에 자리한 집들은 대개 다른 집들과 조금 거리를 두고 있었는데, 집과 집 사이에는 수풀들이 아무렇게나 자라 있어 마치 버려진 땅처럼 쓸쓸한 느낌을 주었다.

언덕 아래로 내려갈수록 집이 점점 많아지더니 얼마 지나지 않아 집들이 다닥다닥 붙어 있는 골목이 나타났다. 길을 따라 일렬로 늘어서 있는 흰색, 하늘색, 상아색 벽들과 붉은색 혹은 푸른색의 지붕들이 하나같이 오래되어 보였다. 간혹 사람들과 마주치면 어김없이 경계심과 호기심이 뒤섞인 시선이 따라왔는데, 관광객이 많은 유럽의 다른 도시들에서 느꼈던 것보다 훨씬 노골적이고 농도 짙은 것이었다. 거리의 분위기만큼이나 무뚝뚝한 표정들과 마주하며 골목을 걸어가는 중에 등 뒤에서 누군가 수군거리는 소리가 들렸다. 써니, 써니. 한참 뒤에야 나는 그것이 고모의 이름 선혜를 발음한 것이라는 사실을 깨달았다.

골목을 10분여쯤 걸어가자 점점 길이 넓어지고 상점들이 하나둘 보이기 시작하더니 드디어 슈퍼마켓이 나타났다. 카운터에는 머리가 새하얀 할아버지가 앉아 있었는데, 내가 가게에 들어설 때부터 내 행동 하나하나를 뚫어져라 쳐다보았다. 그 눈빛이 아무래도 신경 쓰여, 쫓기듯이 음료와 비스킷 값을 치르고 가게를 빠져나왔다. 밖으로 나오자 나를 기다리고 있었는지 꼬마 아이들 서넛이 옹기종기 모여 가게 문 쪽을 바라보고 있었다. 그중 대장으로 보이는 조금 덩치가 큰 아이가 외쳤다. '……보조르카냐!' 아이들은 자기들끼리 까르르 웃고는 골목 사이로 사라져버렸다.

집으로 돌아오는 길, 찌푸린 하늘을 뒤로 모습을 드러내기 시작한 고모의 이층집을 보며 나는 궁금해졌다. 어째서 이곳일까. 아는 사람 하나 없는 낯선 나라. 그중에서도 이 폐쇄적인 시골 마을에 고모는 왜 굳이 남아 있는 걸까. 낡은 지붕 아래 불 꺼진 창들을 보자, 그대로 발길을 돌려 당장 이 적막한 곳을 벗어나고 싶어졌다.

그날 밤, 고모가 내 방을 찾아왔다. 1층 화장실 배수관이 막혔는데 내일 자신이 없는 동안 누군가 고치러 올 거라고 했다.

"집이 오래되어서인지 잔고장이 많아."

변명하듯 말을 잇는 고모에게 슬쩍 물었다.

"여기서 지내는 거 불편하지는 않아요?"

"그럭저럭 지낼 만해."

대화는 자연스레 나의 그림 이야기로 넘어갔다. 고모는 지난해 초 열렸던 전시회에 참석하지 못한 것을 매우 아쉬워했지만, 나는 다행이라고 생각했다. 만약 고모가 내 작품에 대하여 어떤 평이라도 내렸다면 아무렇지 않은 척 넘기지 못했을 것이었다. 나는 불편한 화제를 피하고자 다른 질문을 던졌다.

"그런데 저 마당에 있는 나무는 몇 살이에요?"

"글쎄, 아마 내 나이보다 좀 더 되지 않았을까? 안드라스가 태어나기도 전에 심었다고 하니까."

"꽤 오래되었네요. 곧 쓰러질 것처럼 불안해 보이던데."

"나도 처음 봤을 때는 그렇게 생각했는데 이제는 익숙해졌는지 별생각 안 들더라. 봄이면 잎 돋아나고 가을이면 단풍 들고 다른 나무들이랑 다를 것 없이 잘 자라. 보다 보면 가끔 대견하기도 해."

잠자리에 들기 전 아빠로부터 전화가 걸려왔다. 고모의 안부를 묻기 위해서였다. 나는 고모의 까칠한 피부와 비쩍 마른 몸, 문틀이 맞지 않는 낡은 집과 경계의 빛을 띤 마을 사람들을 떠올리다 결국 '지낼 만하다'라는 고모의 말만을 전했다. 그럼에도 불구하고 아빠는 길게 한숨을 내쉬더니 불만을 늘어놓았다. '겨우 지낼 만하려고 거기서 그 청승을 떨고 있대? 걔는 도대체 무슨 생각인 거냐?' 아빠의 비난이 거세질수록 나는 왠지 불편한 마음이 들었고 결국 고모가 다 알아서 하겠죠, 하며 아빠의 말을 가로막았다. 그러나 전화를 끊고서도 한동안 마음이 개운하지 않았다.

배수관을 고치러 온 사람은 짧은 진갈색 머리에 그을린 피부를 가진 남자였다. 170센티미터 정도의 크지 않은 키에 마른 편으로, 떡 벌어진 어깨 덕에 왜소하다는 생각은 그리 들지 않았다. 나이는 40대 후반에서 50대 초반쯤으로 보였는데 어쩌면 그보다 더 많거나 적을지도 몰랐다. 살짝 처진 둥근 눈과 끝이 뭉툭한 코는 장난기 어린 사내아이를 떠올리게 했지만 벗어진 이마와 눈가의 주름은 중년의 것이었다. 어쨌든 썩 잘생긴 얼굴은 아니었다.

남자는 호기심 가득한 회갈색 빛 눈동자로 나를 빤히 쳐다보며 무어라 말을 하기 시작했다. 나는 남자의 손에 들린 공구 상자와 몸짓으로 대강의 의도를 알아차리고는 1층 화장실로 그를 안내했다. 화장실로 들어가기 전, 남자는 다른 손에 들려 있던 바구니 하나를 내게 내밀었다. 그 안에는 흙이 조금 묻은 토마토와 케일 따위의 채소가 담겨 있었다. 나는 엉겁결에 그것을 받아 들었다. 남자의 소매 끝은 흙먼지로 더러워져 있었다. 남자는 뭐가 그리 좋은지 싱글벙글 웃으며 화장실로 들어가 공구 상자를 펼쳤다. 한참 뒤, 화장실에서 나온 남자는 나보고 확인해보라는 듯 세면대를 가리켰다. 물이 내려가는 것을 확인하고 고개를 끄덕이자 남자도 따라 고개를 끄덕이며 또다시 사람 좋은 웃음을 지어 보였다. 남자의 입술 사이로 누런 뻐드렁니 하나가 유독 눈에 들어왔다.

남자는 뒷정리까지 깔끔하게 마친 뒤에야 집을 나섰다. 나는 잠시 마당에 서서 점점 멀어져가는 남자의 팔자걸음을 지켜보았다. 집 안으로 들어와 남자가 주고 간 바구니 안을 다시 살펴보니 붉게 익은 토마토 사이로 손바닥만 한 흰 종이 하나가 꽂혀 있었다. 작은 쪽지에는 삐뚤빼뚤한 글씨로 '써니'라는 영어 알파벳과 함께 짧은 헝가리어 한마디가 함께 적혀 있었다.

남자가 떠나자, 집 안은 다시 고요해졌다. 나는 스케치북을 들고와 나무를 마주 보고 앉았다. 그리고 평소보다 조금 더 과감한 손길로 선을 그어가기 시작했다. 혹여나 전날처럼 중간에 멈추게 될까 봐 쉬지 않고 연필을 움직였다. 연필이 지나간 자리에 남은 선들이 점점 형태를 이루었다. 악착같이 버티고 선 줄기, 다급하게 뻗어나간 가지, 그 끝에 아슬아슬하게 매달린 이파리들. 어제와 다를 게 없는 내일을 기약하는 것이 저 나무에게는 축복인가 저주인가. 마침내 나무가 온전한 모습을 갖추었다. 그러나 그림을 완성한 뒤 고개를 들어 창밖을 보았을 때, 나는 낙담했다.

조금 전까지 내가 그렸던 나무는 사라지고 낯선 나무 한 그루가 눈앞에 서 있었다. 줄기가 휘어진 정도도, 가지의 개수도 같았지만 도화지 위에 그려진 나무와 창 너머 나무는 같은 대상처럼 보이지 않았다. 방금까지 내가 그리고 있던 것은 무엇이었나. 완전히 바보가 되어버린 기분이었다.

그림이 그려진 장을 뜯어내고 이번에는 조금 더 신중하게 연필을 움직였다. 선을 그릴 때마다 눈앞의 나무를 놓치지 않기 위해 신경을 곤두세웠지만, 결과물은 아까 것과 별다를 게 없어 보였다. 연필을 잡은 손이 땀으로 축축해졌다. 다시 스케치북의 새 장을 펼쳤다. 아무 생각도 하지 말고 눈에 보이는 대로만 그려보자. 그런데 이것이 무슨 의미가 있을까? 그림 속의 나무와 마당에 있는 나무는 어떤 상관관계를 가지고 있나? 메시지 없는 선들의 집합일 뿐이다. 모든 것이 엉망이었다. 나는 검은 선들로 더럽혀진 종이를 뜯어내 반으로 찢었다. 그리고 다시 반으로, 또 반으로, 너는 찢기지 않을 때까지 찢었다.

종잇조각들을 모아 쓰레기통에 처박아 넣고 마당으로 나갔다. 나무 주변을 돌며 뿌리부터 잎사귀까지 하나하나 천천히 둘러보았다. 단단한 껍질 아래 파이고 갉아 먹힌 자국들을 어루만져보았다. 시시각각 변하는 나무의 표정을 포착하기 위해 숨을 죽이고 지켜보았다. 그럴수록 나무는 자꾸만 제 모습을 숨기며 나를 희롱했다. 땅과 가깝게 드리운 나뭇가지가 금방이라도 나를 휘어 감고 휘두를 것만 같았다.

그때, 대문 밖에서 가벼운 자동차 경적이 들렸다. 집 앞으로 난 길은 차도 사람도 거의 다니지 않는 편이었다. 울타리 밖을 내다보니, 흰색 승용차 앞으로 털이 숭숭 빠진 들개 한 마리가 어슬렁거리며 지나가고 있었다. 개가 길을 다 건너자 잠시 멈추었던 차는 다시 속도를 높여 집 앞을 지나쳐 갔다. 멀어지는 차의 뒤꽁무니를 지켜보고 있는데 갑자기 현관문이 벌컥 열리더니 고모의 시어머니가 다급하게 뛰어나왔다. 허겁지겁 대문 밖으로 나간 그녀는 자동차가 사라진 방향으로 내달리기 시작했다. 신도 신지 않은 채 허우적거리며 달리는 모습이 위태로워 보였다.

나는 뒤늦게 그녀를 따라 뛰었다. 어디서 그런 힘이 나오는지, 그녀의 달리기는 칠십 넘은 노인의 것이라고 믿기지 않게 빨랐다. 그러나 얼마 못 가 그녀의 두 다리가 휘청거렸고 결국 그대로 넘어져 구르고 말았다. 서둘러 그녀를 일으켜 앉히고 상태를 살폈다. 마른 장작같이 가는 두 다리에서 피가 흐르고 있었고 발바닥은 온통 까져 있었다. 그녀는 자동차가 사라진 언덕 아래를 가리키며 무어라 말을 빠르게 늘어놓았다. 잔뜩 헝클어진 흰머리와 번뜩이는 눈빛이 꼭 광기에 사로잡힌 사람 같았다. 점점 커지던 그녀의 목소리가 어느새 비명과 같이 변해가고 있었다. 덜컥 무서운 생각이 들어 허둥지둥 그녀를 자리에서 일으켰다. 그러나 그녀는 한 발자국도 떼기 전에 그대로 자리에 주저앉고 말았다. 넘어지면서 발목을 다친 모양이었다.

그녀를 부축해 집으로 데리고 온 뒤 고모에게 전화를 걸었다. 고모가 오기 전까지, 나는 다시 밖으로 나가려 애를 쓰는 그녀를 붙들고 있어야 했다. 과연 제대로 된 언어가 맞는지조차 알 수 없는 말이 그녀의 입에서 계속 흘러나오고 있었다. 30분쯤 지나 고모가 도착했고, 우리는 차를 타고 병원으로 향했다. 응급처치를 끝내는 것까지 확인한 뒤에야 나는 이 사달이 일어난 까닭을 들을 수 있었다.

고모부가 살아 있을 적 고모의 가족은 종종 외식을 하거나 드라이브를 나갔다고 했다. 그리고 그런 날이면 퇴근한 고모부가 집 앞에서 자동차 경적으로 고모와 시어머니를 불러냈다는 것이었다. 고모부가 사고를 당한 날도 외식을 하기로 되어 있던 날이었다. 준비를 마친 고모와 고모의 시어머니는 거실에 앉아 고모부를 기다렸지만, 끝내 경적을 듣지 못했다. 그 이후로 고모의 시어머니는 집 앞을 지나가는 자동차 소리에 간혹 예민하게 반응하는 모양이었다.

집에 돌아가 있으라는 고모의 말에 따라 나는 먼저 병원 문을 나섰다. 집에 도착하여 씻고 한 시간쯤 눈을 붙였다 일어나 보니 어느덧 사방이 어두워져 있었다. 1층에 불이 꺼져 있는 것으로 보아 두 사람은 아직 돌아오지 않은 듯했다. 간단한 요기라도 할 생각으로 부엌으로 내려가다가 문득 걸음을 멈추었다. 불 꺼진 거실에서 선뜩한 냉기가 올라오고 있었다. 나는 그대로 서서 계단 아래를 내려다보았다.

창밖으로부터 흘러 들어오는 희미한 불빛에 떨어져 나간 난간 장식과 해진 가죽 소파, 움직이지 않는 벽시계 따위가 어슴푸레 윤곽을 드러내고 있었다. 지나간 시간이 남기고 간 자국들. 그 자국들이 이제껏 버티고 버틴 끝에 남은 상처처럼 느껴진 것은 왜였을까. 아들의 죽음을 받아들이지 못하는 노모와 이곳에 붙들려 있는 고모. 그들의 시간은 온전히 흘러가고 있는가. 서늘한 적막 가운데 창문을 스치고 지나가는 거센 바람 소리가 웅웅 들려왔다. 집이 흐느끼고 있구나. 갑자기 그런 생각이 들었고, 당장 이 집을 뛰쳐나가고 싶었다.

부엌으로 가려던 발걸음을 돌려 방으로 돌아왔다. 열어둔 창문 틈 사이로 나무 흔들리는 소리가 들려왔다. 내다보니 휘어진 나무가 온몸을 떨며 더 깊숙이 눕고 있었다. 순간 마음속에 일어난 강렬한 이미지가 나를 사로잡았다. 나는 스케치북을 꺼내 들고 뒤틀리고 휜 상처투성이의 나무를 그리기 시작했다.

그날 밤, 나무를 베는 꿈을 꿨다. 나는 시퍼렇게 날이 선 도끼를 들고 나무를 향해 있는 힘껏 휘둘렀다. 나무줄기에서 끈끈한 수액이 조금씩 흘러나왔다. 바람이 울부짖고 있었다. 온몸이 땀으로 흠뻑 젖을 만큼 미친 듯이 찍어대다 정신을 차려보니 사방에 붉은 수액이 흐르고 있었다. 그때 나뭇가지 하나가 내 손에서 도끼를 낚아채 갔다. 거대한 도끼날이 나를 향해 날아왔다.

부스럭대는 소리에 눈을 뜨니 방 한가운데에 고모가 서 있었다. 휴대전화의 시계를 확인하니 벌써 점심때가 가까워지고 있었다. 잠에 빠져 어젯밤 고모가 들어오는 것도 알아차리지 못한 모양이었다.

무언가를 들여다보고 있던 고모는 내가 꼼지락거리자 그제야 나를 돌아보았다. 고모가 보던 것은 어젯밤 내가 스케치한 나무였다.

"그림이 뭔가 으스스하다. 우리 집 나무가 좀 특이하게 생기긴 했어도 이렇게까지 무섭게 생기진 않았는데."

"그냥 그림일 뿐이에요."

"너 이 나무에 이름이 있는 거 아니?"

"이름요?"

"안드라스는 저 나무를 '에바'라고 불렀어. 어릴 때 할머니 이름을 따서 지은 거라나. 안드라스가 할머니를 잘 따랐었나봐. 일찍 돌아가시는 바람에 나는 못 뵀지만 시원시원하고 유쾌한 분이셨대."

잠시 회상에 잠긴 표정을 짓던 고모는 다시 그림을 가만히 들여다보았다.

"그냥 심심해서 막 그려본 거예요. 그렇게 신경 쓸 필요 없어요."

"내가 그림에 대해서 뭘 알아야 말이지. 어쨌든 멋진 그림이네."

고모는 들고 있던 그림을 탁자 위에 조심스레 내려놓으며 나를 향해 웃어 보였다. 내 기분을 맞춰주려는 듯한 웃음이 마음에 들지 않았다.

아침 겸 점심을 먹은 뒤, 다 함께 거실에 앉아 차를 마시고 있는데 누군가 현관문을 두드렸다. 고모가 문을 열자 귀에 익은 남자의 목소리가 들려왔다. 슬쩍 내다보니 어제 배수관을 고쳐준 남자가 서 있었다. 카키색 카고 바지에 품이 넓은 갈색 체크무늬 남방을 입은 모양새가 어벙해 보였다. 나는 남자가 집 안으로 들어올 것이라고 생각했다. 그러나 남자는 현관에 서서 고모와 잠시 이야기를 나누다 돌아가버렸다. 남자가 떠난 뒤 거실로 돌아온 고모의 손에는 저번과 같은 바구니가 들려 있었다. 나는 재빨리 고모와 시어머니의 표정을 살폈지만, 두 사람은 늘 있었던 일이라는 듯 별다른 기색을 보이지 않았다.

오늘따라 고모의 시어머니는 자신의 방으로 들어가지 않고 계속 자리를 지키고 앉아 있었다. 세 사람이 함께 나눌 만한 대화 주제는 그리 많지 않았다. 게다가 고모가 시어머니를 위해 내가 하는 말을 다시 헝가리어로 바꾸어 전해주어야 했기 때문에 대화는 더욱 느릿느릿하게 진행되었다.

문득 고모가 내 그림들을 시어머니에게 보여주지 않겠느냐고 물어왔다. 거절하려 했지만, 아침에 본 나무 그림이라도 보여주면 어떻겠냐는 제안에 하는 수 없이 그것을 가져와 고모의 시어머니 앞에 펼쳐두었다. 그림을 가만히 바라보던 그녀는 고모에게 무언가를 물었고, 고모가 고개를 끄덕이자 조금 의아하다는 표정으로 다시 그림을 들여다보았다. 그녀의 입가와 미간에 자잘한 주름이 잡혔다. 잠시 뒤 그녀는 여전히 심각한 얼굴로 고모에게 말을 건넸다. 분명 내 작품에 대하여 이야기를 하는 것 같았는데 고모는 시어머니의 말을 내게 옮기지 않고 대신 자신이 무언가를 열심히 설명했다. 참다못한 내가 그들의 대화에 끼어들었다.

"뭐라고 하시는 거예요?"

"그냥, 나무가 좀 사나워 보인다고 하시네."

내 쪽으로 고개를 돌린 시어머니가 마당의 나무를 가리키며 몇 마디를 덧붙였다.

"누인네가 그림에 대해서 뭘 알겠니."

고모는 그 말을 하며 내게 웃어 보였는데 그 미소가 나를 더욱 불쾌하게 만들었다. 내가 알던 고모는 저런 웃음을 짓는 사람이 아니었다. 가족들의 반대를 무릅쓰고 고모부와 함께 헝가리로 떠나기 전, 고모는 말했었다. 난 내 선택을 믿어. 그곳에서 난 있는 힘껏 행복하게 지낼 거야. 그 말을 하는 고모의 웃음이 단단해 보여서, 나는 혼자라도 고모를 응원해주기로 마음먹었었다. 이렇게 될 줄 알았더라면, 그런 섣부른 응원 따위는 하는 게 아니었다.

갑자기 고모의 시어머니가 자리에서 일어나더니 반깁스를 한 다리를 절뚝이며 방으로 들어갔다. 고모는 머쓱한 표정을 지으며 슬쩍 내 눈치를 살폈다. 나는 고모의 시선을 피해 현관 옆에 놓인 흙 묻은 비구니를 바라보았다. 바구니에서 기어 나온 통통한 초록 벌레 한 마리가 거실 쪽을 향해 꿈틀대며 다가오고 있었다. 나는 결국 참아왔던 말을 불쑥 꺼내고 말았다.

"계속 이곳에서 지낼 생각이에요?"

고모는 갑자기 무슨 말이냐는 듯 나를 멀뚱히 바라보았다.

"그만 한국으로 돌아오는 게 낫지 않겠어요? 고모 능력이라면 한국에서 충분히 일도 구할 수 있을 거고 좋은 사람도 만날 수 있을 텐데요."

"네 아빠랑 똑같은 말을 하네."

고모가 웃으며 말했다.

"난 여기서 지내는 게 좋아."

"혹시 죄책감 같은 것 때문이에요? 아니면 시어머니를 두고 떠나는 게 마음에 걸려서 그래요?"

"무슨 말이야? 그런 거 아니야."

"고모, 잘 생각해봐요. 그렇다고 고모 남은 인생까지 저당 잡힐 수는 없잖아요."

"진짜 그런 게 아니라니까."

"이렇게 지내려고 한국 떠나 여기 온 거 아니잖아요."

"네 눈에는 내가 그렇게 못 지내는 것처럼 보이니?"

"그럼 이게 잘 살고 있는 거예요?"

"그래, 난 아주 잘 살고 있어. 네가 생각하는 잘 사는 게 뭔지 모르겠다만."

그때, 방으로 들어갔던 고모의 시어머니가 한 손에 두툼한 앨범을 들고 나왔다. 고모의 부축을 받으며 자리로 돌아온 그녀는 무언가를 찾는 듯 앨범을 뒤적이기 시작했다. 한 장 한 장 넘기는 속도가 매우 느려, 각 장에 어떤 사진들이 꽂혀 있는지 알아볼 수 있었다. 내 시선을 알아차린 그녀는 중간중간 페이지 넘기는 것을 멈추고 알아들을 수 없는 설명까지 곁들여가며 본격적으로 사진을 보여주었다. 그러다 그 가운데 한 장을 꺼내 내게 들이밀었다. 마당의 나무를 찍은 사진이었다. 사진 속의 나무는 지금보다 키가 작고 조금 더 꼿꼿하게 서 있었다. 나무 아래에는 한 남자아이가 서 있었는데, 아마 어린 시절의 고모부인 듯했다. 지금 굳이 이 사진을 찾아서 내게 보여주는 의도는 무엇일까. 내 그림에 대해 무언가 항의라도 하려는 것일까. 사진을 받은 내가 아무런 반응도 보이지 않자, 고모의 시어머니는 말을 멈추고 조금 어리둥절한 표정으로 나를 바라보았다. 나와의 말다툼 끝에 기분이 상한 듯한 고모는 입을 꾹 다문 채 무뚝뚝한 얼굴로 자리를 지키고 있었다. 거실의 공기가 점점 무거워지고 있었다. 불편한 침묵에 숨이 막혀 더 이상 그곳에 앉아 있기가 힘이 들었다. 나는 조용히 자리에서 일어나 그들을 뒤로한 채 집을 나섰다.

오래된 집들 사이로 난 좁은 길을 따라 걸어 내려갔다. 우중충한 하늘 아래 낮은 지붕들과 때 묻은 벽들이 계속 이어졌다. 한참을 걷다 보니 놀이터만 한 크기의 작은 공터가 나왔다. 흙으로 덮인 공터의 가장자리에는 제멋대로 풀이 자라나고 있었고, 한쪽 구석에는 폐가구나 자재 같은 제법 큰 부피의 고물들이 버려져 있었다. 나는 작은 드럼통을 의자 삼아 앉았다. 나무 아래에서 흙장난을 하며 놀고 있던 어린아이 서넛이 나를 흘끔거리며 경계하다가 곧 흥미를 잃고 다시 자신들의 놀이에 열중했다.

내 손에는 고모의 시어머니가 건네준 사진이 그대로 들려 있었다. 나도 모르게 손에 꼭 쥐고 오는 바람에 끝부분이 살짝 구겨져 있었다. 조심스럽게 구겨진 부분을 펴며 찬찬히 사진을 들여다보았다. 푸른 물이 오르기 시작한 잔디가 햇빛에 부드럽게 빛나고 있었고, 그 가운데 조금씩 기울기 시작한 나무가 아직 여린 잎을 매달고 있었다. 그리고 그 옆에는 이제 막 걸음마를 뗀 아이가 웃고 있었다. 아이는 넘어지지 않도록 나무를 꼭 끌어안고 기대 서 있었는데, 그 모습이 꼭 기우듬한 나무를 온몸으로 받쳐내고 있는 것처럼 보였다.

하늘이 점점 어두워지더니 기어코 빗방울이 떨어지기 시작했다. 신나게 떠들어대던 아이들이 일제히 손을 털고 일어나 각자의 집으로 달려갔다. 와글거리던 소리가 사라지자 주변 풍경이 낯설게 느껴졌다. 나는 사진을 품 안에 넣고 자리에서 일어났다.

서둘러 공터를 빠져나가려는데 아이들이 놀던 자리에 서 있는 나무가 눈에 들어왔다. 고모의 집 마당에 있는 나무와 같은 수종으로, 굽은 데 없이 위를 향해 똑바로 자라고 있었다. 나무줄기는 2미터쯤 되는 높이에서 두 갈래로 나뉘어 뻗어 있었고 여러 개의 잔가지가 굵은 가지 사이사이를 얽고 있었다. 나무 아래에는 소꿉놀이용 플라스틱 그릇 하나가 떨어져 있었다. 다가가 살펴보니 흙과 잘게 자른 풀, 나무껍질과 작은 나뭇가지 따위가 뒤섞여 담겨 있었다. 아이들이 나무 밑에다 집을 짓고 소꿉놀이를 한 모양이었다.

매끈하게 뻗은 회백색 나무줄기를 따라 무심코 시선을 옮기다 검은빛을 띤 손톱만 한 벌레 한 마리를 발견했다. 벌레는 느린 움직임으로 나무를 기어오르고 있었는데, 그 방향이 약간 사선으로 기울어 있었다. 나는 나뭇가지 하나를 주워 벌레의 몸통을 살짝 틀어주었다. 나무가 뻗어나간 방향대로 곧게 움직이자 벌레의 고도가 아까보다 더 빠른 속도로 높아졌다. 그러나 얼마 못 가 벌레는 다시 방향을 틀어 아까처럼 삐뚜름하게 나무를 타기 시작했다. 두 번 세 번 방향을 바꾸어주어도 고집스레 자신이 가려던 방향을 찾아갔다. 나는 벌레가 꽤 높은 곳에 다다를 때까지 그것을 지켜보고 있었다. 그러다 조금 더 고개를 들어 위를 올려다보니, 노랗게 물들기 시작한 잎들 사이로 회색빛 하늘이 눈에 들어왔다. 점점 굵어지는 빗방울이 내 얼굴 위로 떨어졌다. 나는 나무 밑에서 벗어나 집을 향해 걷기 시작했다.

불이 꺼진 거실은 적요했다. 고모는 늦은 출근을 한 모양이었다. 그대로 2층으로 올라가려다가 흔들의자 위에 웅크리고 있는 검은 물체를 발견하고 흠칫 놀랐다. 고모의 시어머니가 앉은 채로 졸고 있었다. 그녀의 마른 몸은 오른쪽으로 비스듬히 기울어 있었고 푹 숙인 고개는 같은 방향으로 점점 꺾이고 있었다. 금방이라도 쓰러질 것 같았는데 용케도 균형을 잃지 않고 버티고 있었다. 노쇠한 몸으로 가느다란 다리에 덧댄 깁스가 어둠 속에서 유난히 하얗게 보였다. 자동차 꽁무니를 따라 필사적으로 달려가던 모습이 떠올랐다. 잔뜩 흥분한 그녀를 품에 안고 달래던 고모와 고모의 팔에 기대 숨을 고르던 그녀의 모습도.

무릎 위에 아슬아슬하게 놓인 앨범을 치워주기 위해 의자 가까이 다가갔다. 그때, 창문에 드리운 나무 그림자가 부드럽게 흔들렸고 그와 동시에 그녀의 고개가 살짝 까닥였다. 나는 자리에 멈추어 서서 가만히 그 모습을 바라보았다. 나무 그림자와 그녀의 몸뚱어리가 서서히 겹쳐지고 있었다. 마치 서로에게 기대어 안기는 것처럼 한 덩어리가 되어갔다. 좋은 꿈을 꾸는 듯, 그녀의 눈가에 가늘게 잡힌 주름과 입가에 걸린 미소가 매우 편안해 보였다. 싸늘하게만 느껴졌던 거실이 고른 숨소리로 서서히 데워지고 있었다. 그 순간 문득 어떤 이미지 하나가 나를 사로잡았다.

나는 그녀가 깨지 않도록 조용히 위층으로 올라가 스케치북과 연필을 가지고 내려왔다. 그리고 눈앞의 장면을 흰 도화지에 담아내기 시작했다. 단잠에 빠진 늙은 여인의 좌상. 그녀의 바짝 마른 몸은 얇은 수피로 덮이고 늘어뜨린 머리카락은 이파리가 되어 하느작거렸다. 가느다란 두 다리가 오래된 집 아래에 뿌리를 내려 흔들리는 그녀의 몸을 지탱해주었다. 연필을 잡은 손이 점점 빨라졌고, 뜨거운 열기가 차올라 온몸이 더워졌다. 주변을 둘러싼 공기는 살짝 들떠 있었다. 무엇을 그릴지 고민하지 않았다. 바람이 전하는 리듬에 손을 맡긴 채 보이는 그대로 그릴 뿐이었다. 커다란 나무가 의자에 앉아 졸고 있었다

스케치를 모두 끝내고, 나는 들고 나갔던 고모부의 사진을 다시 끼워 넣기 위해 그녀의 무릎 위에서 앨범을 조심스럽게 빼내 쇼파로 가져왔다. 사진이 있던 자리를 찾아 끼워 넣은 뒤 앨범을 덮으려다가 한 장씩 넘겨 보았다. 그곳에는 그녀의 가족이 보내온 시간이 고스란히 담겨 있었다. 고모부는 조금씩 자라났고, 고모의 시어머니와 시아버지는 점점 나이를 먹었다. 종종 그들과 함께 등장하는 마당의 나무는 조금씩 허리가 굽어가고 있었다. 앨범 맨 뒷장에 이르렀을 때 처음으로 고모가 등장했다. 거실에 앉아 웃고 있는 고모와 고모부의 뒤로, 휘어진 나무의 모습이 비치고 있었다. 나는 고개를 들어 여전히 깊은 잠에 빠진 고모의 시어머니를 바라보았다. 모두 나무가 되어가고 있구나……. 아직 식지 않은 열기를 느끼며 나도 모르게 중얼거렸다.

잠에서 깨고 나니 끝도 없이 침대 아래로 가라앉는 기분이었다. 팔다리가 욱신거리고 바짝 마른 목이 따끔거렸다. 고개를 돌리니 이마에서 무언가 툭 하고 떨어졌다. 젖은 물수건이었다. 이마를 만져 보니 뜨끈한 열이 느껴졌다.

계단을 내려가려는데 아래층에서 나지막한 노랫소리가 들려왔다. 나는 잠시 난간에 기대어 서서 소리에 귀를 기울였다. 헝가리어로 된 단조로운 노래로, 꼭 아이들을 위한 자장가처럼 들렸다. 노래 사이사이 간간이 낮은 말소리가 섞였고, 그때마다 잠시 노래가 멈추고 작은 웃음소리가 이어졌다.

부엌으로 가보니 고모의 시어머니가 식탁에 앉아 콩을 다듬으며 노래를 부르고 있었다. 불 앞에 선 고모는 노랫소리에 맞춰 고개를 끄덕이며 국자로 냄비 안을 휘젓고 있었다. 고모의 시어머니가 나를 발견하고는 말을 걸어왔고, 그 소리에 고모도 뒤를 돌아보았다.

"좀 더 누워 있지 않고."

나는 조금 민망한 기분이 들어 슬쩍 눈웃음만 지으며 주전자로 손을 뻗었다. 고모는 국자를 내려두고 다가와 나를 거실 소파에 앉히고는 물을 가져다주었다.

잠시 뒤 고모는 오목한 그릇에 붉은색을 띠는 스튜를 담아 가져왔다. 토마토와 파프리카가 듬뿍 들어간 레초였다.

"제법 먹을 만할 거야. 뜨끈해서 감기에 좋아."

레초는 따뜻하고 맛있었다. 입안 가득 토마토의 맛이 퍼지자 나도 모르게 웃음이 새어 나왔다. 순식간에 한 그릇을 비우고 나니 몸이 후끈하게 달아올랐다. 나는 그릇을 내려놓고 창가에 놓인 의자로 옮겨 가 앉았다. 창문을 조금 열자, 휘어진 나뭇가지 사이로 불어오는 바람 소리가 헝가리 자장가와 어우러져 거실 곳곳에 스며들었다. 나는 고모부가 나무에 붙여주었다는 이름을 소리 내어 불러보았다. 에바…… 부드럽게 새어 나오는 두 음절을 따라 유쾌한 웃음을 짓는 나이 든 여인과 그녀에게 안긴 어린아이가 떠올랐다. 세월이 새긴 깊은 주름들과 수많은 상처 위로 돋아난 새살의 이미지들이 차례로 그려졌다. 시간의 결들을 고스란히 제 안에 품은 채 더 깊이 뿌리를 내려가는 나무들. 휘어진 나무줄기를 보자 묵묵히 바람에 흔들려온 나무의 시간을 더 깊이 들여다보고 싶어졌다. 커다란 냄비 안을 들여다보는 고모의 허리가 부드럽게 휘어 있었다.

작품해설

연약한 사랑의 온기

안지영

1.

이런 심리 테스트를 한 적이 있다. 짤막한 설명과 함께 주어진 네 개의 그림 중, 현재 자신의 상태에 가장 가까운 그림을 고르는 것이다. 목줄을 맨 개나 새장에 갇힌 새 따위의 선택지가 있었고, 나는 고민하다 대수롭지 않게 새를 골랐다. '당신은 지금 감정을 억압하고 있는 상태입니다. 조금은 자신의 감정을 표현해보세요'라는 해석이 나왔다. 가볍지 않게 넘어갈 수 있는 문장들에 진지해져버렸다. 내가 지금 감정을 억압하고 있다고? 어떤 감정? 감정을 억압하지 않고 뭘 어떻게 표현하라는 거지? 다른 선택지를 확인해볼 생각도 하지 못한 채 의문이 이어졌다.

감정은 개인에 따라 통제될 수 있고, 심지어 사회 문화적인 맥락에 따라 특정한 방향으로 감정을 느끼도록 조정되기도 한다. 그러므로 감정이 그저 자연스러운 마음의 드러남인 것은 아니다. 인간이 경험하고 지각하는 감정은 불가피하게 결정된 수동적인 결과라고 볼 수 없다. 인간은 단순히 외부세계의 감각 입력을 수용하는 데 그치지 않고 거기에 특정한 의미를 부여한다. 외부세계의 감각에 익숙한 감정이 표출된다면 이는 특정한 자극에 감정적으로 반응하도록 하는 사회에서 성장했기 때문이다. 그러니까 감정은 사회적으로 습득되고 공유되는 것이다. 특정한 감정을 억압한 것이 자발적인 동기에 의한 것이 아니고 무의식적으로 행한 것이라면, 거기에는 특정한 기제가 작동한 것이다.

학습된 감정은 도덕이나 규범과 관련해서도 영향을 주고 받는다. 우선 감정은 주체의 행위가 도덕적인 방향으로 연결될 수 있도록 돕는 매개체가 된다. 타인의 생각과 감정을 이해하고 배려할 수 있는 실천적 동기화를 도와주는 덕목인 공감은 타인의 감정에 대한 민감성과 관련된다. 감정적 민감성이 높은 사람은 공감 능력을 바탕으로 타인을 위해 도덕적인 행동을 취할 가능성이 높다. 또한 감정은 주체가 한 특정한 행동이 도덕적인지 아닌지를 주체가 바로 인지할 수 있게 한다. 선악의 경계를 확인시켜주는 죄책감 역시도 하나의 감정이다. 우리는 특정한 감정을 느낌으로써 자신이 하는 일의 옳고 그름을 확인한다. 죄책감이라는 불편한 감정에 시달리지 않기 위해서라도 주체들은 사회에서 도덕적으로 잘못된 것으로 규정된 행위를 하지 않으려 하는 것이다.

그런데 조진주의 소설집에는 죄책감을 느껴야 할 상황에서 이를 외면함으로써 독자를 불편하게 만드는 인물들이 등장한다. 이들은 억압된 감정이 얼마나 인간성을 일그러뜨릴 수 있는지를 보여준다. 이를테면 「베스트 컷」에 등장하는 인물들을 떠올려보자. 이 소설에는 고등학교 시절 원호에 대한 따돌림을 묵인하는 정도가 아니라 적극적으로 가담했던 기억을 제멋대로 편집해버린 인물이 등장한다. 서술자의 말만 믿고 정말 기억이 안 나는 것이겠거니 신뢰했던 독자는 '그'가 부주의하게 골목길에서 잘 모르는 소년의 모습을 찍어대는 것이나 술김에 했다는 도를 넘어선 폭언에 조금씩 의심을 품게 된다. 그가 원호에 대한 기억을 편의에 맞게 조작해버린 것처럼, 후배의 사진을 표절했다는 사실 역시 사실인 것은 아닐까. 현기와 원호의 고등학교 동창으로 나오는 명재의 말을 통해 원호 역시 자기에게 유리한 대로 과거를 해석해버리는 인물이라는 것이 드러난다. 이들에게 죄책감은 "특별한 일이 없으면 곧 삭제될, 불필요한"(151쪽) 감정일 따름이다.

「베스트 컷」뿐만 아니라 「나무에 대하여」에서도 문제가 되는 표절 문제는 다른 이의 재능을 훔치고 싶어 하는 욕망과 관련된다. 「나의 이름은」에서도 이 문제가 암시되지만, 타인에게 인정받고자 하는 욕망에 지배당하는 주체들은 그것을 위해 자신의 주체성('이름')을 기꺼이 타인에게 양도해버린다. 인정 욕망에 압도당한 나머지 가치 판단의 기준 자체가 흔들려버린 것이다.

2.

사회학자 에밀 뒤르켐Émile Durkheim은 구성원들의 행위를 규제하는 공통의 가치와 도덕적 규범이 상실된 상태를 '아노미'로 지칭한다. 조진주 소설에 나타난 아노미 상태는 이들이 세계와 자기 자신에 대한 신뢰를 상실함으로써 잘못된 상태를 바로잡는 것을 오히려 불편해하는 억압된 감정 반응으로 나타난다.

먼저 「침묵의 벽」은 동료인 정한영을 살해한 혐의를 받는 은규의 연인 '나'의 시선으로 서술된다. 사건이 벌어지기 전 은규와 시간을 갖기로 하고 연락을 하지 않고 있던 나는 사건 당일 은규에게서 걸려온 전화를 받았지만, 은규는 아무 말도 하지 않고 전화를 끊는다. 교통사고로 혼수상태에 빠진 은규가 무슨 말을 남기려고 했는지, 그리고 은규가 정말 정한영을 가해한 것이 맞는지 나는 은규의 주변을 탐문해간다. 은규가 살인자가 아니라는 알리바이를 얻기 위해 나에게 대놓고 위증을 권하는 은규의 누나 은성의 기대와 달리, 그 과정에서 나는 불길한 예감에 확신을 얻게 된다. 어린 시절에 당한 가정 폭력에 대한 트라우마를 면죄부 삼아 자신보다 약한 존재를 겨누는 데 그쳤던 엇나간 은규의 분노, 그것이 결국 은규를 살인으로 몰고 간 것은 아닐까. 나는 은규가 살인자가 아닐 가능성을 완전히 배제하지는 않지만, 자신에게 전화를 건 순간까지 '침묵의 벽' 뒤로 도망쳐버렸다는 데는 분노하고 만다. "너는 또 도망쳤구나. 언제나처럼 내가 화도 내지 못하게 불쌍한 모습을 하고서는 너의 방어막 뒤로 숨어버렸어. 나는 사라진 소리로 쌓아 올린 침묵의 벽 앞에서 신저리를 쳤다."(35쪽)

「우리 모두를 위한 일」에는 3년 전 서술자와 희민이 계약직 교사로 근무할 때 교감과의 마찰로 곤란한 상황에 처했던 동수와 관련된 갈등이 나타난다. 희민을 위해 자신을 희생하면서까지 교감에게 맞선 동수와 달리 '나'와 희민은 동수를 위해 나서는 것을 망설인다. 나는 괜한 분쟁에 휘말려 지금 하는 일에 불이익이 생길까 고민하는 마음과 더불어 애초에 동수가 문제를 키우는 바람에 일을 그르쳤다는 원망의 마음까지 가지고 있다. 그래서 동수의 아내 은주가 도움을 바라는 연락을 계속하자 분노의 감정을 느끼게 된다.

은주 씨의 연락을 받을 때마다 나는 그녀를 어떻게 대해야 할지 고민하느라 좀처럼 그녀의 이야기에 집중하지 못했다. 그러나 같은 상황이 거듭되자 미안함이나 민망함 따위의 감정은 점점 옅어져갔다. 가끔은 그녀의 말을 끊고 당신들의 근황 따위 별로 궁금하지 않다고 말하고 싶었다. 그러니 이런 식으로 연락하는 건 그만두라고. 당신이 나를 얼마나 불편하게 만들고 있는 줄 아느냐고. (46쪽)

이 장면은 서술자 '나'가 인격 모독적인 발언을 한 선생님의 사과를 요구하며 반 학생들의 서명을 받은 현지와 상담을 나눈 직후 등장한다. 왜 학급 담임인 자신에게 먼저 이야기하지 않았는지를 묻는 서술자에게 현지는 기간제 교사인 나의 입장을 곤란하게 하고 싶지 않았기 때문이라고 답한다. 한데 비정규직으로 학교의 눈치를 봐야 하는 자신의 처지를 학생들 역시 꿰뚫어보고 있었다는 사실에 나는 모욕감을 느낀다. 그리고 그에 대한 화풀이라도 하듯이 은주에게 "당신이 나를 얼마나 불편하게 만들고 있는 줄 아느냐고"(46쪽) 말하고 싶은 충동에 휩싸이는 것이다. 「침묵의 벽」에도 그려진 바 있는 약자에게 향한 분노가 이 소설에도 나타난다. 서술자는 현지에게 '타협'이라는 명목으로 굴복할 것을 강요하면서, 이것이 선생님을 포함해 모두를 위한 일이기도 하다는 현지의 말이 자신을 모욕하는 것이라고 오해하며 화를 낸다. 서술자는 자신이 불안과 공포에 짓눌려 위축되어 간다는 사실을 어렴풋이 짐작한다. 그럼에도 세계에 대한 신뢰를 가로막는, 희민의 그림 속 남자가 쓴 안경알처럼 두꺼워져 가는 불투명한 벽을 어찌하지 못한다.

「침묵의 벽」의 은규나 「우리 모두를 위한 일」의 '나'는 모두 자신들을 약자의 정체성과 동일시한다. 이러한 동일시가 문제적인 것은 이것이 무력감을 동반한다는 데 있다. 소설에서 이 무력감은 굉장히 폭력적인 형태로 발현된다. 이들이 자신과 달리 폭력에 맞서려는 이들의 저항마저 무력하게 만드는 방식으로 아무 것도 하지 않기로 한 자신의 선택이 옳았음을 증명하고자 하기 때문이다. 「우리 모두를 위한 일」에서 서술자가 동수나 혜지에게 불편함을 느끼는 것이나 「꾸미로부터」에서 서술자인 선화가 고슴도치 꾸미의 죽음을 둘러싼 사건의 전모를 밝히겠다는 해주의 시도가 실패하길 바라는 것은 이 때문이다. 「꾸미로부터」에서 선화는 "나만 없었던 일이라고 하면 정말 아무 일도 없었던 것처럼 되어버리는"(110쪽) 것이 아니라는 사실을 누구보다 잘 알고 있다. 그녀는 상담을 받아야 했을 정도의 트라우마를 가지고 있으며, 그 일로 키우던 새를 싸늘한 시체로 만들어버렸을지도 모른다(이 의심은 선화의 부정에도 불구하고 사실인 것으로 보인다). 그런데도 선화는 진실을 밝히기 위한 행동을 취하지 않은 자신의 선택을 정당화하기 위해 해주를 이상한 사람 취급하는 데 동참한다.

3.

조진주의 소설에서 부당한 폭력에 저항하거나 자신을 희생하면서 정의를 구현하려는 이들의 형상은 기묘하게 일그러져 있다. 정신적으로 불안하거나 합리적으로 판단을 내리지 못하는 고집 불통의 이미지로 재현된다. 그런데 부당한 요구에 순응하며 숨죽이며 살아가길 선택한 이들의 삶 역시 평안해 보이지 않는다. 그들은 무언가 잘못되었다고는 생각하면서도 문제를 어떻게 해결해야 하는지 그 방법을 찾지 못하고 있을 따름이다. 조진주의 소설에 등장하는 이러한 비겁한 인물들에게 불편한 감정이 들면서도 그렇다면 이들이 어떻게 해야 했는지 판단을 내리기도 쉽지 않다.

「우리는 그렇게 조금씩」에는 타인의 고통에 무감각한 모습을 보이는 주인공 '소정'이 등장한다. 소정은 회사의 눈 밖에 난 윤 과장을 감시하는 역할을 맡아 그의 말과 행동을 회사에 보고했고, 그로부터 두 달 뒤 윤 과장은 해고 통보를 받는다. 부당 해고에 반발한 윤 과장은 매일 회사 앞에서 시위를 벌이고, 소정은 그로 인해 옅은 죄책감을 느낀다. 소정은 당시 회사로부터 정규직 전환을 약속받기도 했던 데다 자기 외에도 윤 과장을 감시하는 직원들이 더 있으리라 짐작하며 부채 의식에서 벗어나려 한다. 하지만 자신의 행동에 지나친 부분이 있다는 걸 그녀는 누구보다 잘 알고 있다. 굳이 하지 않아도 되는 시시콜콜한 사항까지 보고하며, 약자를 괴롭히는 행위에 자신 역시 적극적으로 동참하고 있었던 것은 아닌가. 그런 무거운 마음을 털어놓기도 할 겸 고등학교 때 이후로 절친해진 소희를 만났지만,

소정은 말도 꺼내지 못한다. 주변의 시선에 아랑곳 않고 그저 자기가 좋아하는 목공 일을 위해 주저 없이 위험한 길을 선택한 소희가 그저 낯설 따름이다.

자신이 평생 초라하고 시시한 삶을 살게 될 것이라는 불길한 예감을 맞닥뜨렸을 때, 우리는 어떠한 선택을 하게 되는가. 「우리는 그렇게 조금씩」의 소정은 낙담한 채로 이를 받아들이고 자신도 모르는 사이에 부당한 사건에 휘말려버렸다. 이와 달리 「나의 이름은」에 등장하는 '주화영'은 시시한 삶을 부정하며 고집을 부리다가 결국 자신이 큰 착각을 했음을 뒤늦게 깨닫는 인물이다. "왜 어떤 고집은 열정이 되고, 어떤 고집은 아집이 되어버리는 걸까요? 왜 어떤 시도는 위대한 업적의 시발점이 되고, 어떤 시도는 부질없는 걸음이 되어버리는 걸까요?"(132쪽)라는 주화영의 물음에는 그야말로 '포온(한)'이 맺혀 있다. 주화영은 "유일무이한 고유명사"(134쪽)와 같은 존재가 되고자 레나라는 이름을 선택했고, "누군가를 완성시키는 존재"(136쪽)가 되고자 낸시가 되었다. 하지만 현실에서 그녀가 깨달은 것은 자신이 얼마든 "대체 가능한 존재"(138쪽)라는 사실이었다. 그렇게 주어진 이름들에 맞춰 살아가다가 그녀는 자신이 '텅 빈' 존재가 되어버렸음을 깨닫는다. 그러다 연주황이 아니라 주화영을 기억하는 고등학교 동창과의 우연한 만남을 통해 그녀는 자신이 '연주황'이라는 허망한 이름의 껍데기에 불과하다는 것을 실감하게 된다.

「나의 이름은」에서 모든 이름으로부터 자유로워진 주인공이 이후 어떠한 삶을 살아가게 되었을지는 짐작하기 어렵다. 분명한 것은 스스로가 정한 '이름'을 지켜내는 것이 목숨을 담보로 할 만큼 쉽지 않으리라는 사실이다. 그런 점에서 교통사고로 상징적 죽음에 이른 다음에야 자유를 얻게 된 「나의 이름은」과 더불어 「란딩구바안」의 결말 역시 의미심장하다. 「란딩구바안」의 주인공 '정옥'은 노년의 여성을 비롯한 사회적 약자가 충분히 존중받지 못하는 이 사회에서 그들이 느끼는 존재론적 위기감을 대변하는 인물이다. 그녀가 생계로 바쁜 와중에도 번역 작업을 하는 것은 자신이 "함부로 대해도 좋을 사람이 아니"(82쪽)라는 사실을 인정받기 위해서다. 노년의 여성을 비롯한 사회적 약자가 충분히 존중받지 못하는 이 사회에서 약자들이 느끼는 존재론적 위기감을 정옥은 대변한다. 아니나 다를까, 케이크 배달을 하는 중에 그녀는 갖은 무시와 천대 그리고 인격적 모욕을 받게 된다. 케이크 배달에도 실패할까 노심초사하던 와중에 다행히 배달 오토바이를 얻어 타게 되는데, 이는 파국으로 마무리된다.

오토바이가 내리막길에 접어들었다. 미처 대비하지 못한 정옥의 몸이 앞으로 쏠렸다. 남자의 옷자락을 잡은 양손에 힘을 주며 버텨보려 했지만 중력은 정옥을 더 아래쪽으로 잡아당겼다. 남자가 오토바이의 브레이크를 잡아도 하강하는 속도는 크게 줄지 않았다. 찬바람이 이미 얼어붙은 그녀를 사정없이 할퀴고 지나갔다. 정옥은 차가운 어둠 속을 향해 내려가며 자신 앞에 끝없이 이어진 내리막길을 상상했다. 그러고는 란딩구바안을 향해 뛰어내리는 스키점프 선수처럼 숨을 크게 들이마시며 언제인지 알 수 없는 착지의 순간을 기다렸다. (90쪽)

란딩구바안, 정옥이 번역하던 일본어 소설에 등장하는 단어다. "앞뒤 맥락으로 보아 분명 스키점프와 관련된 낱말일 터인데 아무래도 머릿속에 그 이미지가 그려지지 않았"(72쪽)던 그 단어가 결국 정옥의 삶에서 기묘하게 현실화된다. 정옥의 비행이 추락이 아닌 착지가 되기 위해 우리에게 어떠한 변화가 필요한지에 대해 이 소설은 무겁게 질문한다.

4.

우리는 각자의 방식으로 불안하다. 다만 그 불안의 표정을 타인이 눈치채지 못하게 숨기는 기술을 나날이 발전시켜가며 태연한 척 살아가고 있을 뿐이다. 그러는 동안 가면은 견고해지고 그 내면은 텅 비어간다. 타인의 고통뿐만 아니라 자신의 고통에도 무감각한 괴물이 되어간다. 이 소설집이 쉽게 상처를 입는 연약한 피부 혹은 살갗에 대해 이야기하는 것은 이 때문일 것이다. "누군가에게 살갗의 온기를 전할 수 있는 사람"(127쪽)이 되고 싶었다는 연주황의 고백

(「나의 이름은」)이나 "봐요, 저도 다치면 아프다고요"(63쪽)라는 현지의 말(「우리 모두를 위한 일」)에서 인간은 누구나 상처받기 쉬운 연약한 존재들일 따름이라는 전언이 읽힌다. 소설집의 두 번째와 끝에 배치된 두 편의 소설은 작가가 왜 이렇게 비겁하고 불안한 인물들을 집요하게 그려내고 있는지를 이해하게 해준다.

「나무에 대하여」에서는 인간의 연약함을 대면하면서 그전까지 붙잡아내지 못했던 나무의 이미지를 얻게 되는 서술자가 등장한다. 자신의 작품이 예상치 못한 성공을 거둔 이후 '나'는 동료이자 연인이던 윤의 어린 시절 이야기를 동의도 없이 작품화할 정도로 초조한 상태에 빠진다. 그의 작품은 그가 세계를 바라보는 관점만큼이나 뒤틀려 있었고, 그 자신 역시 그러한 사실을 인식하고 있으면서도 어찌해야 좋을지 갈피를 잡지 못한다. 그러다 유럽 여행 도중 헝가리의 낯선 소도시에 정착해서 사는 고모의 집에 방문하게 되고, 그 집 마당에서 한 그루의 나무를 발견한다. 남편과 사별하고 난 뒤에도 이국땅에서 시어머니와 단둘이 초라하게 살아가는 고모를 이해하지 못하는 것처럼, 그는 처음에는 나무의 이미지를 제대로 포착하지 못한다. 그저 선을 마구 그어버리는 수준에 그치거나 "자꾸만 제 모습을 숨기며 나를 희롱"(264쪽)하는 듯해서 나무 그림을 그릴 때마다 낙담하며 종이를 찢어버리고 만다.

그가 정말 그리려고 했던 것은 무엇이었을까? 나무를 통해 그는 자기도 모르게 자신의 마음을 표현하고 있던 것은 아닐까? 자신이 진정 무엇을 원하는지 알지 못하기에 우리는 쉽게 타인의 욕망에 편승하는 삶을 선택하곤 한다. 통념에 부합하는 삶을 선택하면 주위의 인정을 받으며 행복한 삶을 살 수 있지 않을까 기대한다. 그렇기 때문에 조진주 소설에 등장하는 비겁한 인물들을 비양심적인 괴물로 치부할 수만은 없다. 이들의 행동은 인정을 받지 않으면 도태될지도 모른다는 사회적 압박감과 불안 의식에서 기인하는 것으로 우리 역시 여기에서 자유롭지 않다. 다만 작가는 그러한 속물적 욕망이 어떻게 우리의 인간다움을 박탈할 수 있는지를 이야기하며, 이러한 세계에서 '나의 이름'을 잃지 않으려면 어떻게 해야 하는지에 대한 고민으로 나아간다.

무릎 위에 아슬아슬하게 놓인 앨범을 치워주기 위해 의자 가까이 다가갔다. 그때, 창문에 드리운 나무 그림자가 부드럽게 흔들렸고 그와 동시에 그녀의 고개가 살짝 까닥였다. 나는 자리에 멈추어 서서 가만히 그 모습을 바라보았다. 나무 그림자와 그녀의 몸뚱어리가 서서히 겹쳐지고 있었다. 마치 서로에게 기대어 안기는 것처럼 한 덩어리가 되어갔다. 좋은 꿈을 꾸는 듯, 그녀의 눈가에 가늘게 잡힌 주름과 입가에 걸린 미소가 매우 편안해 보였다. 싸늘하게만 느껴졌던 거실이 고른 숨소리로 서서히 데워지고 있었다. 그 순간 문득 어떤 이미지 하나가 나를 사로잡았다. (275쪽)

나는 고모의 시어머니가 낯선 차를 쫓다가 발목까지 다치게 된 이유를 알게 된다. 처음에 나는 여기서 오로지 회복될 수 없는 싸늘한 상처만을 발견한다. 그와 달리 고모는 죽은 아들에 대한 기억을 간직하고 있는 시어머니의 그 상처 속에 지극한 사랑이 있음을 알고 있다. 해서 "뒤틀리고 휜 상처투성이의 나무"(267쪽)를 그려낸 나에게 고모는 뭔가 오해가 일어나고 있다는 걸 직감한다. 그리하여 나에게 그 나무의 이름이 '에바'이며, 그 나무가 어떠한 기억들과 얽혀 있는지를 풀어놓는다. 사랑하는 이가 죽었다고 해서 그와 관련된 기억마저 모두 고통스러운 것으로 변하지는 않는다. 사랑은 쉽게 상처받을 수 있는 연약한 것이지만, 그렇다고 해서 고통에 쉬이 굴복하지 않는다. 그러니 누군가의 상처를 그저 고통에 패배한 증거라고 단정하지 말아라, 연약한 사랑을 공유하며 우리의 시간은 묵묵히 흘러가고 있다. 아마도 고모는 이러한 말들을 나에게 전하고 싶었던 것이 아닐까.

마지막으로 「모래의 빛」을 읽을 차례다. 이 소설에는 두 개의 헤어짐이 나타난다. 언니와의 사별과 연인 윤재와의 이별. 윤재는 언니로 인한 트라우마가 만들어낸 인연이었고, 상처가 아물 때쯤 그 인연 역시 마무리되고 만다. 서술자인 '소진'은 윤재와의 이별을 어렴풋이 예감하고 있었지만, 각자가 "꿈꾸는 미래에는 서로가 존재하지 않"(230쪽)는다는 사실에 아득함을 느낀다. 한데 그 애매한 감정은 이내 분노와 원망으로 변한다. 기념품이 든 비닐봉투를 애써 들고 온 윤재에게 벌컥 화를 내고 만 것은 이 아득함 때문이리라. 언니 소은의 죽음으로 이미 혼자 남겨진다는 것을 경험해버린 소진은 덜컥 겁이 났을 것이다. "딸의 예쁜 모습을 추억하고 싶었던"(238쪽) 엄마와 달리 소은의 이야기를 꺼내는 것을 고통스러워하는 아버지의 마음 역시 그 아득함을 견디지 못한 탓이다. 하지만 여지 없이 이별은 찾아왔고, 소진은 아득함을 조금이나마 지연시키고자 병에 담아온 모래를 어찌해야 좋을지 고민에 빠지게 된다. 소진이 내린 결론은 이렇다.

화장대 위에는 작은 스탠드가 은은한 빛을 밝히고 있었고 그 옆에 모래가 담긴 유리병이 놓여 있었다. 나는 잠시 동안 그것을 보며 끝나버린 것과 끝나지 않는 것에 대해 생각했다. 그리고 거울에 비친 나의 얼굴과 마주했다. 눈, 코, 입을 차례로 들여다보고 있노라니 내가 잘 모르는 다른 이의 얼굴처럼 보였고, 문득 섬뜩한 기분이 들었다. 잠자리에 들어서도 방금 본 내 얼굴을 떠올려보려 했지만, 얼굴은 자꾸 다른 이들의 얼굴로 변하려 했다. 나는 내 본래 얼굴을 기억해내기 위해 애를 쓰다 까무룩 잠이 들었다. 그리고 조금 긴 꿈을 꾸었다.
내 몸에서 분홍색 모래가 쏟아지는 꿈이었다. 흩어지는 모래를 보며 어쩌면 조금 울었는지도 몰랐다. 잠에서 깨어났을 때, 오랫동안 누군가와 마주하고 있었던 듯한 기분이 들었다. (246-247쪽)

소진이 느꼈을 복잡한 감정은 “끝나버린 것과 끝나지 않는 것”(247쪽)과 관련된다. 언니는 이미 죽었지만, 자신의 얼굴에 언니의 흔적이 남아 있다는 것. 윤재와 헤어지긴 했지만 그와 사귀기도 전에 함께 차를 마셨던 기억 같은 것은 오랫동안 남아 있으리라는 것. 시간은 많은 것을 앗아가겠지만, 아직 끝나지 않은 사랑의 흔적들은 다른 층위의 시간 속을 여전히 흘러갈 것이라는 사실. 그러니 상실된 대상으로 인한 고통에서 벗어나고자 그와 관련된 즐겁고 아름다운 기억까지 억압해서는 안 된다. 그러고 보면 「나의 이름은」에서 서술자가 연주황이 좋아하는 노래라고 소개했던 가사도 이런 것이었다. “안녕이라 말하지 않아도 사라지는 게 있어요. 안녕이라고 말해도 사라지지 않는 것도 있지요.”(143쪽) 안녕이라고 말하고 사라지지 않는 것들 때문에 우리는 불안하고 초조하다. 그리고 그 다급한 마음은 우리가 잘못된 선택을 하게 만든다. 더구나 공포와 불안이라는 감정을 강요당하는 지금의 세계에서 ‘사라지지 않는 것’의 존재감은 점점 미미해져 간다. 그것이 우리의 삶을 얼마나 초라하고 황폐하게 만들 수 있는지, 우리가 진정 원하는 것이 과연 무엇일지를 작가는 질문하고 있다. 상처받기 쉬운 연약함이 척력이 아니라 인력으로 서로를 이끄는 힘이 될 때, 넉넉한 온기가 우리를 따스하게 감싸줄 것이다.

작가의 말

등단 후 쓴 당선 소감문에서 나는 조금 거창한 이야기를 했었다. 대충 타인을 이해하기 위해 노력하겠다는 내용이었는데, 그 글을 쓰면서도 의심스러웠다. 누군가를 온전히 안다는 것이 과연 가능할까. 그때도 지금도 내가 그런 대단한 일을 해낼 수 있다고 생각하지는 않는다. 조금 아는 척을 해볼 뿐. 그러나 알아가고 싶은 마음만큼은 진심이다.

상대방에 대한 정보를 얻기 위해 가장 먼저 이름을 묻게 된다. "당신을 무엇으로 불러야 할까요?" 뒤이어 구체적인 질문이 이어질 것이다. 그러므로 이름을 기억하고 부르는 것은 그 사람에 대해 알아갈 준비가 되어 있다는 뜻이라고 생각한다.

이 책에 담긴 아홉 편의 이야기를 쓰는 동안, 등장인물들의 이름을 수차례 불렀다. 그들은 때로 내 부름에 응답해주었고, 때로는 응답하지 않았다. 돌아오는 답이 없을 때마다 내가 그들을 제대로 부르고 있는지 돌이켜보아야 했다. 그들은 올바른 이름으로 불리고 있는가.

잘못 불린 이름은 불안하다. 초등학교 입학식 날, 처음 받은 내 이름표에는 '조진수'라고 적혀 있었다. 그리 어려운 이름도 아닌데 왜 그런 실수를 했는지 모를 일이다. 어쩌면 일종의 복선이 아니었을까. 이곳은 아직 너를 이해할 준비가 되어 있지 않다고. 그러니 이제부터 결코 만만치 않은 생활이 시작되리라고. 역시나 쉽지 않은 날들이 이어졌고, 학창 시절 내내 나는 하루 빨리 그곳에서 탈출하고만 싶었다. 잘못 불린 이름이 나와 학교라는 공간과의 거리를 그만큼 벌려놓았는지도 모르겠다.

아무도 기억해주지 않는 이름은 아프다. 아이유가 부른 「이름에게」의 가사를 좋아한다. "수없이 잃었던 춥고 모진 날 사이로 조용히 잊혀진 네 이름을 알아 멈추지 않을게 몇 번이라도 외칠게." 누구도 불러주지 않아 사라지는 이름들이 없었으면 좋겠다. 꼭 기억해야 하는 이름들이 잊히지 않기를 바란다. 사라져가는 이름을 잊지 않기 위해 몇 번이라도 외칠 수 있는 사람이 되고 싶다. 그리고 누군가 그렇게 내 이름을 불러준다면 덜 외로울 수 있을 것 같다.

이 책이 나오기까지 정말 많은 이름들을 만났다. 사랑하는 이름들, 고마운 이름들, 절대 잊지 못할 이름들, 잊고 싶지 않았지만 나도 모르는 사이 희미해졌을지도 모르는 이름들. 그들의 이름이 많은 이들의 입을 통해 다정하게, 그리고 올바르게 불렸으면 좋겠다. 지금 이 글을 읽고 있는 당신의 이름도. 우리의 이름은 그럴 만한 가치가 있다.

다시 나의 이름은

지은이 조진주
펴낸이 김영정

초판 1쇄 펴낸날 2021년 6월 21일

펴낸곳 (주)현대문학
등록번호 제1-452호
주소 06532 서울시 서초구 신반포로 321(잠원동, 미래엔)
전화 02-2017-0280
팩스 02-516-5433
홈페이지 www.hdmh.co.kr

ISBN 979-11-90885-81-2 03810

* 책값은 뒤표지에 있습니다.
* 파본은 구입처에서 교환해 드립니다.